KB055563

근대 초기 서양인의
순수 한국 시가
탐색과 인식

※ 본 도서는 2020년 세종도서 학술부문 선정도서입니다.

근대 초기 서양인의 순수 한국 시가 탐색과 인식
초 판 1쇄　2019년 11월 14일
초 판 2쇄　2020년 08월 11일

지은이 송민규
펴낸이 류종렬

펴낸곳 미다스북스
총괄실장 명상완
책임편집 이다경
책임진행 박새연, 김가영, 신은서
본문교정 최은혜, 강윤희, 정은희

등록 2001년 3월 21일 제2001-000040호
주소 서울시 마포구 양화로 133 서교타워 711호
전화 02) 322-7802~3
팩스 02) 6007-1845
블로그 http://blog.naver.com/midasbooks
전자주소 midasbooks@hanmail.net
페이스북 https://www.facebook.com/midasbooks425

© 송민규, 미다스북스 2019, *Printed in Korea*.

ISBN 978-89-6637-728-2 93810

값 23,000원

미다스북스는 다음세대에게 필요한 지혜와 교양을 생각합니다.

The Investigation and Perception of Pure Korean Poetry
by Westerners in the Early Modern Times

근대 초기 서양인의
순수 한국 시가
탐색과 인식

송민규 지음

미다스북스

책머리에

고려대학교 중앙도서관 귀중서고에서 낡은 *The Korean Repository*를 찾아 조심조심 페이지를 넘기기 시작한 지 10년이 넘었다. 한국 최초의 영문 월간 잡지라고 알려진 *The Korean Repository*에서 몇 편의 영문 시를 발견해 낸 후, 이 시들에는 한국시의 비밀이 담겨 있을 것이라고 생각했다. 그렇게 시작한 연구 주제는 몇 편의 소논문과 석·박사 논문을 집필한 후, 단행본을 출판하는 데까지 이르렀다.

본인의 전공이 현대시였기에 처음에는 근대 초기 서양인들의 한국 시가에 대한 기록에서 현대시를 찾으려고 했다. 하지만 서양인들의 기록물 중에는 시조와 한시가 많았고, 출처를 알 수 없는 민요시도 있었다. 더구나 현대의 시론 개념에 의거하여 근대 초기 서양인들이 한국 시가를 기록한 것이 아니었기에, 이해할 수 없는 형태의 해석도 많았다.

결국, 근대 초기 서양인들이 기록한 한국 시가들을 가장 잘 이해할 수 있는 방법은 그 시대로 되돌아가 서양인들의 관점에서 자료들을 살펴보는 것이었다. 때문에 연구를 진행하는 과정은 기존에 알고 있던 시의 개념, 즉 현대시에 대한 상식을 부수는 과정과 같았다. 결국 시에 대한 고정 관념이나 상식을 버리고 남은 것이 거의 없어졌을 때에야, 비로소 서양인들이 기록으로 남겨 놓은 한국 시가를 조금이나마 이해할 수 있었다.

근대 초기 서양인의 순수 한국 시가 탐색과 인식

일례로 나는 그동안 시조를 장르 개념으로 이해해 왔다. 그러나 '시조'는 추상어다. 삼행의 운율이 있는 글을 보면서 시조를 연상하는 것은 시조라는 장르 개념이 선행 학습되어 있기 때문일 것이다. 그런데 서양인들에게는 시조 장르 개념이 선행 학습되어 있지 않다. 만약 서양인들이 시조를 처음 본다면 그냥 삼행의 운율이 있는 글로 평가할 것이다.

그렇다면 어떤 낯선 언어로 써진 시가를 대상 국가의 시가로 보는 외국인의 판단 기준은 뭘까? 입장을 바꿔서 서양인의 관점에서 생각해 본다면, 외국인들이 머나먼 외국의 시가를 처음 접한다면 먼저 익숙하지 않은 언어가 눈에 들어올 것이다. 쉽게 말해 근대 초기 조선에서 살았던 서양인들에게는 중국어로 써 있으면 중국 시가이고, 일본어로 써 있으면 일본 시가이며, 한국어로 써 있으면 한국 시가였다.

때문에 외국인이라면 한국어로 써 있는 시가를 한국시라고 판단하는 것은 당연한 일일 것이다. 그런데 매우 간단한 문제 해결법일 것 같지만, 서양인들이 한국에서 활동하기 시작했던 근대 초기 조선은 다중언어 시대였다. 서양인들이 한국을 탐구하던 시대에, 한국은 계층 간의 구별이 뚜렷했고, 계층별의 그러한 양상에 따라 언어가 달랐고, 구어체와 문어체도 달랐다. 서양인들이 보기에 근대 초기 한국의 언어는 대략 구어, 한글, 한문으로 구분되었다.

결국 근대 초기 서양인들이 기록으로 남긴 한국 시가를 연구하는 일은 당시 한국어를 연구하는 작업이 함께 요구되었다. 또 각기 다른 언어에 대한 관점은 곧 각기 다른 한국시에 대한 관점으로까지 이어졌다. 그리고 언어에 대한 평가는 한국시에 대한 평가에까지 이어졌고 언어가 처한 운명은 시가의 운명이 되고 말았다.

현대 한국어는 하나다. 아니 하나라고 믿고 있다. 언어가 하나일 때는 장르 개념에 의거하여 문학을 바라보는 것이 편리하다. 장르에 따라 시가를 분류하고 논하는 것은 낯설지 않은 일이다. 그것은 현대인이 언어 갈등이 없는 시대에 살고 있기 때문일 것이다. 근대 초기 서양인들이 기록으로 남겨 놓은 한국 시가들을 연구하는 것은 곧 근대 초기 다중언어의 시대에 뛰어드는 것과 같았다. 여러 언어가 갈등하고 소멸하고 생성하는 한 가운데 뛰어드는 것과 같았다.

한국 시는 무엇인가? 본인은 이 질문을 근대 초기를 살다간 서양인들에게 던졌다. 그리고 실제 이 시기를 살다간 서양인들도 이 문제를 고민했다. 당시 서양인들이 논문을 쓰는 본인보다 더 치열하게 이 문제에 대해 고민했을지도 모른다는 생각을 한다. 왜냐하면 본인은 언어 장벽이 없었지만, 서양인들은 있었으니까. "현재의 한국어 연구 단계에서, 사전을 만드는 일은 기나긴 좌절의 연속이다."라고 고백했던 어떤 서양인에게 근대 초기 한국어는 만들어져가는 언어였고, 진정한 한국 시 역시 생성되어가는 대상이었을지 모른다.

1920년대 국민문학파라고 불리는 일군의 한국 문학인들에 의해 시조부흥운동이 일어났다. 1920년대 한국 전통 시가에 대한 국민문학파들의 지향은 원래 있었던 한국 시가의 유산을 그대로 보존하는 데 있지 않았다. 그들은 근대 국민국가의 국민에 맞는 국가의 시가 전통을 가지길 원했다. 그리고 기존의 한국 시가의 유산을 선별, 기획 심지어 창작까지 하게 되었다.

순수하고 고유한 한국시를 찾아내어 소유할 수 있다는 것은 분명 의미

근대 초기 서양인의 순수 한국 시가 탐색과 인식

있고 국민국가의 국민으로서 자부심을 가질 만한 일이겠지만, 어떤 순수성을 가진다는 것은 끊임없이 불순한 것을 발견하고 걸러내는 작업이었다. 개화기 때에는 중국이라는 타자를 발견하고 중화주의를 해체하기 위해 노력했다면, 근대에는 일본 또는 서양이라는 타자를 발견하고 걸러내려고 한다. 그렇게 만들어진 순수한 또는 진정한 한국 시는 진짜 한국시일까. 결국 현대에 알려진 고유한 한국 시가가 "창조된 전통"이 되기 쉬운 것도 이 때문일 것이다.

근대 초기 서양인들이 한국 시가를 오리엔탈리즘을 바탕으로 한 서구 관점으로만 보았다는 오해를 가지기 쉽다. 하지만 당시 조선에서 활동했던 서양인들이 한국인보다 더 한국적인 시를 찾았다는 것은 아이러니다. 서양인들에게는 순수한 한국 시가가 아니면, 기록하고 외국에 소개할 가치가 없는 대상이었기 때문이었다.

근대 초기 한국 시가를 기록으로 남겼던 서양인들도 자신들이 진짜 한국 시가를 찾았다고 생각했을까? 본인은 근대 초기 서양인들이 그렇게 해주길 바랬다. 마치 개화기 조선에서 활동했던 서양인들이 진짜 봉건사회의 왕을 그림이 아닌 사진으로 찍었듯이, 진짜 한국 시가의 모습을 기록으로 남겼을지 모른다는 기대를 했다. 진짜 명성황후의 모습을 찍은 사진이 어딘가에서 발견될 것이라고 기대할 수 있듯이 진정한 한국 시가의 모습도 서양인들이 어딘가에 기록으로 남겨 놓지 않았을까?

현대 한국 문학의 세계화는 떠오르는 화두다. 한국의 국력이 강해지면서 한국 문학도 많이 번역되어 외국에 알려지고 있다. 본 저서에서 다루는 근대 초기 서양인들이 기록한 한국 시가에 대한 연구가 중요한 이유도 여기에 있을 것이다. 국제사회에 한국 문학을 알리려면 초기 한국 문학이 어떻게 외국에 알려졌는지 연구할 필요가 있기 때문이다.

언어가 평등하다는 말은 이제 수정되어야 할 것 같다. 국력에 따라 그 언어의 힘도 달라진다. 영어는 강대국의 언어로서 국제사회에서 크게 존중받고 있다. 한국이 일본의 식민지였을 때 일본어는 한국의 국어였다. 현대에는 한국의 위상이 높아지고 있고 한국어의 위상이 함께 높아지고 있다.

본인의 연구 분야는 그동안 한국 문학계에서 충분히 주목받지 못해왔다. 근래에 이르러서야 한국 문학을 외국에 널리 알리려는 분위기에 부흥하여 본 연구 분야가 조명되고 있다. 앞으로 한국 문학의 세계화가 이루어질수록 본 연구 분야의 미래는 더 밝아질 것이라고 생각한다.

이 책은 본인의 박사논문 「근대 초기 서양인들의 한국어문학 인식 연구 −개화기 선교사들의 영역 시가를 중심으로−」를 단행본의 형식에 맞게 수정·보완한 것이다.[1] 여기에 본인의 소논문 「게일(J. S. Gale)의 이규보 한시와 오상순 근대시 영역(英譯) 작품 연구 −알프레드 테니슨(A. L. Tennyson)의 시(詩)세계와 니체(F. W. Nietzsche)의 사상을 중심으로−」를 첨가하여 서적의 체제와 구성을 맞추었다.[2]

먼저 이 책이 출판되기까지 이끌어 주신 본인의 지도교수 최동호 선생님께 감사의 말씀을 드린다. 늘 건필하시고 건강하시길. 박사논문을 심사해 주신 강헌국 교수님, 권보드래 교수님, 이경수 교수님, 여태천 교수님께

---

1) 송민규, 「근대 초기 서양인들의 한국어문학 인식 연구 −개화기 선교사들의 영역 시가를 중심으로」 고려대 박사논문, 2015.

2) ＿＿＿, 「게일(J. S. Gale)의 이규보 한시와 오상순 근대시 영역(英譯)작품 연구 −알프레드 테니슨(A. L. Tennyson)의 시(詩)세계와 니체(F. W. Nietzsche)의 사상을 중심으로−」 「Journal of Korean Culture」 제45호, 한국어문학국제학술포럼, 2019.

감사드린다. 본 서적의 바탕이 되는 본인의 박사논문에 대한 이분들의 조언 덕분에 연구서로서의 모습을 갖출 수 있었다. 특히 본인의 선배님이신 이경수 교수님은 박사후국내연수의 지도교수님으로서 이 분야에 대한 연구를 지속할 수 있도록 도움을 주셨다.

선배 학자들에게 감사드린다. 이상현, 황호덕, 김승우, 강혜정, 김성철 등 이 분야에 대한 연구는 몇몇 선배 학자들에 의해 한정되어 이루어져 왔다. 이 분야에 대한 연구자들이 많지 않았기에, 참고할 수 있는 선행 연구 역시 많지 않았다. 선행 연구가 적었던 만큼 본인은 몇몇 선배학자들의 귀중한 연구성과를 등대 삼아 여기까지 올 수 있었다.

영문학 교수이신 누님에게 감사드린다. 급한 번역이 필요하면 메일을 통해 누님에게 부탁하기도 했으며, 그때마다 누님은 수고를 아끼지 않았다. 문학을 연구하는 것은 언제나 가족에게 폐를 끼치는 일인 것 같다. 함께 공부했던 선배와 후배들에게도 감사의 인사를 전한다. 함께 했던 세미나, 발표, 공동 연구 작업 등은 본인의 문학 연구에 큰 보탬이 되었다.

훗날 자신과 자신의 기록물을 연구하는 한국인들이 등장할 것이라고, 근대 초기 조선에서 활동했던 선교사들은 생각했을까. 지나간 시간과 역사는 아쉽지만 한국 개화기는 특히 그렇다. 어둡고 암울한 시대에 근대 초기 조선에서 활동했던 개신교 선교사들의 삶이 낙후되었던 조선 사회에 기여한 바는 컸다. 양화진 선교사 묘지에서 개신교 선교사들에게 존경과 감사를 보냈던 그때를 다시 한번 추억한다.

2019년 11월
송민규

| 목차 |

제3장

가창과 가집에 따라 구분된
서양인들의 한국 시가 기록   · 135
– *The Korean Repository*에 소개된 영역 시조

제4장

고전과 근대에 따라 구분된 서양인들의 한국 시가 기록

– 게일의 1923년 문학론 "Korean Literature"

제1장

영어가 한국을
국제사회에 알리는 시대

이 책에서 논하는 근대 초기 서양인들의 한국 시가 기록은 번역문학으로 평가된다. 더구나 한국 시가를 대상으로 했을 뿐, 서양인들에 의한 서양인들을 대상으로 한 기록임을 감안하여, 번역문학 중에서도 한국문학 범위의 경계선에 위치하고 있다고 평가되어왔다.

1930년대 한국 문학인들이 논의한 한국문학의 조건을 살펴보면, 근대 초기 서양인들의 한국 시가에 대한 기록이 얼마나 한국문학의 범주로부터 멀게 위치해 있는지 가늠할 수 있다. 1936년 8월 『삼천리』 잡지는 「朝鮮文學'의 定義 이러케 規定하려 한다!」에서 다음과 같은 설문 조사를 실시했다.

먼저, "A. 朝鮮「글」로", "B. 朝鮮「사람」이", "C. 朝鮮사람에게 「읽히우기」"의 세 항목이 설정되었다. 각 설문조사는 한국문학의 조건으로서 조선어, 조선작가, 조선독자를 설정하고, 나머지 두 조건을 갖추었지만 A에서는 조선어가 아닌, B에서는 조선작가가 아닌, C에서는 조선독자가 아닌 작품을 예로 들어 조선문학인지 아닌지 물었다.[1]

이 설문에서 이광수는 국민문학의 기준은 언어에 있다고 주장하고, 박지원의 『열하일기』나 일연의 『삼국유사』와 같이 한문으로 써진 문학은 모두 지나(支那) 문학이라고 규정했다. 반면 임화는 역사와 현실의 맥락을 고려할 것을 주장하였고, 서항석, 이병기, 김억 등은 장혁주의 작품과 같이 외국인을 대상으로 쓴 문학이 광의의 조선문학에 포함될 수 있다고 주장했다.

1936년 「朝鮮文學'의 定義 이러케 規定하려 한다!」에서 행한 설문조사는 한국문학 연구의 범주를 규정하는 한국 문학인들의 초기 인식을 보여준다. 한국 문학사를 통틀어 근대 초기 서양인들의 한국 시가 기록 활동에 대해서 별다른 연구가 이루어지지 않은 것도 이 때문이다. 서양인들이 남긴 한국문학에 대한 기록들은 한국문학으로서 정체성이 약한 대상이었다.

하지만 한국문학 연구가 진전됨에 따라, 현대에 이르러서는 다른 질문을 할 수 있게 되었다. 예로서, 한국인보다 한국어를 더 잘 아는 외국인이 쓴 문학은 한국문학인가? 한국인들 스스로 한국문학인 줄 잘 몰랐던 문학을 외국인이 쓰면 한국문학인가? 외국어로 쓴 문학이 한국문학보다 한국문학을 더 잘 표현하면 한국문학인가? 등의 질문을 할 수 있다.

근대 초기 활동했던 개신교 선교사들은 당시 세계 최고의 한글학자들이었다. 한국인들 스스로 모국어, 자국어 개념이 없어서 "한국의 고유한 문학"이라는 개념조차 희미하던 시절, 한국인들보다 먼저 한국을 대표하는 문학을 국제사회에 발표했던 서양인들이 있었다. 특히 이 책에서 논의하는 근대 초기 서양인들의 한국 시가 기록에서 이 점이 두드러진다.

이 책은 "근대 초기 서양인들의 한국 시가 기록이 한국 문학의 범주에 있는가 아니면 외국 문학에 해당되는가"라는 질문에 답을 하고자 행해지지 않았다. 이 분야의 연구는 이와 같은 질문보다 복합적이고 다중적인 질문이 가능하도록, 근대 초기 서양인들의 한국 시가 기록을 대상으로, 주체로서 한국 문학의 정체성을 진화시키는 데 의의가 크다.

이 책에서는 근대 초기 한국을 국제사회에 알리는 데 영어가 큰 영향력을 가졌던 시대에 주목했다. 이 시대는 한국과 관련한 지식을 국제사회에 알리는 데 영미 개신교 선교사들이 활발히 활동했던 시기와 일치한다. 이 책에서는 이 시대를 대략 1890년대 전후에서 1920년대까지로 보았다.

1884년 한국의 첫 개신교 선교사인 알렌(H. N. Allen, 1858~1932)

이 입국하여, 미국 공사관 소속의 의사로 활동을 시작했다. 1885년
에는 미국 북 장로교회 첫 선교사의 신분으로서, 언더우드(H. G.
Underwood, 1859~1916)가 한국에 입국했다. 이후, 1885년 아펜젤러(H.
G. Appenzeller, 1858~1902), 1886년 헐버트(H. B. Hulbert, 1863~1949),
1888년 게일(J. S. Gale, 1863~1937) 등, 한국 선교의 효시를 연 인물들이
잇따라 한국에 도착했다.

영미 개신교 선교사들이 도착하기 전부터, 한국에는 이미 프랑스 천주
교 신부들의 활발한 포교 활동이 있었다. 1784년 처음 천주교 성당이 세워
진 이후, 한국은 1801년 신유박해부터 1866년 병인박해에 이르기까지, 5차
례에 걸친 박해 속에서도 천주교의 교세가 확장되어 갔다.

프랑스 신부들은 성경을 한국어로 번역하고, 한국어를 이해하는
데 있어서도 앞서 있었다. 한국 천주교는 이미 리델(Félix Clair Ridel',
1830~1884) 주교가 편찬한 『한불ㅈ뎐韓佛字典』(1880)과 같은 이중어사
전을 가지고 있었다. 또, 프랑스의 언어학자이자 동양학자인 쿠랑(Maurice
Courant, 1865~1935)은 한국 도서의 서지사항을 정리한 『한국서지』(1권
~4권, 1894~1901)를 남기기도 했다.

이중어사전과 서지 자료는 대상 국가의 지식과 사상을 전파하고, 대상
국가와 민족의 문헌을 번역하는 데 강력하고 유용한 도구이다. 대상 국가
번역물의 탄생 이면에 이중어사전 편찬과 서지학 연구라는 사건이 있는
경우가 많은 것도 이 때문이다. 당시 천주교 신부들의 한국어에 대한 이해
는 영미 개신교 선교사들보다 높았고, 한국 문헌을 번역하는 데 있어서도
그들은 개신교 선교사들보다 유리한 환경에 있었다.

그럼에도 불구하고 프랑스 신부들의 한국에 대한 연구와 기록은 1880년

대에야 본격적으로 등장한 영미 개신교 선교사들의 활동에 비해 매우 적다. 프랑스 천주교 신부들은 대개 농촌 출신으로서 종교적 교육만을 받고 한국에 파송된 경우가 많았다. 이들은 천주교 전파만을 사명으로 알고 활동했다.

반면, 영미 개신교 선교사들은 대부분 대학 과정 이상의 교육을 이수했으며, 한편으로 근대의식 아래 한국을 개화시키겠다는 사고를 가진 이들도 있었다. 이들의 활동은 전도뿐만 아니라, 의료, 교육 분야에까지 이르는 등 다방면에 걸친 것이었다. 그리고 곧 개신교 선교사들은 한국어에 대한 이해와 연구에서도 프랑스 신부들을 능가하기 시작했다.

1890년 언더우드에 의해 한국 최초의 한영, 영한 이중어 사전인 『韓英字典한영ᄌ뎐』이 간행되었다. 이 사전의 서문에는 "프랑스 선교사들의 업적인 훌륭한 사전에 대하여, 비록 철자법과 정의라는 면에서 저자와 의견을 달리하는 지점도 많았으나, 저자는 특히 한영(韓英)부의 편찬에 있어 이 사전의 도움을 받았음을 기쁜 마음으로 밝히는 바이다."라고 기록하고 있다.[2] 여기서 "이 사전"이란 『한불ᄌ뎐韓佛字典』(1880)을 말한다.

『韓英字典한영ᄌ뎐』(1890)의 한국어 어휘들을 모으는 데 있어서, 프랑스 신부들의 『한불ᄌ뎐韓佛字典』(1880)은 중요한 바탕이 되었다. 게일 역시 『韓英大字典』(1931) 서문에서 "1896년에 출판된 이 책의 초판은, 한국어와 한국문학 분야의 영예로운 개척자들인 프랑스 신부들의 훌륭한 업적에 바탕을 두고 있었다."고 기록하고 있다.[3] 이처럼 개신교 선교사들의 한국어 연구는 프랑스 신부들의 사전을 참고하는 데에서 시작했다.[4]

이후에도 개신교 선교사들의 이중어 사전 편찬은 계속되었다. 1891

년 두 번째 영한사전인 스콧(James Scott, 1850~1920)의 *English-Corean Dictionary*가 발행되었다. 1897년에는 게일에 의해 대사전으로서 『韓英字典한영ᄌ뎐(*A Korean-English Dictionary*)』이 발행되고, 2판(1911), 3판(1931)까지 개정판이 출판되었다. 1914년에는 존스(G. H. Jones, 趙元時, 1867~1919)의 『英韓字典영한ᄌ뎐(*An English-Korean Dictionary*)』이 등장하는 등, 1890년 이후 출간된 개신교 선교사들의 이중어 사전들의 종류는 프랑스 신부들을 상회한다.

이 책에서 서양인들의 한국 시가 기록을 살펴보는 데 있어서, 언더우드에 의해 『韓英字典한영ᄌ뎐』이 편찬된 1890년에 주목하는 이유도 이 때문이다. 1890년은 개신교 선교사들이 번역의 가장 중요한 도구인 이중어 사전을 가지게 된 해이다. 이 시기부터 영어는 한국에 대한 지식을 나르기 시작하는 언어로 대두하기 시작했다.

번역물이 등장하는 사건의 이면에 사전 편찬의 사건이 있는 사례가 많다. 1890년대 서양인들의 번역물이 갑자기 크게 증가하는 것도 여기에 기인한다. 1889년 한국에서는 헐버트에 의해 한글로 기록된 최초의 교과서인 『사민필지(士民必知)』가 출판되었다. 1893년에는 게일에 의해 국어 문법서인 『사과지남(辭課指南)』이 등장했다.

1892년 올링거(F. Ohlinger, 1845~1919)는 한글, 한문, 영문의 세 가지 활자를 갖추고, 삼문출판사(三文出版社, The Trilingual Press)를 설립했다. 최초 기독교 번안 소설인 『인가귀도(引家歸道)』가 올링거에 의해 1894년 기독교서회에서 출간되었다. 게일에 의해 『천로역정(天路歷程)』이 한역되어 등장한 시기는 1895년이었다.

한국에서 출판된 최초의 영문 잡지 *The Korean Recorder*와 월간 잡지 *The Korean Repository*가 창간된 해는 1892년이다.[5] 이 잡지는 외국인들에게 한국을 알리기 위한 목적으로 발행한 것으로, 한국의 문화, 풍습, 정치, 경제, 역사 등에 대한 서양인들의 다채로운 기록들을 수록하고 있다. *The Korean Repository*에 실린 1890년대 한국 시가와 노래에 대한 기록들은 다음과 같다.

헐버트는 *The Korean Repository*의 1896년 2월호에 "Korean Vocal Music"이라는 제목으로 시조와 아리랑을 영역하여 소개했다.[6] 또 헐버트는 *The Korean Repository*의 1896년 5월호에 "Korean Poetry"라는 기사를 발표하여 한국 시가에 대해서 논했다.[7]

게일은 *The Korean Repository*의 1895년 4월호에 "ODE ON FILIAL PIETY"와 "KOREAN LOVE SONG"이라는 제목으로 각각 1편과 3편의 『남훈태평가』 소재 시조들을 번역하여 발표했다. 이후 게일은 *The Korean Repository*가 1898년 폐간될 때까지, 총 18편에 이르는 『남훈태평가』 소재의 시조들을 영역하여 소개했다. 이 책에서 주목하는 서양인들의 한국 시가 기록도 1890년대부터 증가하기 시작했다.[8]

1900년은 서양인들의 한국에 대한 논의가 발전의 계기를 맞게 된 해이다. 1900년 상하이에서 "영국 왕립 아시아학회 한국지부(The Royal Asiatic Society Korea Branch)"가 창립되었다. 이 단체는 주한외교관과 선교사들이 주축이 되어 한국의 예술 및 문학, 풍습 등의 연구를 위해 설립한 모임이었다.

이 단체는 창립 당시 3명의 명예회원과 34명의 일반회원으로 구성되었는데, 알렌, 아펜젤러, 언더우드, 애비슨, 게일, 헐버트 등이 그 주요 회원

근대 초기 서양인의 순수 한국 시가 탐색과 인식

이었다. 이들은 근대 전환기에 한국을 방문하여 선교 활동을 시작한 인물들이자, 이중어 사전 편찬의 공로자들이었고, 한국문학 기록을 남겼던 주역들이다. 개별적으로 이루어지던 한국연구 활동은 왕립아시아학회 한국지부의 창립으로 조직화, 집단화되었다. 왕립아시아학회 한국지부의 연구활동의 성과는 두 가지 특징을 드러냈다.

첫째로 개별적으로 이루어지던 서양인들의 한국학 연구 성과를 한자리에서 비교, 대조, 토론할 수 있게 되었다. *The Korea Review*는 1901년 8월 기사에서, 『왕립아시아학회 한국지부 회보집(RASKB)』 발간에 대해서, 공정하고, 균형적이고, 이성적인 논의를 대표한다고 논했다. 특히, 이 기사는 그 동안 한국학 연구에 대한 대중적 시도는 있어왔지만, 비평적 기준을 통해 사실을 밝히려는 노력은 부족했다고 지적하고, 『왕립아시아학회 한국지부 회보집(RASKB)』이 비판적인 연구 활동을 지향한다고 밝혔다.[9]

1900년 10월 상하이에서 열린 왕립아시아학회 한국지부의 첫 학술 발표부터, 게일과 헐버트는 한국에 대한 각각의 관점으로 논쟁을 벌였다. 게일은 중국이 한국의 한국어, 한국문학 그리고 한국의 사고를 완전히 장악하고 있다는 견해를 펼쳤다. 이에 헐버트는 대부분의 한국인들이 문맹이며, 유가와 같이 중국으로부터 전해진 사상보다, 민속신앙과 같은 토착적인 요소가 한국인에게 더 많은 영향을 끼친다면서 게일의 논지를 반박했다.

지부 학술지 창간호의 권두에는 게일의 "The Influence of China upon Korea"와 헐버트의 "KOREAN SURVIVALS"가 실려 있어 그들의 논지를 확인할 수 있다.[10] 게일과 헐버트는 이후에도 서로의 입장을 견지한 채, 후속 문학론으로 자신들의 논의를 지속해 나갔다. 그런데 이와 같은 경쟁적인 논쟁은 1900년 이후 서양인들의 한국에 대한 보고서나 문학론의 증가를 촉발시키는 자극제가 되기도 했다.

둘째로 각각 이루어지던 서양인들의 한국학 연구 성과들이 모여 하나의 체계화된 학문을 이룰 수 있게 되었다. *The Korea Review*는 1901년 8월 기사에 『왕립아시아학회 한국지부 회보집(RASKB)』의 성공은 개개인의 연구들이 모여, 하나의 성과물을 이루는 것이라고 밝힌 바 있다.[11] 이 시기 각각의 한국학 연구 성과물들이 모여 하나의 학문 체계로 이루어지는 단계 과정을 거치면서, 한국학 성립의 토대가 마련되고 있었다.

존스는 1903년 『왕립아시아학회 한국지부 회보집(RASKB)』에서 "Cheo Chi-wun: His life and Times"이라는 제목으로 최치원의 생애와 문학 활동에 대해서 조명했다. 특히, 존스의 최치원에 대한 논의에서는 한국 한문학을 한국 고유의 문학으로 보는 관점이 주목된다. 이 밖에도 게일 등에 의해 한국 최초의 역사가로서 김부식, 또는 창의적인 한국문학가로서 이규보 등이 조명되었다. 이들 연구 성과들이 모여 서양인들로 하여금 한국 한문학사를 종합적으로 살펴볼 수 있게 했다.

1900년대는 영미 개신교 선교사들에 의한 한국 논의가 절정에 이르렀던 시기다. 그러나 이 시기는 개신교 선교사들이 한국 연구의 주도권을 점점 상실해가는 때이기도 했다.

조선은 을사조약(乙巳條約)으로 1905년에 외교권을 상실했다. 한일합병조약(韓日合倂條約)으로 조선은 1910년에 일본의 식민지가 되었다. 이 시기부터 일본인 학자들은 한국을 연구하는 데 유리한 입장에 서게 되었고, 개신교 선교사들의 한국 활동의 입지는 조금씩 좁아졌다.

아펜젤러는 1902년 목포에서 열리는 성서번역위원회에 참석하기 위해 제물포에서 배를 타고 가던 중, 군산 앞바다에서 선박 충돌사고로 숨졌다.

고종의 정치적 조력자이자 한국 독립활동에 깊이 관여했던 헐버트는 1907
년 헤이그 밀사 사건을 계기로 1908년 일제에 의해 한국에서 추방당했다.

게일은 일본 학자들과 공동으로 한국어를 연구하기도 했다. 1909년 12
월 29일『大韓每日申報』는 "周時經과 美人「奇一」· 法人「安神夫」· 日人
高橋亨이 韓語硏究會를 組織하다."라고 기록하고 있다.[12] 미인(美人) 기
일(奇一)이란 게일을 말하는 것이고, 일인 고교형(高橋亨)은 경성제대의
조선학을 이끈 다카하시 도루(高橋亨, 1878~1967)이다.

이들 중 다카하시 도루는 한글 교사인 주시경(周時經, 1876~1914)이나
선교사인 게일과 달리, 조선 인문학 강좌 교수이자 조선총독부 관리였다.
그가 식민지 정책에 많은 영향을 줄 수 있는 지위에 있었음을 고려할 때,
한국어 연구에 있어서 일본인 학자들의 역할 확대는 예고된 것이었다.

조선총독부의 지원 아래 1908년 조선연구회(朝鮮硏究會), 1909년 조선
고서간행회(朝鮮古書刊行會) 등 일본학자들 중심의 한국학 연구 단체들
이 설립되기 시작했다. 이들은 조선의 고서들을 수집하고 연구하는 단체
로서, 서지학 연구에 있어서도 일본인 학자들이 서양인들의 연구 활동을
앞서갔다.

1920년 조선총독부의『朝鮮語辭典』발행은 한국 문헌연구에 있어서 중
요한 계기가 되는 사건이다. 이 사전의 발간 목적은 조선 문헌에 대한 해
독이었기 때문에, 한문과 이두가 중요하게 다루어졌고, 일본어 풀이가 함
께 수록되었다. 이로써 1920년 일본인 학자들도 한국을 연구하는 중요한
도구인 사전을 획득하게 되었다.

『朝鮮語辭典』은 훗날 언더우드의『英鮮字典』(1925), 게일의『韓英大字
典』(1931), 최초의 국어사전으로 평가받는 문세영의『朝鮮語辭典』(1938)에

까지 영향을 미쳤다. 1890년대 개신교 선교사들이 프랑스 신부들의『한불ᄌ뎐韓佛字典』을 참고하여 사전을 만들었다면, 1920년대 이후에는 조선총독부의『朝鮮語辭典』을 참고하여 사전을 만들게 된 것이다.

한편, 1919년 3·1운동을 계기로 한국인들의 공론 활동은 이전보다 거세어져 갔고, 1920년대 국민문학파라고 불리는 한국문학인들이 국민문학과 국민 시가를 논의하였다. 1920년대는 근대적인 한국인 번역가들이 등장하기 시작한 시기이기도 했다. 1920년대 근대 국민국가의 개념 아래 한국인들은 스스로 근대적 문학 활동을 수행했다.

이 책에서 서양인들의 한국 시가에 대한 기록을 대략 1920년대까지 한정하여 살펴보는 데에는 1920년 조선총독부의『朝鮮語辭典』(1920)의 등장에 의거했다. 일본 학자들의 한국 연구 활동은 1920년대 서양인들의 한국 연구 활동을 능가했다. 이로서 개신교 선교사들이 한국학 연구를 주도하던 시대는 1920년대 대략 마무리되고, 한국을 알리는 국제어로서 일본어가 대두했다.[13]

근대 초기 서양인의 순수 한국 시가 탐색과 인식

제2장

세 가지 한국어에 따라 구분된
서양인들의 한국 시가 기록

처음 조선이라는 낯선 나라에 도착하여, 조선인을 처음 만나 조선어라는 낯선 언어를 접했던 서양인들에게 한국 시가는 무엇이었을까? 현대 한국문학인들은 시조나 가사를 고유한 한국 시가라고 국제사회에 소개할 것이다. 그러나 처음 한국에 입국한 근대 초기 서양인들에게 시조나 가사는 학습해야 알 수 있는 낯선 장르 개념이었다.

근대 초기 서양인이 한국 시가를 처음 접했을 때 가장 큰 비중으로 다가오는 주제는 언어였다. 당시 서양인들에게는 중국어로 써 있으면 중국 시가이고, 일본어로 써 있으면 일본 시가이며, 한국어로 써 있으면 한국 시가였다. 한국이 어디 있는지도 잘 몰랐던 외국인들에게 한국어는 중국 시가와 일본 시가로부터 한국 시가를 구별하는 분명한 지표였다. 서양인들이 한국을 탐구하던 시대에, 한국은 계층 간의 구별이 뚜렷했고 계층별의 그러한 양상에 따라 언어가 달랐고 구어체와 문어체도 달랐다. 한국어에 따라 서양인들의 한국 시가에 대한 관점이 갈라진 것도 이 때문이다.

1900년대 전후 서양인들의 한국 시가 기록 활동은 1920년대 한국문학인들의 국민 시가 기획 방식과 유사한 면이 있다. 그 예로서, 김억의 국민 시가에 대한 논의를 들 수 있다. 김억은 1927년 『동아일보』에 「밝아질 朝鮮詩壇의 길」을 2회에 걸쳐 연재하고, 조선 시가의 고유한 조건을 세 가지 제시했다.[14]

첫째는 조선인의 향토성이 담긴 고유어로 시가가 쓰여야 한다는 것, 둘째는 조선인 고유의 심성이 시가에 반영되어야 한다는 것, 셋째는 조선인 고유의 호흡을 담은 민요와 시조를 절충한 시형, 즉 조선 고유의 시가 형식을 드러내야 한다는 것이었다.

그런데 김억이 이와 같이 제시한 조선 시가의 조건들은 1900년대 전후,

서양인들이 한국 시가에 대한 기록을 남기면서 염두에 두었던 조건들이기도 했다. 당시 서양인들도 한국의 고유한 언어로 쓰였으며, 한국인의 민족성이 반영되어 있고, 한국어 고유의 리듬이 담긴 시가들만을 찾아서 기록하려고 했다.

근대 초기 서양인들이 처음 한국의 고유한 시가를 기록했던 시대에 한시(漢詩)는 중국의 대표적인 시로서 일찍부터 서양인들에게 인정을 받았다. 와카(和歌)나 하이쿠(俳句) 역시, 일본 고유의 시가 형태로 확립되어 서양에 소개되었다. 서양인들은 중국과 일본의 고유한 시가라고 평가받는 명확한 대상을 번역할 수 있었다.

한국의 경우, 한국의 고유한 시가로서 개념이 확정된 시가 형태를 대상으로 서양인들이 번역에 임한 것이 아니다. 1920년대 한국문학인들이 한국 고유한 시가 형식의 부재를 논의하고 조선 고유의 국민 시가를 기획하려고 했었던 것만큼이나, 1900년대 전후 서양인들도 한국의 고유한 시가를 한국의 문학 유산에서 찾아내려고 했다.

근대 초기 개신교 선교사들의 한국 고유 시가의 소개는 번역으로 이루어졌지만, 영어와 한국어의 등가교환 작업으로 이루어진 번역 활동이 아니었다. 근대 초기 한국어는 그들에게 형성 중인 언어로 비쳤다. 한국어는 사회계층마다 달랐고 통일되지 못한 언어였으며, 중국 문자를 문어로 쓰는 언어이고 외국어와 대체할 만한 어휘가 부족하거나 생소하여 부연 설명을 요하는 언어였다.

이와 같은 언어로 표현된 한국 시가를 외국 독자들이 이해하도록 소개하는 작업은 고유한 한국 시가라고 판단되는 문학적 산물을 발굴, 선별하여, 구조를 짜고, 가공, 기획, 심지어 창작까지 하는 작업과 다르지 않았다. 이 책에서 '번역' 이외에도 시가의 기획, 선별, 발굴의 의미까지 포괄하는 넓은 의미로서, '구현'이라는 용어를 함께 쓰는 것도 이와 관련이 있다.

1920년대 한국문학인들의 국민문학 운동과 1900년대 전후 서양인들의 한국 시가 구현 양상에는 차이점이 존재한다. 그것은 외국인들로서 받을 수밖에 없는 한국어의 영향력이었다. 서양인들의 한국 시가 기록에서는 고유한 언어, 고유한 리듬, 고유한 민족성 등 고유한 한국 시가의 여러 조건들 중에서 언어적 특성이 특히 두드러졌다.

1900년대 전후 한국 시가에 대해 기록했던 서양인들이 외국인이었던 만큼, 한국어로부터 받는 압력은 1920년대 자국어로 고유한 한국 시가를 기획했던 한국문학인들보다 훨씬 높았다. 근대 초기 서양인들은 한국 언어에 따라 한국 시가를 구분하고, 한국 언어관에 따라 한국 시가에 대한 평가를 내렸으며, 한국어의 변모 양상에 따라 한국 시가에 대한 기록 양상도 다르게 했다. 서양인들 사이에서도 고유한 한국 시가에 대한 관점이 한국어에 대한 관점에 따라 각각 차이가 있었다. 근대 초기 한국의 서로 다른 계층과 언어 상황은 고유한 한국 시가에 대한 서양인들의 선별 기준이나 관점까지도 달라지도록 했기 때문이다.

이 책에서 한국어를 중심으로 1900년대 전후 서양인들의 한국 시가 기록들을 분류하고, 서양인들의 한국 언어관을 바탕으로 그들이 한국 시가를 구현하는 방식에 대해서 논하려는 것도 이 때문이다.

게일(J. S. Gale, 1863~1937)이 1897년 출간한 『韓英字典한영ᄌ뎐』은 대형사전의 면모를 갖춘 첫 사례로 평가된다. 『韓英字典한영ᄌ뎐』(1897)은 한국어 사전이 부재한 시기에 한국어 사전의 역할을 하기도 했다. 이 사전은 1판(1897), 2판(1911), 3판(1931)까지 간행되었는데, 3판인『韓英大字典』(1931)의 서설(Introduction)에서 게일은 다음과 같이 한국어에 대해서 기록했다.

만일 언어에 대한 올바른 정의가 문자로 된 단어들이나 음절로 나누어진 소리들을 통해 사고를 표현하는 것이라면 한국은 일본과 마찬가지로 사실상 ①세 가지의 언어, 즉 구어, 문어, 문자를 지닌다고 할 수 있다. 문어는 한국 고유의 글씨(한글. 역주)로 쓰인 형태를 말하며 문자는 한자로 쓰인 것이다.

　…(중략)…

②구어. 구어는 문헌이나 어떤 종류로도 쓰여진 형태가 거의 없는 언어이다. 구어는 아주 옛적부터 단지 소리로만 전해져 내려왔기에 현재에 이르러서는 일정하지 않은 특성을 지닌다. 나라의 각 지방들에서 보이는 발음상의 변이들은 표준어로 간주되는 서울말이 쓰이는 수도로부터 멀어질수록 그 차이가 더욱 심해지게 된다.

　…(중략)…

③문어(한글. 역주). 문어의 어순은 구어와 유사하지만 중국어 한자가 훨씬 많이 섞여 쓰이며 어조사, 즉 수식적인 단어들에 의해 더 복잡해진다. 어조사들은 별다른 의미는 없고 단지 어조를 고르기 위해서 혹은 생각을 표현하는 것보다는 표현되는 양식을 더욱 강조하기 위해서 첨가된다. 이러한 형태의 문헌은 매우 제한적인데 현재 남겨진 것은 주로 고전들의 번역과 효와 인륜에 대한 몇몇 책들에 한정된다.

　…(중략)…

　　　　　　　　　　　　　　근대 초기 서양인의 순수 한국 시가 탐색과 인식

④한자들. 태고로부터 중국어는 한국과 긴밀한 연관이 있었던 것 같다. 아주 이른 시기에 중국어는 이 나라의 문어가 되었고 현재까지도 지속적으로 중요한 위치를 차지하고 있다. 문리(mulli, 文理), 즉 "고전적인 형식"은 여전히 문어 소통에서 유일하게 공식적인 수단이다. 한국어는 한자의 원래 발음 소리는 보존한 채 그 성조를 잃어버렸다. 그렇지만 중국에서 "평평한" 성조(평성. 역주)를 지닌 한자는 대체로 한국에서는 짧은소리로 표현되며 "올라가는" 성조(상성), "내려가는" 성조(거성), 그리고 "들어가는" 성조(입성)들은 긴소리로 표현된다는 특징은 여전히 존재한다.[15]

보다시피 게일은 ①과 같이 한국에는 구어, 문어 그리고 문자라는 세 가지 언어가 있다고 소개했다. 여기서 구어란 ②와 같이 문헌이나 어떤 종류로도 쓰여진 형태가 거의 없는 언어이고, 문어는 ③과 같이 한글을 말하는 것이며, 문자란 ④와 같이 한문을 말한다.

여기서 주목할 점은 "이런 층위의 문학은 주로 경서에 대한 언해나 효, 인륜에 관련된 몇몇 책들로 제한"되어 있다는 언급처럼, 언어에 대한 논의가 자연스럽게 그 언어가 구현하는 문학에 대한 논의로까지 이어지는 특징이다. 근대 초기 서양인들의 이와 같은 인식은 사전 서문뿐 아니라, 그들의 한국문학 기록 특히 고유한 한국 시가 기록에서 드러나는 두드러진 특징이다. 이 책에서는 그들의 한국 언어관, 즉 한국어로서 구어, 한글, 한문의 특성을 서양인들의 한국 시가 기록을 검토하는 관점으로 삼아 서양인들의 한국 시가 기록들을 살펴보고자 한다.

구어, 한글, 한문의 언어 체계에 따라 한국문학을 살펴보는 관점은 한국의 문학세계를 포괄하며, 한국문학을 온전히 바라보려는 이상을 가지고 있다. 조동일은 『한국문학통사』에서 다음과 같이 '구비문학', '국문문학', '한문학'으로 한국문학을 분류해서 바라보는 관점을 제시한 바 있다.

> 그러고 보면, 국문학에는 세 가지 문학이 있다. 말로 된 문학인 구비문학, 문어체 글로 된 문학이기만 한 한문학, 구어체 글로 된 문학인 국문문학이 그 셋이다. 국문문학을 이른바 고전문학과 현대문학으로 나누어 살펴온 것이야 오히려 사소한 문제점이다. 국문학사의 전체적인 전개는 바로 이 세 가지의 문학의 관계가 어떻게 변천되어 왔는가에 따라서 이해될 수 있겠는데, 그 중의 어느 것은 문학사에서 논외로 한다면 커다란 차질이 생길 것이다. …(중략)… 지금 쓰는 문학사는, 구비문학과 한문학에 대한 구체적인 연구 성과가 크게 모자라는 난점을 각오하고서라도, 구비문학, 한문학, 국문문학을 되도록이면 대등하게 다루는 방향으로 나아가야, 이 시대 국문학 연구가 맡은 사명을 확인할 수 있다.[16]

구어, 한글, 한문의 문자가 구현하는 한국문학은 각각 그 장단점을 가지고 있다. 구비문학은 고유성을 인정 받지만 문자가 없다는 난점을 가지고 있다. 국문문학은 모국어, 자국어문학으로서 평가받지만, 국문문학만을 주목하면 수천 년에 걸쳐 한문으로 기록된 한국의 고전문학이 외면 받게 된다. 수 세기 동안 한국문학의 주된 기록 수단이었던 한문은 한국 한문학을 발전시켰지만, 한문은 중국문자로 평가받는다.

각각의 장단점에도 불구하고 한국문학이 구어, 한글, 한문으로 구현되었다는 사실은 변함이 없다. 각각의 문자에 적용되는 이데올로기에 따라 한국문학이 외면 받거나 주목받는다면, 한국문학을 모두 포괄할 수 없을 것이다. 이에 『한국문학통사』는 구비문학과 한문학에 대한 구체적인 연구 성과가 크게 모자라는 난점을 각오하고서라도, 이 세 가지 언어가 구현하는 문학적 산물들을 대등하게 살펴보아야 한국문학 연구가 온전히 이루어질 수 있다고 주장한다.

이 책에서 구어, 한글, 한문을 대등하게 보고, 이들 언어가 구현하는 서양인들의 한국 시가 기록들을 포괄하는 것은 서양인들의 한국 시가 기록들을 온전히 바라보려는 시도에서 비롯되었다. 이것은 근대문학 개념으로 서양인들의 한국 시가 기록들을 바라보는 입장이 아니라, 근대 초기 서양인들의 입장이 되어 그들이 남긴 한국 시가 기록들을 보려는 시도이기도 하다.

1. 헐버트의 구전 시가 기록

1) "Korean Poetry"와 구어 중심주의

H. B. Hulbert,
1863~1949

*The Korean Repository*의 1896년 5월호에는 "Korean Poetry"라는 제목으로 헐버트(H. B. Hulbert, 1863~1949)의 한국 시가에 대한 논의가 실려 있다. 먼저, 헐버트는 글의 서두에서 한국어로 인하여 빚어지는 오해에 대해서 지적하고, "한국인들이 한국 시가를 읽고 드는 똑같은 생각이나 감정을 독자에게 전달하는 것"이라고 논의의 목표를 밝혔다.[17]

헐버트는 이어서 한국 시가의 특징으로 압축성, 즉흥성, 서정성 3가지를 제시했다. 이 세 가지 한국 시가의 특징은 "Korean Poetry"의 주된 내용을 이루고 있다. "Korean Poetry"에서 한국 시가의 3가지 특징을 논의한 부분을 각각 인용하면 다음과 같다.

㉮①첫 번째 어려움은 한국 시가의 많은 부분이 압축되었다는 사실이다. 시어법이 그들의 시에는 거의 없거나 연관이 없는 것처럼 보인다. 적절하게 배열된 6개의 중국 문자는 우리들에게 8줄의 연이 전달하는 것보다 더 많은 생각을 그들에게 전달할 것이다. …(중략)… 그것은 어떤 면에서는 한국 시가와 영시의 다른 점을 예로 들어준다. 한 경우에는 귀가 매개체고 다른 경우에는 눈이 매개체다. 동양 전체에 웅변 같은 것이 없는 게 이유이다.

근대 초기 서양인의 순수 한국 시가 탐색과 인식

㉠동양에는 말(speech)의 예술이 없다. ; 말은 매우 실용적인 것이다. …(중략)… 두 글자 洛花를 예로 들어보자.[18]

㉯한국인은 시적인 인유(引喩)를 그의 민담(民譚)에 쓰기를 즐긴다. ②한국 시가는 즉흥적인 것이라, 여기 한 줄 있고 저기 한 줄 있을 뿐이다. ㉡그는 앉아서 긴 시를 만들어내지 않고, 노래하지 않을 수 없을 때 새처럼 노래한다. 이런 스타일의 최고 중 하나는 조웅의 이야기에서 찾을 수 있다.[19]

㉰③한국 시가는 모두 서정적이다. 서사시와 비교될 수 있는 어떤 것도 없다. 우리가 종달새에게 전체 심포니를 노래하라고 요구하지 않듯이, 우리는 아시아인에게 시로서 길게 역사적이거나 서술적인 설명을 해달라고 요구하지 않는다. ㉢그들의 언어는 그런 표현 형태에 적합하지 않다. 그것은 완전히 순수하고 간단한 자연음악이다. …(중략)… 여기 고기잡이에서 돌아오는 어부의 저녁 노래를 살펴보자.[20]

㉮에서 헐버트는 ①과 같이 한국 시가가 매우 압축되었다고 설명한다. 한국 시가 압축론의 예로서, 헐버트는 적절하게 배열된 6개의 중국 문자가 영시의 8줄이 전달하는 것보다 더 많은 생각을 전달한다고 설명한다. 그리고 헐버트는 한국 시가의 압축성을 보여주는 예시로서 시어 '洛花'에 얽힌 민담 즉, 낙화암에서 떨어지는 궁녀들의 이야기를 38행의 영시로 제시했다.

멸망하는 백제에 대한 이야기는 시조로도 창작되었던 사례가 있다. 그러나 헐버트는 낙화암에 얽힌 백제의 멸망 이야기를 시조가 아니라, 설화의 형태로 접했음을 증거하는 기록들을 남겼다. 그의 저서 『대한제국멸망사(*The Passing of Korea*)』(1906) 24장의 "음악과 시" 부분에는 설화로서의 낙화암(落花岩) 이야기가 기록되어 있다.[21] 헐버트는 낙화암 전설을 문자화된 이야기가 아니라, 구어로 구현된 이야기로 접했을 가능성이 높다.

그리고 헐버트는 한국 시가 압축성의 이론적 근거로서, ㉠과 같이 동양에는 말의 예술이 없으며, 말은 매우 실용적이라는 관점을 제시한다. 여기서 한국 시가론에 대한 헐버트의 관점이 한국 언어관에서 비롯되었다는 것을 유추할 수 있다.

㉯에서 헐버트는 ②와 같이 한국 시가가 즉흥적이라고 설명한다. 그리고 헐버트는 이와 같은 시적인 인유를 한국인들은 민담에서 쓰기를 즐긴다고 덧붙였다. 그가 예시한 한국 시가의 원문이 민담에서 인용된 것임을 고백한 것이나 다름없다. 그리고 헐버트는 한국 시가 즉흥성의 예시로서 영웅, 군담 소설인 『조웅전』에 수록된 두 편의 노래를 인용했다. 그 시대 『조웅전』과 같은 고소설은 서양인에게 민담(folk-tale)으로 인식되었다.[22]

한국 시가는 즉흥적이라 여기 한 줄 저기 한 줄 있을 뿐이라고, 헐버트는 한국 시가의 모습을 말한다. 한국 시가가 그와 같이 구현되는 이유는 ㉡과 같이 앉아서 긴 시를 만들어내지 않고, 노래하지 않을 수 없을 때 새처럼 노래하기 때문이라는 것이다. 헐버트의 한국 시가 구현 방식에 대한 묘사는 작가와 문자 중심의 작품 창작보다, 낭독자와 구어에 의한 즉흥적 표현 방식을 그 대상으로 하였다.

㉰에서 헐버트는 ③과 같이 한국 시가가 모두 서정적이라고 주장한다. 종달새에게 전체 심포니를 노래하라고 요구할 수 없듯이, 아시아인에게 긴 역사적 설명이나 서술을 요구할 수 없다는 것이다. 헐버트는 한국 시가

서정성의 예시로서 "fisherman's evening song as he returns from work"(고기 잡이에서 돌아오는 어부의 저녁 노래)라는 어부가류 노래를 영역하여 제 시했다. 이것은 시조나 가사로 유추되는 작품으로서, 헐버트가 한국의 노 래를 듣고 채록한 것으로 추정된다.[23]

그런데 여기서도 헐버트는 한국 시가 서정성의 논리적 근거로서 ⓒ과 같 이 아시아인의 언어가 서사시 형태에 적합하지 않다는 그의 언어관을 제 시한다. 특히 그의 한국 시가론에서는 "all nature music pure simple"(순수하 고 간단한 자연 음악)과 같은 언어, 즉 구어를 암시하는 표현이 등장한다. 한국 시가의 서정성에 대한 헐버트의 판단이 그의 한국 언어관에서 근거 했음이 확인된다.

헐버트가 한국 시가의 예시로서 제시한 작품들은 민담(낙화암에 얽힌 이 야기), 민담 속의 노래(『조웅전』에 수록된 노래), 민요(어부가류 노래)였다. 이야기에서조차 한국 시가의 모습을 보는 헐버트의 논의를 살펴보면, 그 가 한국 시가로 소개한 원작의 장르에 일관성이 없었다는 사실이 드러난 다.

그러나 헐버트의 한국 시가 논의에는 "Korean Poetry"가 모두 구비문학 이라는 일관된 관점이 드러난다. "Korean Poetry"에 구비문학들만을 모아 놓은 셈인데, 이것은 헐버트가 한국 시가를 구비문학에서 찾았음을 암시 한다. 헐버트에게 한국 시가란 특정 장르에 있는 것이 아니라, 구어라는 언어에 있었다.

헐버트는 압축적이며, 즉흥적이며, 서정적이라는 한국 시가론의 근거를 대부분 동양의 언어관에서 가져오고 있다. 한국 언어는 "entirely utilitarian" 과 같이 완전히 실용적이고, "nature music pure simple"과 같이 순수한 자연

음악이기 때문에 한국 시가가 이런 모습이라고 헐버트는 논의한다. 여기서 "한국 시가를 구현하는 언어 = 구어"라는 헐버트의 한국 시가론이 드러난다.

2) 구전 시가의 서사 구조 : 〈낙화암 전설〉과 〈에밀레종 설화〉

"Korean Poetry"(1896)에서 한국 시가 텍스트가 소개되는 방식은 한국 시가의 특성에 의거한 것이었다. 앞서 논했듯이, 헐버트는 한국 시가의 특징을 압축성, 즉흥성, 서정성으로 언급했다. 그리고 그 논지를 뒷받침하는 세 가지 형태의 한국 시가들을 제시했다. 헐버트의 한국 시가론이 구어의 특성이 반영된 견해임에 주목하면, 헐버트가 영역한 한국 시가 텍스트들이 한국 민속, 민담, 민요 등과 관련이 깊을 것이라고 유추할 수 있다.

헐버트가 "Korean Poetry"에서 첫 번째로 제시한 작품은 한국 시가의 특징인 압축성을 증거하기 위한 작품이었다. 헐버트는 압축성의 예로서 시어 '洛花'를 예로 들고, 이 시어는 역사적인 뜻을 갖고 있으며, 학식 있는 한국인들에게 다음과 같은 의미를 전달한다고 소개했다. 때문에 엄밀히 말해서, 시어 '洛花'를 소재로 한 다음 작품은 한국 시가의 고유한 형태라기보다는, 한국인의 시적 정서를 전달해 주는 헐버트의 작품이라고 할 수 있다.

①In Pak Je's[24] halls is heard a sound of woe.

The craven King. with prescience of his fate.

Has fled. by all his warrior knights encinct.[25]

Nor wizard's art, nor reeking sacrifice,

Nor martial host can stem the tidal wave

Of Silla's vengeance. Flight, the coward's boon,

Is his ; but by his flight his queen is worse

Than widowed ; left a prey to war's caprice,

The invader's insult and the conqueror's jest.

㉠Silent she sits among her trembling maids

Whose loud lament and cham'rous[26] grief bespeak

Their anguish less than hers. But lo, she smiles,

And, beckoning with her hand, she leads them forth

Beyond the city's wall, as when, in days of peace,

㉡She held high holiday[27] in nature's haunts.

But now behind them sounds the horrid din

Of ruthless war, and on they speed to where

A beetling precipice frowns ever at

Itself within the mirror of a pool

By spirits haunted. Now the steep is scaled.

With flashing eye and heaving breast she turns

②And kindles thus heroic flame where erst[28]

Were ashes of despair. ③"The insulting foe

Has boasted loud that he will cull the flowers

Of Pak Je. Let him learn his boast is vain,

For never shall they say that Pak Je's queen

Was less than queenly. Lo! the spirits wait

In yon dark pool. Though deep the abyss and harsh

Death's summons, we shall fall into their arms

As on a bed of down and pillow there

Our heads in conscious innocence." This said,

She call them to the brink. Hand clasped in hand,

In sisterhood of grief an instant thus they stand,

Then forth into the void they leap, brave hearts!

Dike[29] drifting petals of the plum[30] soft blown

By April's perfumed breath, so fell the flowers

Of Pak Je, but, in falling, rose aloft

To honor's pinnacle.

⊙백제의 홀들에서, 비애의 소리가 난다. 운명을 예지한 그 비겁한 왕은 그의 군사가 전멸해서 도망을 갔다. 마법사의 솜씨로도, 악취가 진동하는 희생으로도, 용감한 군대로도 신라가 행하는 복수의 파도를 막을 수 없다. 비겁자의 특권인 도망은 그의 것이다; 그러나 그의 도망으로 인해, 그의 여왕은 과부가 되는 것보다 더 안 좋아졌다; 그 침입자의 모욕과 정복자의 조롱, 전쟁의 변덕에 희생양으로 남겨졌다. ㉠그녀는 떨고 있는 궁녀들 사이에 조용히 앉아 있고 그 궁녀들의 소란한 비탄과 소란스런 슬픔은 그들의 고통이 그녀보다 더 적다는 것을 알려준다. 그러나 어찌된 일인가, 그녀는 미소 짓는다, 그리고 그녀는 손짓으로 부르며, 그들을 도시의 벽 저쪽 앞으로 오라 한다. 마치 평화로운 날에 ㉡자연의 행락지에서 대제일을 거행하는 것처럼.

근대 초기 서양인의 순수 한국 시가 탐색과 인식

그러나 지금 그들의 뒤에는 무자비한 전쟁의 끔찍한 소리가 들린다. 그리고 그들은 툭 튀어나온 절벽이 물웅덩이의 거울에 비친 자신을 향해 찌푸린 곳으로 귀신에 홀려서 내달린다. 지금 그 낭떠러지는 측량된다. 번쩍이는 눈과 편 가슴으로, 그녀는 돌아서 ②이전에는 절망의 재였던 곳에 영웅적인 불꽃을 지핀다. ③"그 모욕을 주는 적은 백제의 꽃들을 딸 것이라고 크게 허풍을 떤다. 그의 허풍이 헛된 것임을 깨닫게 하자, 백제의 여왕이 여왕답지 못했다고 결코 말하지 못하게 하겠다. 보라! 그 영혼들이 어두운 연못에서 기다리고 있다. 비록 나락은 깊고 죽음의 소환장은 가혹하지만, 의식적이고 천진무구한 우리들의 머리들이 새털이불과 베개 위에 있는 것처럼 우리는 그것들의 팔 안으로 떨어질 것이다." 이 말을 하고 그녀는 그들을 벼랑의 가장자리로 불렀다. 손과 손을 잡고, 슬픔의 자매 관계 속에서, 그들은 순간 서 있다. 그리고 그들은 공간 안으로 뛴다, 용감한 마음이여! 4월의 향기 나는 미풍에 떠다니는 자두의 짙은 꽃잎처럼, 그렇게 백제의 꽃들은 떨어진다, 그러나, 그 떨어짐으로 인해, 명예의 산봉우리로 높이 올라갔다.[31]

보다시피 작품의 내용을 읽어보면, 백제 멸망과 관련된 낙화암 설화를 채록하여 서양 시가의 형태로 재구성한 것임을 알 수 있다. 헐버트는 여러 곳에서 낙화암 설화에 대한 기록을 남긴 바 있다. 특이한 점은 헐버트의 낙화암을 소재로 한 시가에 백제의 여왕이 등장하는 것이다. 다음은 헐버트가 기록한 『대한제국멸망사』의 29장 "민담과 속담"의 한 부분이다.

　　주몽의 어머니이며 인어 공주인 유화부인(柳花夫人)으로부터 임진왜란 당시에 진주성(晉州城)에서 자기에게 강요된 정부(情夫)인 왜장을 껴안고 죽은 의기(義妓) 논개(論介)에 이르기까지 한국의 민담에는 여자가 큰 구실을 하고 있다. 그 중에서도 가장 유명한 여성은 백성의 마지막 왕비이다.

백제의 마지막 왕비는 무도한 적병이 가까이 오자 궁녀들을 뾰족한 바위로 데리고 가서 함께 물에 빠짐으로써 적에게 능욕을 당하기보다는 오히려 죽음을 택했다. 이 바위를 일컬어 낙화암(落花岩)이라 하는데 이는 「꽃이 떨어진 바위」라는 뜻으로 가장 시적인 아름다움이 풍기는 이름이다.[32]

헐버트는 한국의 민담에 여성이 자주 등장하며, 여성의 역할이 크다고 밝히고 있다. 그 예로서 유화부인, 논개, 백제의 마지막 왕비, 3명을 들고 있다. 이것은 헐버트가 백제의 마지막 왕비가 등장하는 설화를 접했음을 입증한다. 설화에 얽힌 장소인 '낙화암(落花岩)'은 가장 시적인 아름다움을 풍기는 이름이라고 한다. 이와 같은 기록은 헐버트가 소개한 영역 시가가 민담에서 비롯되었고, 그가 이 민담에서 시적인 요소를 보고 한국 시가로 기록했다는 것을 보여준다. 여기서 헐버트가 말하는 시적인 요소가 무엇인지 살펴볼 필요가 있다.

헐버트의 위 작품은 백제가 멸망하는 순간으로부터 시작한다. ①과 같이 전쟁의 한가운데 놓인 백제인들의 "sound of woe"(비애의 소리)가 울려 나온다. 신라군들은 백제의 왕궁에까지 쳐들어오고, 비겁한 왕은 도망쳤으며, 궁녀들은 두려움에 떨고 있는 상황이다.

서양 고전 서사 시가의 두드러진 특징은 사건을 시간순으로 나열하지 않고, 결정적인 국면으로 바로 뛰어 들어가는 데 있다. 희랍 고전들이 모범을 보인 후로, 중심 사건으로부터 바로 이야기가 시작되는 것은 서양 서사 전개의 전형적인 형태가 되었다.[33] 로마 시인 호라티우스는 이에 대해 "in medias res"(사태 한가운데)라는 원칙을 세웠고, 아리스토텔레스는 갈등의 제시로부터 시작되는 플롯을 세웠다. 멸망 직전에 다다른 백제의 상황 묘사로부터 시작되는 헐버트의 작품은 서양 서사 시가의 이와 같은 법칙을 따르고 있다.

이어서 왕비와 궁녀들이 등장한다. 여기서 궁녀들은 "trembling maids"(떠는 궁녀들)이고 왕비는 "But lo, she smiles,"(그러나 어찌된 일인가, 그녀는 미소 짓는다,)와 같이 위기를 의연히 받아들이는 존재이다. 이와 같은 대조는 왕비의 위대함을 더욱 두드러지게 하고 있다.

헐버트는 ㉠에서 "Silent she sits among her trembling maid"의 'Silent', 'she', 'sits'와 같이 's'를 반복하여 운을 이루게 했다. 왕비의 행동을 묘사하는 대목인 ㉡에서 "She held high holiday in nature's haunts."의 'held', 'high', 'holiday'와 같이 'h'를 반복하여 운을 이루게 했다. 운의 반복은 강조의 효과를 만든다.

남성운으로서 강약격은 '영웅호걸'이 출현하는 서사 시가의 형식에도 어울린다. 일례로 고대 영시의 대표적인 영웅 서사 시가인 *Beowulf*는 "Now Beowulf bode in the burg of the Scyldings,"와 같이 노래한 바 있다. 여기에서는 'Beowulf', 'bode', 'burg'와 같이 동일한 첫 자음이 힘 있게 세 번씩 반복되면서, 영웅의 이름과 그 존재성이 강조된다.

궁녀와 왕비 모두 백제 멸망이라는 시련을 당하고 있지만, 그 태도는 확연히 다르다. 궁녀는 자신이 속한 공동체의 멸망에 휩쓸리는 존재, 왕비는 자신이 속한 공동체의 멸망에 저항하는 존재이다. 이로써 왕비의 영웅적인 면모는 더욱 두드러진다. 영웅은 고난에 처했을 때 가장 거룩하다. 영웅의 자질이 드러나는 것은 고난이며, 불굴의 의지로 고난을 극복하여 영웅의 자질을 증명하는 모티프는 동서양을 막론하고 영웅 이야기의 중요한 요소이다.

왕비가 절벽에 몸을 던지는 장면에서 왕비의 영웅성은 더욱 극대화된다. 헐버트는 왕비가 절벽에 몸을 던지려는 행위에 대해 ②와 같이 "And kindles thus heroic flame where erst"(이전에는 절망의 재였던 곳에 영웅적인 불꽃을 지핀다.)라고 묘사한다. 그리고 왕비는 궁녀들 앞에서 연설한다. 여기서 작품에는 왕비의 연설문이 ③과 같이 9줄의 행에 걸쳐 첨가되었다. 그 내용은 신라인들이 우리들에게 모욕을 주려고 하지만, 죽을지라도 명예는 지키자는 것이었다.

긴 연설이 직접 화법으로 첨가된 사례는 판소리와 같은 한국문학 장르에서도 흔히 볼 수 있다. 그러나 모든 서사 시가가 그렇지는 않지만, 서양의 문학 장르 중 긴 연설이 직접 화법으로 삽입되는 것은 호메로스의 『일리아드』, 『오디세이』와 같은 구송시(oral poetry)의 두드러진 특징이기도 하다. 또 헐버트가 민담을 바탕으로 작품을 구현한 점을 주지할 때, 왕비의 연설이 첨가된 것은 구어의 특징을 반영한 것이기도 하다.

왕비는 연설을 마친 후, 낙화암에 몸을 던진다. 궁녀들도 왕비의 영웅적인 행동에 따라 절벽에서 떨어진다. 왕비의 행동에 대해 헐버트는 "but, in falling, rose aloft/ To honor's pinnacle."(그러나, 그 떨어짐으로 인해, 명예의 산봉우리로/ 높이 올라갔다.)라고 평가했다. 비록 왕비는 죽었지만, 그 명예는 드높여진 것이다.

육체의 소멸로 정신의 크기를 상대적으로 부각시키는 아이러니는 서양 영웅서사의 고전적인 법칙이다. 서양 영웅서사에서는 영웅의 죽음을 통해 영웅에게 불멸의 영원성을 부여한다. 『일리아드』의 영웅 아킬레우스는

근대 초기 서양인의 순수 한국 시가 탐색과 인식

선택의 갈림길에서 "내가 만일 이곳에 머물러 트로이아 인들의 도시를 포위한다면, 고향으로 돌아가는 길은 막힐 것이나 내 명성은 불멸할 것이오. 하나 내가 만약 사랑하는 고향 땅으로 돌아간다면, 나의 높은 명성은 사라질 것이나 내 수명은 길어지고 죽음의 종말이 나를 일찍 찾아오지는 않을 것이오."라고 고뇌했다.[34]

아킬레우스는 트로이에서 죽음을 맞이하는 쪽을 택했고, 그는 영웅으로서 불멸의 명성을 획득하게 되었다. 베오울프는 용을 죽이고 그 자신 역시 죽음을 맞이하며, 지그프리트는 등의 약점에 창을 맞고 죽는다. 헤라클레스 역시 산 채로 화장당하여 죽은 후 신들 곁으로 간다. 오이디푸스 역시 비극적인 운명에 저항하려 하지만, 결국 예언대로 이루어지고 그는 맹인이 된다.

헐버트가 소개한 한국 시가에 등장하는 여왕의 이야기는 서양 영웅서사의 고전적이고 널리 알려진 법칙을 따르고 있다. 작품의 "in falling, rose aloft/ To honor's pinnacle."(그러나, 그 떨어짐으로 인해, 명예의 산봉우리로/ 높이 올라갔다.)와 같은 표현은 마치 이와 같은 서양 영웅서사의 이론을 텍스트에 그대로 삽입한 듯한 인상을 준다. 결국, 헐버트가 말한 시적인 요소는 서양 영웅서사 시가에 등장하는 영웅의 비극적 죽음과 관련이 있다.

한국문학과 서양문학의 비교 연구에서 주목되는 성과 중 하나는 영웅의 일생에 대한 것이다. 한국의 영웅서사에서 주인공이 비극적 죽음을 맞이하는 경우는 적다. 한국의 영웅들은 승리의 영광을 누리다가 행복한 죽음을 맞이하는 사례가 많다.[35] 『동명왕편』, 『용비어천가』, 『삼국유사』 등에 등장하는 주몽, 박혁거세, 석탈해, 김알지 등 한국의 영웅들이 그러하다. 한국의 영웅서사들과 비교할 때, 백제 여왕의 비극적 결말은 드문 사례이다.

헐버트도 한국에 웅대한 규모의 서사시가 없다고 말한 바 있다. 헐버트는 『대한제국멸망사』의 29장 "민담과 속담"에서 다음과 같이 말한 바 있다.

> 한국인들은 그리스의 매혹적인 신화와 같은 것을 인출할 수 있을 정도로 상상력을 비약시킬 능력이 없다는 사실을 처음부터 지적하지 않을 수가 없다. 뿐만 아니라 한국인들은 북구(北歐)의 신화에서 나오는 강인한 영웅을 등장시킬 만큼 웅혼하거나 절대적이지 못하다. …(중략)… 그리스의 신화가 거시적인 데 반해 한국의 신화는 미시적이다.[36)]

헐버트 스스로 한국은 그리스의 신화와 같은 상상력을 비약시킬 능력이 없으며, 북구 신화와 같이 강인한 영웅을 등장시킬 수 있을 만큼 웅혼하지도 못하다고 지적한다. 그런데 헐버트가 제시한 한국 시가인 백제의 마지막 여왕 이야기는 규모가 크며, 등장하는 영웅 또한 강인하다. 결국 헐버트의 한국 시가 텍스트 소개에는 서양 영웅서사 시가, 구송시의 문학적 지식이 큰 영향을 끼쳤다고 볼 수 있다.

헐버트가 소개한 낙화암 이야기에 관련된 작품은 내용과 소재, 장소에 있어서 한국의 고유한 것이지만, 그 이야기 구조는 서양 영웅서사의 법칙을 따르고 있다. 헐버트의 "Korean Poetry"는 구어에 대한 인식론으로 한국 시가론의 이론적 바탕을 삼은 후, 한국 구비문학에서 소재를 획득하여, 서양 문학의 구조에 맞추어 작품을 설계한 결과물이다.

한편, 헐버트의 낙화암 전설 시가에 등장하는 여왕은 명성황후를 모델로 했을 가능성도 존재한다. 헐버트가 *The Korean Repository*에 "Korean

Poetry"를 발표한 시기는 1896년 5월이다. 이보다 9개월 전인 1895년 10월 8일 일본 낭인에 의해 명성황후가 사망하는 을미사변(乙未事變)이 일어났다.

헐버트가 시가를 발표한 시기와 을미사변이 일어난 시기는 매우 근접하며, 시가에서는 백제의 멸망과 여왕의 명예로운 죽음이 있고, 헐버트가 활동했던 시대에는 대한제국의 멸망과 명성황후의 죽음이 있다. 게다가 헐버트가 시가를 실었던 The Korean Repository에서는 9번에 걸쳐 을미사변을 집중적으로 다루었다.[37]

헐버트 역시 『대한제국멸망사』에서 9장에 민비 시해 사건을 집중적으로 다루고 있다.[38] 또한 그의 회고록에서도 "조선은 국제 동맹국의 하나로서 보호받아야 마땅함에도 조약 상대국들은 한 외국 공사가 왕비를 불태워 시해한 사건에 대해 침묵을 지켰다."라고 비난하였다.[39] 헐버트가 명성황후를 모델로 하고 대한제국의 멸망에 빗대어 낙화암에 대한 시가를 창작했다는 가설은 서양인들이 한국 시가를 기록한 이유에 대한 여러 논의 중 하나로 볼 수 있다.

The Korean Repository의 "Korean Poetry"이후 헐버트의 한국 시가에 대한 기록은 매우 적다. 이후 헐버트의 활동이 한국 정치와 관련된 일들에 초점이 맞추어져 있었기 때문이다.[40] 1901년 1월 The Korea Review의 창간호 첫 페이지에는 "The Spirit of the Bell(A KOREAN LEGEND)"이라는 헐버트의 작품이 실렸다. 이 시가는 신라의 에밀레종 설화를 소재로 한 작품이다.

헐버트가 에밀레종을 한국 시가로서 소개한 데에는 게일과의 논쟁을 그 배경으로 하고 있다. 1900년 10월 게일은 상하이에서 열린 제1회 "The Royal Asiatic Society Korea Branch"(영국 왕립 아시아학회 서울지부)에서, 한국의 문화가 모든 측면에서 중국의 영향을 받아 형성되었다는 요지의 발표를 했다.

게일은 한영사전 편찬의 경험을 바탕으로 조선의 기록들에 등장하는 어휘 등은 그 출처가 대부분 중국이며, 따라서 "중국이 한국의 땅을 점령한 적은 거의 없다고 하더라도 한국어, 한국문학, 한국의 사고는 완전히 장악하고 있다."고 주장했다.[41] 게일의 논지는 지부 학술지 권두에 실린 "The Influence of China upon Korea"라는 논문에 정리되어 있다.

이에 헐버트는 한국의 독창적인 산물들을 예로 들어 게일의 논의를 반박한다. 헐버트의 논지는 게일의 논문에 바로 이어서 실린 "KOREAN SURVIVALS"라는 지면에 잘 정리되어 있다. 그런데, 헐버트가 게일의 논지에 반박한 근거로서 삼은 한국의 독창성은 민속과 신라 문화 등이었다.

헐버트는 "KOREAN SURVIVALS"에서 신라에 대해 주목하면서, "우리는 서기력 초기에 반도를 세 개로 나누었던 근원을 이제 보았고 그들 어디에도 눈에 띌 만한 중국의 영향이 없었음을 본다."고 밝혔다.[42] 또 헐버트는 한국의 문맹률이 매우 높다는 데 주목하여, 중국의 영향보다는 민속이 한국에 큰 영향을 끼친다고 주장했다. 이처럼 한국의 민속과 신라문화는 헐버트가 게일의 논의를 반박하는 주요 근거였다.

헐버트는 그로부터 삼 개월 후인 1901년 1월 *The Korea Review*의 창간호 첫 페이지에 "The Spirit of the Bell(A KOREAN LEGEND)"이라는 제목으로 에밀레종 설화를 시가 형식으로 소개했다. 에밀레종 설화는 구어로 구전되며 신라를 배경으로 한다는 점에서, 헐버트가 한국 문화의 주체성을

근대 초기 서양인의 순수 한국 시가 탐색과 인식

주장하기 위해 내세웠던 근거의 특징과 부합된다.

그리고 게일은 다음해인 1901년 2월 "The Opening Lines of Chang-ja(4th Cent. B. C.)"와 "Chang-ja on the Wind"라는 제목으로 2편의 한시를 번역하여 발표했다.[43] 이 작품은 『莊子』의 「逍遙遊」에 등장하는 장자의 한시를 영역한 것으로서, 한국이 중국의 영향을 받았다는 게일의 논지와 부합된다. "The Spirit of the Bell(A KOREAN LEGEND)"이 탄생한 배경에는 소재의 선별과 내용에 이르기까지, 한국의 고유성이 민속에 있다는 헐버트의 생각이 숨어 있었다.

> The master-founder stands with angry brow
> Before his bell, across whose graven side
> A fissure deep proclaims his labor naught.[44]
> For thrice the furnace blast has yielded up
> Its glowing treasure to the mould, and thrice
> The tortured metal, writhing as in pain,
> Has burst the brazen casement of the bell.
> And now like a dumb bullock of the lists,
> That stands at bay while nimble toreadors
> Fling out the crimson challenge in his face.
> ㉠And the hot, clamoring crowd with oaths demand
> The fatal stroke, so hangs the sullen bell
> From his thwart beam, ㉡refusing still to lend
> His voice to swell the song hymeneal,[45]

To toll the requiem of the passing dead

Or bid the day good-night with curfew sad.

The master-founder said "If but an ounce

Of that rare metal which the Spirits hide

From mortal sight were mingled with the flux

It would a potion prove so powerful

To ease the throes of birth and in the place

Of disappointment bring fruition glad."

And lo, a royal edict, at the hand

Of couriers swift, speeds o'er the land like flame

Across the stubble drift of sun-dried plains.

"Let prayer be made to Spirits of the earth

ⓒThat they may render up their treasure, lest

Our royal city like a Muslim mute

Shall have no tongue to voice her joy or pain."

The great sun reddened with the alter smoke ;

The very clouds caught up their trailing skirts

ⓔAnd fled the reek of burning hecatombs ;[46]

But still the nether Spirits gave no sign.

Not so! A mother witch comes leading through

The city grate a dimpled babe and cries,

"If to the molten mass you add this child

'Twill make a rare amalgam, aye so rare

근대 초기 서양인의 순수 한국 시가 탐색과 인식

That he who once has heard the bell's deep tone

Shall ever after hunger for it more

Than for the voice of mother, wife or child.

Into that seething mass. Fit type of Hell!

ⓜNay, type of human shame that innocence

Should thus be made to bear the heavy cross

For empty pageantry. How could it be

That Justice should permit the flowing years

To wash away the mem'ry of that shame?

Nor did she. Through that seeming metal coursed

ⓗThe life blood of the child. Its fiber clothed

A human soul. Supernal alchemy!**[47]**

And when the gathered crowd stood motionless

And the great tongue beam, hung by linked chain

Aloft, smote on his brazen breast, 'twas no

Bell cry that came forth of his cavern throat.

"Twas "Emmi, Emmi, Emmi, Emmille"*

"O Mother, woe is me, O Mother mine!"

— "The Spirit of the Bell(A KOREAN LEGEND)" 전문**[48]**

장인은 종 앞에서 화가 난 채로 서 있다. 측면 전체에 새겨진 길게 갈라진 틈은 장인의 노동이 무익하다는 것을 분명히 드러낸다. 몇 번이고 용광로에서 만들었다. 보물이 점점 주조되면서 비틀린 금속이 고통스럽게 몸부림치며 놋쇠로 만든 종 틀이 파열되었다. 그리고 이제 민첩한 기마 투우사가 얼굴에 진홍색 천을 밖으로 내어 도발하는 동안 우둔한 어린 수소처럼 격실에 서 있다. ㉠그리고 흥분하고 시끄러운 군중들은 치명적으로 찌르라고 요구하고, 가로놓인 기둥에 걸린 종은 ㉡혼인의 노래, 망자를 보내는 장송곡, 만종으로 하루의 즐거운 저녁을 알려주는 목소리를 빌려주기를 거절하고 있다. 장인은 말했다. "필멸의 시선으로부터 신령이 숨은 희귀한 금속 한 줌만 섞는다면, 출생의 고통을 완화하고 실망의 장소에 기쁜 성과를 가져다주는 강력한 약이 될 텐데." 그리고 왕의 칙령은 빠른 전령의 손을 통해 태양으로 마른 평원 그루터기의 불꽃처럼 온 땅에 퍼졌다 "금속을 내놓도록 신령에게 기도를 하자. ㉢금속을 넣어 주조하지 않으면 기쁨과 고통을 말할 수 있는 회교도의 혀가 잘린 것처럼 종이 울리려고 하지 않을 것이다" 거대한 태양이 안개를 붉어지게 했다. 구름은 질질 끌리는 치마를 잡고, ㉣불타는 황소 100마리 제물의 악취로부터 달아났다. 그러나 신령은 아무런 신호도 주지 않았다. 전혀! 한 어머니가 도시의 대문으로 들어왔고 보조개가 있는 아이가 울었다. "녹은 덩어리에 이 아이를 넣는다면 희귀한 혼합물이 만들어져서, 이 종의 깊은 소리를 들은 사람은 어머니, 아내, 아이의 목소리보다 이를 더욱 갈망하게 될 것입니다."

다시 용광로가 높이 불타올랐다. 다시 종의 부서진 파편이 불길로 인해 마비 상태를 벗어났다. 무자비한 손이 아이를 펄펄 끓는 덩어리에 집어던졌다. 이런 저주받을! ㉤허식을 위해서 순진무구한 아이가 무거운 십자가를 지어야 하다니, 인류의 수치다. 수치심의 기억을 씻기 위해 정의는 몇 년을 허락해야 하는가? 정의는 그렇게 하지 않았다. 쇳덩이를 따라 ㉥아이의 생명의 피가 흘렀다. 종의 전신에 인간의 영혼이 입혀져 있다. 초자연적인 연금술! 그리고 모여든 군중이 움직이지 않고, 연결된 사슬에 걸린 커다란 혀 기둥이 놋쇠로 된 가슴을 때렸다. 목구멍에서 나오는 종소리는 이와 같았다. "에미, 에미, 에미, 에밀레", "오 엄마, 슬퍼요, 오 엄마, 나에요!"

——「종의 영혼」 전문[49]

보다시피 "The Spirit of the Bell(A KOREAN LEGEND)"는 한국의 에밀레종 전설을 영시의 형태로 채록한 것이다. *The Korea Review*의 창간호 목차에는 이 작품이 'poem'으로 소개되어 있다. 위 작품은 앞서 소개한 낙화암 전설을 영시의 형태로 채록하여 한국 시가로 소개한 사례와 유사하다. 한국 시가로서 에밀레종 설화의 소개도 앞서 소개한 낙화암에 얽힌 서사와 마찬가지로 헐버트가 에밀레종 설화를 접한 데에서 시작되었다.[50]

『대한제국멸망사』의 21장 "기념물과 유적"에서 헐버트는 마을 밖에 세계에서 가장 큰 종 하나가 걸려 있다고 기록하고 있다.[51] 헐버트는 이 종이 신라시대 만들어졌으며, 당시 높은 문화 수준을 보여준다고 평가했다. 또 24장의 "음악과 시" 부분에서 본 작품을 재수록했는데, 다음과 같이 설명하고 있다.

> 다음에서 나는 한국의 민속 설화에 포함되어 있는 시적 요소의 예를 한 가지만 더 들어보고자 한다. 이것은 서울의 한복판[52]에 있는 대종(大鐘)의 주조(鑄造)에 관한 전설이다.[53]

헐버트는 낙화암 전설과 마찬가지로 에밀레종 설화에 시적인 요소가 있다고 판단하고, 에밀레종 설화를 시가의 형태로 쓴 것이다. 이 작품에서도 헐버트가 말하는 시적인 요소에 대해서 살펴볼 필요가 있다.

작품의 서두는 갈등 관계로부터 시작한다. 장인은 화가 난 채로 서 있으며, 종은 갈라져서 장인의 노력을 헛되게 하고 있다. 작품에서 장인과 대립하는 대상은 종이 갈라지는 원인이다. 한국의 에밀레종 설화에서는 종이 갈라지거나 소리가 안 나는 원인을 정성의 부족으로 보고 있다.

종을 만들기 위해 승려는 시주를 다녔는데, 한 아낙이 시주할 것이 없으니 어린아이라도 가져가라고 농을 했다. 이후 승려는 그냥 돌아가 종을 만들었지만 종은 자꾸 깨지거나 소리가 나지 않았다. 이에 갈등하던 중, 정성이 부족하니 아이를 바쳐야 종을 만들 수 있다는 계시가 내려온다. 여기에 대해서 대규모 주종 사업에 따른 백성들의 원성을 표현한 것으로 보는 논의도 있고,[54] 정치적 갈등으로 극도로 나빠진 민심을 표현한 것으로 보는 논의도 있다.[55]

그러나 한국의 에밀레종 설화와는 다르게 헐버트의 작품에서는 갈등의 대상이 다른 면모로 등장했다. 먼저 작품에서는 비틀리고 깨진 종이 "dumb bullock"(우둔한 어린 황소)로 비유되고 있다. 종에 비유되는 황소는 도발하는 투우사 앞에 무력하게 서 있으며, ㉠과 같이 흥분하고 시끄러운 군중들이 싸우기를 요구한다. 종은 ㉡과 같이 혼인의 노래, 망자의 장송곡, 만종의 즐거운 저녁을 알려주는 울림을 거부한다.

여기서 종이 만들어져야 할 이유와 그 사명이 드러난다. 에밀레종은 신라의 제35대 경덕왕의 명령에 따라 부왕인 성덕대왕을 기리기 위해 만들었다고 전해진다. 반면 헐버트의 작품에서 종은 ㉠과 같이 흥분하고 시끄러운 군중들 즉 무지한 조선인들을 향해, ㉡의 혼인의 노래, 망자의 장송곡, 하루의 즐거운 저녁을 알리기 위한 노래와 같이 평화와 희망의 메시지

근대 초기 서양인의 순수 한국 시가 탐색과 인식

를 알리기 위한 목적에서 만들어진다.

이에 장인이 "rare metal which the Spirits hide From mortal sight"(필멸의 시선으로부터 신령이 숨은 희귀한 금속)을 한 줌을 섞으면, 종이 갈라지지 않을 것이라고 말한다. 여기서 왕은 전령을 보내어 ⓒ과 같이 금속을 넣어 주조하지 않으면 회교도의 혀가 잘린 것처럼 종이 울리지 않을 것이므로, 보물을 내놓으라고 칙령을 내린다. 여기서 헐버트는 종이 울리지 않는 침묵 상태를 "Muslim mute"(벙어리 회교도)라고 묘사했다. 즉 헐버트의 시가에서 장인의 노력, 종의 울림과 대립하는 대상은 이교도의 사상이다.

ⓔ을 살펴보면 불타는 황소 100마리의 제물을 바쳐도 아무런 효험이 없었다. 이교도의 의식으로는 종의 깨짐을 막을 수 없다. 여기서부터 이교의 문화에 대항하여 자신을 희생하는 기독교적 희생이 등장한다. 한 어머니가 도시의 큰 문으로 아이를 데리고 들어와 용광로에 아이를 넣으면 될 것이라고 말한다.

무자비한 손이 아이를 펄펄 끓는 용광로에 집어넣어 희생시킨다. 이에 대해서 헐버트의 한국 시가는 ⓜ과 같이 허식을 위해서 순진무구한 아이가 무거운 십자가를 지어야 했고, ⓗ과 같이 종에는 "The life blood of the child"(아이의 생명의 피가 흘렀다)고 말한다. 한국의 에밀레종 전설은 불교 문화를 배경으로 하고 있지만, 헐버트의 에밀레종 시가에서 불교적인 요소는 등장하지 않는다. 헐버트의 표현과 묘사는 예수가 고난을 당하고, 십자가를 지고, 보혈을 흘리는 과정과 유사하다.

일견 십자가의 무게를 짊어지고 자신을 희생시켰다는 아기의 이야기는 아기예수를 연상시킨다. 헐버트가 에밀레종 전설을 시가로서 재창작한 데에는, 당시 사망한 아들이 영향을 미쳤을 가능성도 있다. 헐버트가 묻힌

양화진 제1 묘역 옆에는 헐버트의 아들인 셸던 헐버트(Sheldon Hulbert, 1896~1897)의 묘지가 있다. 셸던 헐버트는 1896년 2월 출생하여 1897년 3월 사망했다.

아들의 죽음은 한국의 정치에 깊이 관여한 것을 후회했을 정도로 헐버트에게 큰 충격을 주었다. 시기적으로도 셸던 헐버트가 사망한 시기와 에밀레종 시가를 발표한 시기는 3년의 차이를 가진다. 그가 직접 주관한 *The Korea Review*의 창간호 첫 장에 본 작품을 실은 것, 그리고 그가 에밀레종 전설에 등장하는 아이의 죽음을 기독교적 희생으로 비유한 것도 이와 관련이 있으리라고 추정된다. 헐버트가 아들의 죽음이 계기가 되어 에밀레종 설화를 시가로 창작했다는 상상도 서양인들이 한국 시가를 기록한 이유에 대한 여러 가설 중 하나로 볼 수 있다.

3) 구어와 문어의 분리와 서양인들의 민속론

한국문학이 영역되어 서구에 소개된 첫 사례는 1889년 알렌(H. N. Allen, 1858~1932)이 미국에서 출판한 *Korean Tales*로 알려져 있다.[56] *Korean Tales*에는 심청전, 춘향전, 홍길동전, 흥부전, 별주부전, 견우직녀 등 7편의 작품이 요약본과 함께 소개되었다. 이와 같은 한국문학은 오늘날 고소설로 분류되지만, 당시에는 제목에서 볼 수 있듯이 민담, 또는 이야기로 간주되었다.

처음 영역된 한국의 고소설은 1898년 랜디스(E. B. Landis, 1865~1898)가 *The Imperial & Asiatic Quarterly Review* VI에 수록한 "Pioneer of Korean Independence"(『임경업전』)이다. 그런데 이것은 정역이라 볼 수 없고, 본격

적인 고소설 영역은 1922년 게일의 *The Cloud Dream of the Nine*(『구운몽』)이라고 한다.[57]

　서양인들이 영역한 한국문학에 대한 이러한 논의는 의도치 않게, 게일의 영역소설은 정역이고, 알렌이나 랜디스의 영역 작품은 정역이 아닌 편에 있는 것 같은 인상을 준다. 그러나 근대 초기 서양인들이 남긴 많은 양의 민속연구 기록들에 비추어 살펴보면, 알렌 등의 영역 활동이 단지 게일과 다른 관점에서 이루어진 것을 알 수 있다. 즉 알렌은 한국의 구비문학을 기록한 것이고, 게일은 문어문학을 번역한 것이다.

　근대 초기까지 구비문학은 한국인이 향유하는 대표적인 문학이었다. 헐버트가 『대한제국멸망사』에서 기록한 한국의 이야기꾼에 대한 설명을 보면, 그 시대 한국에서 구비문학의 향유가 보편화되어 있었던 것을 알 수 있다.

　　한국에는 책을 인쇄한다는 문제보다 앞서 구전(口傳)이라고 하는 옛 풍습이 꿋꿋하게 남아 있다. 만약 돈 많은 사람이 책을 「읽고」싶지만 책을 살 수가 없을 경우에는 「광대」라고 부르는 직업적인 얘기꾼을 불러들인다. 그는 그의 수행원과 북을 가지고 와서 이야기를 연출하는데 하루 종일 또는 이틀이 걸리는 경우가 허다하다.[58]

　헐버트에 의하면 한국에는 구전의 풍습이 남아 있고, 한국인들은 돈이 없을 때 인쇄된 책보다 '광대'라고 불리는 전문적인 이야기꾼들의 연출을 즐겼다. 헐버트의 기록이 판소리를 말하는 것인지, 전기수를 말하는 것인지 확인할 수 없지만, 20세기 초까지 한국에 구전을 향유하는 문학 감상이 남아 있었음은 분명하다. 서양인들에게도 한국 구비문학을 접하는 것은 서적만큼이나 한국문학을 탐구하는 중요한 방법이었다. 특히, 한국 문어에 익숙하지 않았던 서양인들에게 구어문학은 문어문학보다 접근하기 쉬운 문학 형태였다. 스웨덴 신문기자 아손 그렙스트(W. Ason Grebst, 1875~1910)가 1904년 12월에서 1905년 1월까지 한국에 머물면서 남긴 기록은 서양인들이 한국의 구비문학을 어떤 인상을 가지고 접했는지 보여주고 있다.[59]

> 살을 에는 추위에도 불구하고 주위에는 많은 인원의 청중들이 모여 있었다. 소년들은 맨바닥에 주저앉아 커다란 눈을 하고서 듣고 있었고, 뒤에는 어른들이 담뱃대를 입에 물고 앉아 있었다. 소리꾼은 별의별 목소리를 다 흉내 내었다. 어떤 때는 높은 가락의 목소리를 내고, 어떤 때는 가장 낮은 목소리를 내었다. 목소리에 위엄이 서릴 때도 있고, 부드러운 피리 소리처럼 듣는 이의 심금을 울려줄 때도 있었다. 웃고 울었으며, 더듬거리고 떨리는 목소리를 내었다. 젊고 늙은 목소리로 둔갑하기도 하고, 고함을 지르는가 하면 흐느낌이 나오기도 했다. …(중략)… 기분 전환으로 이러한 소극 대신에 소리꾼은 다른 이야기를 전개시킬 수도 있다. 주로 비도덕적인 내용을 다루기 때문에 청중은 배꼽을 잡고 웃어대면서 좋아한다.[60]

아손이 기록한 한국문학은 "별의별 목소리", "높은 가락의 목소리", "가장 낮은 목소리", "목소리에 위엄이 서릴 때", "부드러운 피리 소리", "웃고 울었으며", "더듬거리고 떨리는 목소리"였다. 아손의 기록에서 한국문학의 제목이나 내용, 장르 등은 부차적인 문제다. 그는 한국문학이 비도덕적인

근대 초기 서양인의 순수 한국 시가 탐색과 인식

내용을 다룬다고 기록했을 뿐이다. 세세한 내용이나 형식에 대해서는 아손도 모르는 일일 것이다.

서양인들에게 구어문학은 문어문학보다 먼저 다가왔다. 한국 구비문학의 접근성은 아손이 러일전쟁의 취재차 일본에 왔다가, 한국에 밀입국한 상태에서 기록할 정도로 높았다. 이러한 이유 때문에 한국 구비문학에 대한 기록은 서양인들의 초기 활동 중에서 특히 많은 비중을 차지한다.

특히 근대 초기 조선에서 개신교 선교사들의 복음 전파는 구어체 이야기의 형식으로 이루어졌다. 1897년 발행된 조선의 첫 기독교 신문들인 『죠션크리스도인회보』와 『그리스도신문』은 기독교를 전파하기 위해 이야기 즉 서사를 활용했다.[61] 1893년 간행된 『쟝원량우샹론(張袁兩友相論)』은 근대 초기 가장 널리 읽혀진 전도책자이다. 유교와 비교하여 기독교의 진리를 변증하는 내용인데 두 사람이 대담하는 소설체로 엮여졌다.

헐버트의 한국 시가론도 1890년대 구어를 중심으로 복음이 전파되었던 기독교 전도 방식의 영향을 받았을 것이다. 구어를 바탕으로 한 헐버트의 "Korean Poetry"(1896)가 개신교 선교사들의 활동 기간 중 비교적 초기에 이루어진 것도 이 때문이다.

주목할 점은 독립된 문학체계를 갖고 있는 한국 구어문학의 위상이다. 위 기록들을 살펴보면, 한국의 구어문학은 문맹의 대다수 한국 하층민들이 책을 살 돈이 없어서 즐겼던 것 같은 인상을 받을 수 있다. 그러나 근대 초기까지 구전은 글을 모르는 한국인들이 문어문학의 차선책으로 선택하는 문학세계가 아니었다. 왜냐하면, 근대 초기까지 한국의 구어는 문어와 명확히 구분되는 언어였기 때문이다. 게일의 『코리언 스케치』는 문어와 구어가 어떻게 다른지 기록하고 있다.

그들의 말 역시 야수성을 띠고 있는데, 종류는 두 가지, 하나는 쉽고 하나는 좀 어렵다. 즉, 하나는 글로 쓰거나 눈으로 보는 언어(文語)이고, 다른 하나는 말로 하거나 귀로 듣는 언어(口語)다. 만약 문어를 소리내서 읽는다면 아무도 이해하지 못하고, 또 구어를 입에서 나오는 대로 쓰려는 사람은 없다. 우리들이 말로 한 것을 노우트 하려면 구어에서 문어로 번역을 해야 하고, 책을 남들한테 읽어 줄 때에는 문어에서 구어로 번역을 해야 한다.[62]

문어를 소리 내서 읽으면 아무도 이해하지 못하고, 구어를 입에서 나오는 대로 쓰려는 사람이 없다는 게일의 기록은 문어와 구어가 분리되어 있는 한국의 언어 상황을 보여준다. 심지어 말로 한 것을 쓰거나, 책을 남에게 읽어 줄 때도 번역을 해야 했다고 그는 말하고 있다. 구어와 문어의 불일치는 헐버트도 기록하고 있다. 헐버트는 『대한제국멸망사』에서 한국의 문어체와 구어체가 다르며, 한국어를 소리 나는 대로 기록할 수 없다고 말했다. 때문에 구어를 문어로 쓸 때에는 모든 문장을 바꾸어 기록해야만 했다고 말한다.[63] 길모어(G. W. Guilmore, 1858~?)도 『서울 풍물지』에서 조선에는 어휘나 문법, 작문 방법이 다른 구어와 문어가 나란히 존재한다고 기록했다.[64]

게다가 근대 초기 한국에는 일상 구어 이외에도 한문식 구어도 있었다. 그 당시 한국말을 습득한 외국인들은 거리에 나섰을 때 상인들이나 중인 계급 사람들의 언어는 이해했지만, 관리와 학자들의 언어는 이해하지 못했다. 때문에 그들은 한국어가 2개라고 생각하기도 했다. 언더우드는 관리들이나 학자들이 중국말에서 유래한 한국 단어들을 사용하기 때문이라고 파악했다. 언더우드는 한국인들이 더 공손하고 박식하다고 여기는 한

　　　　　　　　　근대 초기 서양인의 순수 한국 시가 탐색과 인식

국어, 즉 한자가 포함된 한국어를 "Latinized Korean"(라틴어식 한국어)라고 표현했다.[65]

구어와 문어의 완전한 일치는 도달할 수 없는 지향점이지만, 현대의 한국어는 말과 문자가 비교적 일치한다. 말과 문자가 일치하는 언어세계의 문학에서, 구어문학과 문어문학의 차이는 기록하지 않은 것과, 기록한 것에 있다는 평가도 있다. 그러나 외국어처럼 서로 번역을 해야 할 정도로 구어와 문어가 달랐던 근대 초기 한국의 언어 상황에서, 한국 구어문학은 문어문학과는 서로 다른 언어세계의 산물이었다.

헐버트는 *The Korea Review*의 "Korean Fiction"(1902)에서 한국은 민족어와 문어가 다르기 때문에 말하는 대로 기록할 수 없으며, 사람들의 대화를 완벽히 기록할 수 없는 제한 때문에 전문 이야기꾼이 살아남을 수 있었다고 기록했다.[66] 문어와 구별되는 구어를 구사하면서 한국문학을 재현하는 광대와 구어를 향유하는 청중 등은 서양인들로 하여금 한국의 구어문학을 독립적인 문학체계로 인식하게 했다. 이것이 헐버트가 "Korean Poetry"(1896)에서 말하는 "entirely utilitarian"(매우 실용적)인 언어, "nature music pure simple"(순수하고 간단한 자연음악)과 같은 언어가 구현하는 한국 시가의 세계이다.

헐버트는 *The Korean Repository*의 첫 호, 권두에 "The Korean Alphabet"(1892)이라는 논문을 실어 한글에 대해 논한 바 있다. 기사의 서두는 "Languages are natural products, Alphabets are artificial product"(말은 자연적인 산물이고, 문자는 인위적인 산물이다)로 시작한다. 헐버트는 문자는 문명의 산물이지만, 말은 문명이 발달하기 이전부터 있었던 것으로서, 말과 문자는 서로 다른 연구 방법이 적용된다고 논했다.[67]

게일은 『전환기의 조선』에서 "한국어는 우리의 언어처럼 고정화된 일련의 법칙과 인쇄 문헌에 의해 인위적으로 구성된 것이 아닌 단순한 언어"라고 기록했다.[68] 그는 한국어가 복음서 시대에 해당한다고 말하고, 생활의 단순함을 가장 적절하게 표현할 수 있다고 했다. 반면 그리피스는 『은자의 나라 한국』에서 한국의 한문학 활동을 유럽의 라틴어 문학 활동에 비유하면서, 한국 지식인들이 사용하는 문학적인 표현 도구, 즉 한문을 고전에 기록된 축어적이고 명료한 인조어(人造語)라고 기록했다.[69]

'natural'(자연적인), 'pure'(순수한), 'simple'(간단한), 'utilitarian'(실용적인) 등은 서양인들이 한국의 구어를 설명할 때 쓰는 표현 방식이었다. 그것은 아직까지 통일된 문법에 따라 획일화되거나, 문어로서 인쇄 문헌에 인위적으로 고정화된 언어가 아니라, 일상생활에서 실용적으로 쓰는 언어였다. 헐버트가 한국에서 활동하던 초기, 고유한 시가를 한국의 일상어인 구어에서 찾은 것도 이상한 일이 아니었다. 따라서 한국 구비문학에 한국의 순수성에 대한 이데올로기가 적용되었다.

조선인들은 흔히 어릴 때부터 유교 교육을 받아서 그들의 본성을 차츰 잃어 버리는데, 그들은 본성을 억제하고 낡은 윤리를 새 사람에게 주입하기 위해서 거의 부자연스러울 만큼 애를 쓴다. 그러나 머슴은 이런 습속에서 제외되어 있으며 …(중략)… 한국의 문헌은 죽어 있는 문자이다. 그러므로 연구할 만한 가치가 있다고 생각되는 흥미 있는 분야는 결국 문자를 지니지 못한 머슴(coolie)의 신앙과 전통이다. 머슴은 이러한 의미에서 순수성을 간직하고 있는 특이한 존재다.[70]

　근대 초기 서양인의 순수 한국 시가 탐색과 인식

게일은 머슴이 구사하는 언어로 머슴이 구현하는 한국문학에 대해 설명하고 있다. 게일은 한국인들이 유교의 영향으로 민족의 고유한 특징을 잃어버렸지만, 머슴들은 이러한 영향에서 제외되어 있다고 설명한다. 그는 한국의 머슴들을 한국의 고유성을 보존하는 집단으로 보고 있는 것이다.

게일은 연구할 가치가 있다고 판단되는 흥미 있는 분야는 문자를 지니지 못한 'coolie'(머슴)의 신앙과 전통이라고 주장한다. 그 근거는 머슴들이 한국의 순수성을 간직하고 있는 집단이고, 그들의 언어인 구어가 한국의 고유성을 구현하기 때문에 가치 있다는 관점에 있다. 이와 같은 관점은 국가와 민족의 계급이 형성되기 이전의 언어로서, 구어가 민족의 고유성을 간직한다는 근대 민족 언어관과 다르지 않다.

특히, 이와 같은 인식은 헐버트에게서 두드러지게 나타난다. 헐버트는 한국 시가에 대한 설명에서 "한국 시가와 영시의 다른 점을 예로 들어준다.", "한 경우에는 귀가 매개체고 다른 경우에는 눈이 매개체다." 등 논의 전체에 걸쳐서 끊임없이 서양과 한국을 대조시키고 있다. 한국의 순수성과 고유성은 한국을 기록하는 데 있어서 서양인들이 추구하는 최고의 가치 중 하나였다. 헐버트는 특히 한국의 민속에서 한국의 순수성을 찾으려고 애썼다. 다음은 헐버트의 "Korean Folk-tale"(1902) 중 일부이다.

그래서 나는 어떤 민족의 삶에 대한 지식을 알아보려면, 그 민속에 대해 얼마나 알고 있는지 시험해봐야 할 것이라고 생각한다. 한국 민속의 다락방은 온갖 잡동사니로 가득한데, 왜냐하면 한 집안이 40세기 동안 이사 한 번 한 적 없이 그 집에 계속 살았기 때문이다. …(중략)… 우리는 지금 무속 설화에 관해서 다른 어느 주제에 대해서보다 깊은 관심을 쏟고 있다. 왜냐하면 불교와 유교는 모두가 수입한 것이기 때문에, 한국인의 사고에 이국의 많은 사고를 주입한 반면, 우리는 지금 여기에서 한국 사회의 토착적인 것과 한국인 특성의 근본적인 요소를 다루고 있기 때문이다.[71]

보다시피, 헐버트는 한국 민속을 다락방에 비유한다. 또 한민족은 40세기 동안 이사 한 번 한 적 없이 그 집에 계속 살았기 때문에, 다락방으로 비유되는 한국 민속 속에 온갖 잡동사니와 같은 한국만의 산물들이 가득하다고 말한다. 때문에 헐버트는 그 민족만의 삶에 대한 진정한 지식을 알아보려면, 민속을 연구해야 한다고 주장한다.

헐버트는 한국의 불교와 유교가 모두 외래적이라고 말한다. 그러나 무속설화는 토착적이며 한국인의 성품을 이루는 근본적인 요소를 다룬다고 주장한다. 헐버트는 한국의 여러 종교, 사상, 학문 중에서도 무속설화를 통해 순수하고 고유한 한국을 추출하려고 했던 것이다.

헐버트가 기록한 "Korean Vocal Music"(1896), "Korean Art"(1897), "KOREAN SURVIVALS"(1901), "Korean Fiction"(1902), "Korean Folk-tale"(1902) 등의 논의들을 살펴보면, 민담, 민요 등 민속에서 한국의 고유성을 찾으려는 시도들이 많이 등장한다.[72] 특별히 헐버트가 한국 구전 시가에만 관심을 가지고 "Korean Poetry"(1906)를 기록한 것이 아니다. 민속에 한국의 고유한 산물이 있다는 관점 아래 한국의 이야기, 노래, 예술 등 한국의 고유한 산물들을 찾으려는 시도를 했는데, 그중 하나가 "Korean Poetry"였다. 헐버트의 한국 구전 시가 기록이 등장한 배경에는 이와 같이 민속에서 한국의 순수성과 고유성을 얻을 수 있다는 헐버트의 이상이 있었다.

그러나 문자가 없는 구어문학은 보존에 있어서 불리함을 안고 있었다. 문어문학은 서적이 보존되는 한 남아 있지만, 구비문학을 행하는 소리꾼과 같은 직업인의 소멸은 한국 구어문학의 소멸과도 같았다. 게일은 『코리언 스케치』에서 머슴들은 읽을 능력이 없지만 많은 것을 기억하고 있으며, 머슴들의 이야기는 신기한 것 투성이라고 말한 바 있다. 게일은 머슴들에게 터무니없는 이야기를 해주면, "그는 이 터무니없는 이야기를 곧이듣고 살을 붙이고, 그의 후손들에게 전하여 줄 것이다."라고 설명했다.[73] 구비문학에서는 기억이 문자의 역할을 담당한다. 구비문학을 보존시키는 것은 구전 풍습과 이야기꾼과 같이 구전을 행하는 특별한 계층이다.

한국 구비문학에 대한 기록을 남겼던 헐버트는 스스로 한국 구전 시가의 보존자이기도 했다. 헐버트가 1907년 일제에 의해 추방당하면서, 구전 시가를 한국 시가로 소개하는 헐버트의 작업도 중단되었다. 구전을 기억 속에 보존하는 머슴과 같은 존재나 직업이 소멸되고 구어와 문어가 비교적 일치되는 시대가 도래하면서, 현대에 이르러 한국 구전 시가는 대부분 채록된 문헌에서 볼 수 있다.

2. 밀러의 한글 시가 기록

1) "A Korean Poem"과 한글 중심주의

F. S. Miller,
1866~1937

"Korean Poetry"(1896)가 발표되었던 *The Korean Repository*는 1898년 12월을 마지막으로 폐간되었다. 이후 헐버트가 1901년 창간한 *The Korea Review*는 한국에 대한 여러 분야를 다루는 종합 전문지로서의 역할을 이어받았다. *The Korea Review*의 1903년 10월 기사에는 "A Korean Poem"이라는 제목으로 밀러(F. S. Miller, 閔老雅, 1866~1937)의 한국 시가에 대한 논의가 실려 있다. "A Korean Poem"의 서두는 다음과 같이 시작된다.

한국 시가는 그간 혹평을 받아 왔을 뿐만 아니라 "사망으로 기울어진 집(house inclineth unto death)"의 유혹적인 유물(遺物) 가운데 하나로 대개 전락해 버렸기 때문에, ①지체 있는 계급의 한국인들(the better class Korean)은 자신이 한국 시가에 대해 무언가 알고 있다고 시인하려 들지 않을 것이다. ②누군가가 몇 년 동안 [한국에 대해] 스승과 함께 공부한다 해도, 그는 한국시가라고 할 만한 것이 존재한다는 사실조차 발견하지 못할 수도 있다. 하지만 한 권의 노래책에 적힌 ③다소 어려운 언어를 깊이 파고든다면 그에 해당하는 많은 사례들을 찾아내게 될 것이다.[74]

근대 초기 서양인의 순수 한국 시가 탐색과 인식

밀러는 글의 서두에서부터 "house inclineth unto death"(사망으로 기울어진 집)과 같은 비유를 쓰면서,[75] 한국 시가는 그동안 혹평을 받아 왔고 "one of the allurements"(유혹적인 유물) 가운데 하나로 전락하였다고 평가한다. 밀러의 평가는 한국 시가의 존재마저 의심하리만큼 부정적이다.

그러나 헐버트는 한국인에게 풍부한 시적 정서가 존재한다고 기록한 바 있다. 이후 논의하겠지만, 게일의 한국문학론들을 살펴보면 "한국은 세계에서 가장 뛰어난 문학을 잃어버렸다."고 하는 등, 한국의 문학적 수준을 높이 평가한 기록이 여러 곳에서 발견된다.[76] 게일은 이규보와 같은 한국 문학인에게 존경을 표하기도 했다.

밀러는 "A Korean Poem"에 그동안 한국 시가가 혹평을 받아왔다는 기록을 남기지만, 그 근거는 제시하지 않는다. 그러나 서양인들의 한글에 대한 기록, 특히 서양인들의 한글 문어문학에 대한 기록들을 살펴보면, 밀러의 한국 시가론과 유사한 표현들을 많이 볼 수 있다.

①과 같이 밀러는 "지체 있는 계급의 한국인들은 자신이 한국 시가에 대해 무언가 알고 있다고 시인하려 들지 않을 것이다."라고 기록했다. 게일의 『韓英大字典』(1931) 서문에는 영국의 중국어 학자인 자일스(H. A. Giles, 1845~1935)의 한글에 대한 기록이 인용되고 있다. 자일스는 한글에 대해 다음과 같이 평가했다.

교육받은 한국인들은 자신들이 언문(Unmun) 혹은 '속문(vulgar script)'이라 부르는 그들의 문자를 알고 있다는 사실을 알리기를 꺼려한다. 그러나 가장 무식한 남녀들조차 읽을 수 있는 이 문자를 가장 유식한 지식인들이 읽을 수 있으리라는 것에는 의심의 여지가 없다.[77]

한국 지식인들이 한국 시가에 대해 알고 있다는 사실을 시인하려 들지 않는다는 기록을 보면, 밀러의 "A Korean Poem"에 기록된 한국 시가란 한글로 써진 작품이라는 것을 유추할 수 있다. 높은 계급의 한국인들이 한글을 폄하하고, 한글 문어문학 작품을 알고 있다는 사실을 꺼려하기 때문에, 한글로 써진 시가에도 무관심하다는 것이 밀러의 논리이다.

②에서 밀러는 "누군가가 몇 년 동안 스승과 함께 공부한다 해도, 그는 한국 시가라고 할 만한 것이 존재한다는 사실조차 발견하지 못할 수도 있다."고 기록한다. 밀러는 한국에는 시가가 없었다는 듯이 말하고 있다. 그러나 헐버트나 게일은 한국에는 시가가 없다고 말한 적이 없다. 이와 유사한 생각 역시 서양인들의 한글 문어문학에 대한 기록에서 찾을 수 있다. 다음은 새비지(A. H. Savage-Landor, 1865~1924)의 『고요한 아침의 나라 조선』 중 일부이다.

> 뿐만 아니라 표음문자는 시적(詩的)이고 우아한 형식의 깊은 사상을 표현하기에는 부적절한 것이라고 조선 사람들의 뇌리에 남아 있다. 조선 사람들은 이런 심오한 사상을 한글로는 표기하지 않는다. 그 결과 자연스럽게 한글로 표현된 문학 작품은 거의 찾아보기 어렵다.[78]

새비지의 기록을 보면, 한국인들은 표음문자가 시적이고 우아한 형식의 깊은 사상을 표현하기에 부적절하다고 생각한다고 기록했다. 따라서 한글로 표현된 문학 작품은 거의 찾아보기 힘들다고 한다. 밀러가 한국 시가를 찾기 힘들었다고 하는 논리의 배경에 한글로 기록된 문학을 찾기 힘들다는 당시 서양인들의 인식이 있다는 것을 알 수 있다. 밀러가 "A Korean

Poem"에서 펼치는 한국 시가론은 그 출처가 대부분 그 시대 서양인들의 한글에 대한 인식론, 한글 문어문학에 대한 평가였다. 밀러가 말하는 한국 시가란 한글로 구현된 시가를 말하는 것이었다.

밀러는 한국 시가가 별로 없다고 평가되어 왔지만, 한 권의 노래책에서 ③과 같이 "somewhat difficult language"(다소 어려운 언어)를 파고든다면 한국 시가라고 할 만한 것들을 찾을 수 있다고 말한다. 한글이 매우 익히기 쉬운 문자라는 논의는 서양인들의 기록에서 흔히 발견된다. 그러나 국한혼용문, 중국파생어, 경어 등은 외국인들이 익히기 어려워했다.

게일은 *The Korea Magazine*에 발표한 "Korean Literature"(1917)에서 "언문 책들도 한자 단어들 그리고 그 조합들이 차지하는 비중이 많기 때문에 순수 한자로 된 문학보다 더 어렵다."고 말한 바 있다.[79] 길모어도 『서울 풍물지』에서 "외국인이 이 나라의 말을 습득하면서 겪는 가장 큰 어려움은 음운화와 존칭 어법 및 중한(中韓) 혼용에서 비롯된다."고 기록했다.[80]

밀러는 구체적으로 자신이 소개하려는 "A Korean Poem"(한 편의 한국시)에 대해서 밝히면서, 다음과 같이 국한문 혼용으로 기록된 작품이라는 것을 암시하고 있다.

여성의 헌신과 관련된 한 편의 시로부터 몇몇 사례를 추출하여 검토함으로써 한국 시가 가운데 한 가지 양식에 대한 직관을 확보할 수 있을 듯하다. 그 시란 「우미인가」, 즉 "우미인의 노래"이다.('우'는 성이고, '미인'은 [일반 명사가 아니라] 이름이다) [작품의]배경은 중국풍이다. ④[따라서]이 작품은 **아마도 [중국시]의 번역인 것 같기는 하지만, ⑤[작품의 형태가] 순수하게 한국적인 듯 보이는 시(poem)의 모습과 유사하기 때문에 꼭 그렇게만 생각되**

. 지도 않는다.[81]

밀러는 자신이 소개하려는 한국 시가를 「우미인가」라고 밝힌다. 그런데 밀러는 ④와 같이 이 작품의 배경이 중국이며, 중국시의 번역인 것 같다고 추정하고 있다. 스스로 중국시의 번역인 것 같다고 추정하는 작품을 한국 시가로 소개하는 밀러의 태도는 현대 독자들을 어리둥절하게 만든다.

그런데 당시 한글 문어문학에 대한 서양인들의 인식을 살펴보면, 이것은 낯선 일도 아니었다. 여기에 대해서는 애스턴(W. G. Aston, 1841~1911)이 1890년 발표한 "On Corean Popular Literature"(1890)라는 논문의 일부분을 참고할 수 있다.

> 우리는 서사시가 있을 것이라고 기대하지도 않았지만 서사시는 없다. 우리의 발라드에 필적할 만한 것도 없다. 여기에는 드라마도 없다. 자국어로 된 詩가 존재한다고 들었지만, 중국 문헌을 직역해 놓은 것을 자국어 시가라고 간주하지 않는 한 나는 인쇄물이나 필사본으로나 그 어떤 것도 찾지 못했다.[82]

애스턴은 중국 문헌을 한글로 직역해 놓은 것을 한국어 시가라고 간주하지 않는 한 인쇄물이라든가 필사본으로도 한국시를 찾지 못했다고 밝히고 있다. 중국 문헌을 직역해 놓은 것이라면, 중국의 한시를 한글로 음사한 사례를 가리키는 것이다. 당시 서양인들은 한글로 기록된 시가는 한문의 번역이라는 인식을 가지고 있었던 것이다.

밀러가 '우미인가'를 중국 작품의 번역인 것 같다고 추정하면서, 거리낌

없이 "A Korean Poem"(한 편의 한국시)라고 소개한 것도 당시 서양인들의 한글 문어문학에 대한 평가에 비추어 볼 때 특이한 일이 아니었던 셈이다.

⑤에서 밀러는 "its similarity to poems that seem to be purely Korean"(순수하게 한국적인 듯 보이는 시의 모습과 유사)하다고 기록했다. 여기서 자국어, 모국어에 그 국가와 민족의 순수성, 고유성이 깃들어 있다는 근대 국민국가와 관련한 서양인들의 언어관이 자리하고 있는 것을 확인할 수 있다. 밀러는 당시 한글 문어문학에 대한 서양인들의 관점을 가져와 자신의 한국 시가론으로 삼은 것이다.

밀러가 "A Korean Poem"(1903)의 서두에서, 헐버트의 한국 시가론 제목인 "Korean poetry"라는 용어를 쓰고 있음에도 불구하고, 한국 시가에 대한 평가나 인용하는 작품의 성격까지 헐버트와 다른 것은 언어에 대한 관점의 차이 때문이다. 밀러의 "A Korean Poem"은 "한국 시가를 구현하는 언어 = 한글"이라는 관점을 배경으로 써진 한국 시가론이다.

2) 한글 시가의 운율과 소리 이미지 : 「우미인가」

"A Korean Poem"(1903)에서 한국 시가 텍스트는 세 가지 형태의 표기 방식을 제시하는 것으로 시작된다. 밀러는 다음과 같이 먼저 한글 원문을 수록하는 한편 원문의 소리를 영어로 음사하여 일부 제시하였다. 그리고 밀러는 원문을 영역한 작품을 소개했다. 먼저, 밀러가 "A Korean Poem"(1903)에서 첫 번째로 제시한 텍스트를 인용하면 다음과 같다.

미인얼골고흘시고 미인틱도비상ᄒ다

단청어로그려낸닷 백옥으로싹가낸닷

팔ᄌ아미고흔모양 구름속에면산이오

록빈홍안고흔얼골 츄강상에반월이라

Miin ŭlgol koheulsigo

Miin t'ǎdo pisang hada

Tanch ŭngeuro keuryŭ nǎndat

Pǎgogeuro gokka nǎndat

처음 넉 줄(line)을 로마자로 표기해 놓은 것을 보면, 단어들의 음색(音色)이 이따금 활용되고 조응하는 2행 연구(聯句, couple) 부분에서 동일 음절이 반복된다는 사실을 간취할 수 있을 것 같다. 이러한 특징이 한국어에서는 불가능해 보이는 운(韻)을 대체한다.

연이 2행 연구들로 이루어져 있으며, 각 행이 네 개의 강약격 율각(律脚, trochaic feet)을 포함한다는 점은 주목된다. 이것이 한국 율문의 일반적 형식이면서 지어 내기에도 가장 쉬운 형식인 것이다. [또 한편으로] 그 같은 특징이란 한국어로 찬송가를 지어 낼 때 무척 큰 장애가 되는 것 가운데 하나이기도 하다. 여기에 대응될 만한 우리의 율문은 모두 약강격(iambic)이기 때문이다.[83]

밀러는 작품을 음사한 글을 제시하고 "2행 연구(聯句) 부분에서 동일 음절이 반복된다."고 지적한다. 특이한 점은 이것이 "한국어에서는 불가능해 보이는 운(韻)을 대체한다."는 밀러의 기록이다. 밀러가 말하는 한국어란 구어 또는 구어를 기록한 한글 문어를 말하는 것으로 추정된다.

밀러가 한국 시가로 제시한 「우미인가」는 국한문 혼용으로 기록된 작품이다. 한글 문어문학이 거의 없다는 그 시대 서양인들의 인식에 비추어 볼때, 밀러는 「우미인가」에서 한문을 음사한 한글 문어와 순수 한국어를 기록한 한글 문어를 구분할 수 있었을 것이다.

「우미인가」의 율격을 논하는 데 있어서도 밀러는 한국어의 특성에 의거한다. 「우미인가」가 2연 연구들로 이루어져 있고, "각 행이 네 개의 강약격 율각(律脚)을 포함한다."고 분석했는데, 밀러에 따르면 강약격은 한국 율문의 일반적 형식이라는 것이다. 서양 찬송가의 음보(metre)는 대개 약강격이기 때문에, 한국어로 찬송가를 지어낼 때 장애가 된다고 기록했다.

밀러는 논의의 서두에서 한국 운문과 서구 운문의 차이점에 대해 지적했다. 밀러가 「우미인가」를 영역한 작품과 원작의 소리를 음사한 기록을 비교하여 살펴보면 다음과 같다.

Mi−in's face, how sweet it is!

Mi−in's carriage how refined ;

Like a painting in red and blue

Like a carving from whitest jade.

The figure eight (八) of her butterfly brows,

A distant peak above the clouds.

Raven locks, pink cheeks, her pretty face

A half−moon lighting the autumn river.

Miin ŭlgol koheulsigo

Miin t'ǎdo pisang hada

Tanch ŭngeuro keuryǔ nǎndat

Pǎgogeuro gokka nǎndat

음사된 작품에서는 o, u, a의 반복으로 감탄과 찬사의 이미지를 형상화
해낸다. 영역된 작품은 "how sweet it is!", "how refined ;"와 같이 예찬의
어조로 써졌다. 음사된 작품을 살펴보면, "Miin, Tanch, ŭngeuro, keuryǔ,
nǎndat, Pǎgogeuro, nǎndat." 등에서 볼 수 있듯이 l, m, n, r과 같은 공명
음이 대단히 많다. 공명음이 많기로는 영역된 작품도 마찬가지다. 영역
된 작품을 살펴보면 "Mi-in's, how, sweet, carriage, refined, Like, red, blue,
carving, from"과 같이 r, w, l, n과 같은 공명음이 많다.

음사된 작품에서는 이 공명음이 o, u와 결합되어 물 흐르듯이 부드럽고
긴 소리를 만들어낸다. 이 때문에 음사된 작품의 운율과 소리 이미지는 아
름다운 여성의 목소리를 형상화한다. 밀러는 소리 이미지와 내용이 부합
하도록 번역한 것이다. 밀러가 우미인 다음에 소개한 항우에 대한 표현에
서도 마찬가지로 소리 이미지로 등장인물의 목소리가 표현된 것을 볼 수
있다.

범갓흔우리대왕

함졍에드단말가

잉모갓흔우미인이

그물속에드단말가

밀러가 제시한 원문은 항우와 우미인이 함께 위기에 빠진 상황을 보여준다. 「우미인가」 중 항우(項羽)의 군대가 유방(劉邦)의 군대에 포위당해, 사면초가(四面楚歌)에 빠진 상황을 묘사한 장면이다. 밀러는 여기에서도 「우미인가」를 영역한 작품과 원작의 소리를 음사한 기록을 함께 제시했다.

"Like a tiger, our great chief,

Fallen in a pit, you say ;

Like a parrot, U mi in,

Taken in a net, you say."

Pom katheun uri Tawang

Hamjunge teudan malga

Angmo Katheun umiini

Keumul soge teudan malga.

항우와 우미인이 위기에 빠진 모습을 보여주는 이 부분은 서로 다른 소리 이미지가 혼합되어 있다. 음사된 작품을 살펴보면, "Pom, katheun, Tawang, teudan, Keumul"과 같이 p, k, t과 같은 무성 폐쇄음이 연속하여 등장한다. 영역된 작품에서도 마찬가지다. "Like, tiger, great, pit, parrot, Taken, net"와 같이 k, t, p소리가 작품 전체에 들리고 있다.

이와 같은 무성 폐쇄음은 거칠고 남성적인 항우의 이미지를 떠올리게 한다. 밀러는 항우에 대해서 "the mighty chief and his warlike hosts."(호전적이고 강력한 왕)이라고 표현했다. 음사된 작품을 읽어보면, 작품의 내용을 모르는 서양인이라도, 소리에서 거친 이미지를 받는다. 이것은 위기에 빠진 남성의 목소리를 형상화시킨 것과 같다.

「우미인가」의 두 등장인물인 우미인과 항우가 소개된 후, 사건의 발단으로서 우미인과 항우가 위기에 빠진 장면이 소개된다. 밀러는 적들이 야영지 위에서 영웅과 그의 군대에 "The Thoughts of Home"(향수)를 불러 일으켰고, 그들은 "like falling leaves in the Autumn wind"(가을바람의 낙엽)과 같이 흩어졌다고 설명했다.

Behind nine ridges, in the depths of night	ㄱ	구중산깁흔밤일
In a lonely place they laid them down.	ㄴ	격막히누엇스니
The Autumn winds were blowing cool	ㄱ	추풍은소소ᄒ고
The midnight moon was shining dimly	ㄴ	야월은침침흔 대
On the Koe-myung Mountain, in the Autumn moon.	a	계명산츄야월에
They mournfully blew on their flutes of jade ;	b	옥통소슬피부니
Sad notes of the tune of "Thoughts of Home."	a	ᄉ향곡슬픈소리
And the eight thousand followers are scattered abroad.	b	팔촌뎨ᄌ훗허진다
The mournful song of his native land	b	초가성슬픈소리
Fell on the ears of the chieftain great ;	c	대왕님이드르시고
With a start he awakened from his sleep,	c	자던잠을놀나ᄭ여
Took in his hand his eight-foot sword.	b	팔척장금손에들고
Leaping he left his tent of jade	b	옥장막에ᄲᅱ여나와
And looked around on all four sides.	d	사면을둘니보니
Sad to relate - the mighty hosts	d	가련하다우리군ᄉ
Were fallen leaves in the Autumn wind.	b	츌풍락엽되단말가

근대 초기 서양인의 순수 한국 시가 탐색과 인식

인용은 유방이 항우의 군대를 해하(垓下)에서 포위하고, 자신의 병사들에게 초(楚)나라의 노래를 부르게 하여, 초나라 군대의 마음을 어지럽히는 모습이다. 원문은 앞서 우미인을 묘사한 시가 형태와 같이, 2개의 음보로 구성된 2개의 구를 나란히 놓는 방식으로 소개되었다. 본 장에서는 영역 작품과의 비교를 위해, 같은 의미에 해당하는 구절들을 대응시켰다.

보다시피 밀러가 영역 작품의 운을 원문 작품의 운율과 부합하도록 했음을 알 수 있다. 원문 작품은 각각 2개의 음보로 구성된 2개의 구가 쌍을 이루어 전개된다. 밀러의 번역 작품은 연의 중간에 전치사 in, on, of를 배치하거나, 쉼표로 중간을 균등하게 배분하여, 2개의 음보를 구성했다.

영역 작품의 첫 4줄은 ㄱㄴ/ㄱㄴ과 같이 행내운(internal rhyme, 行內韻)으로 쌍을 이룬다. 각운(end rhyme, 脚韻)을 살펴보면 ab/ab/bc/cb/bd/db와 같이 2개의 연씩 묶어서 2개의 구가 쌍을 이루는 형식을 재현했다. 아마도 밀러는 「우미인가」가 규칙적인 운율의 형식으로, 이루어지지 못한 비극적 사랑의 내용을 전달한다고 생각하고서, 그에 부합하는 형식과 내용을 갖춘 소넷(sonnet)을 연상한 듯하다.

영국 소넷만 보더라도, 셰익스피어가 주로 사용한 형식인 "Shakespearean Sonnet"은 한 개의 2행 연구(couple)로 되어 있고, 각운 구조는 ab/ab/cd/cd/ef/ef/gg이다. 스펜서가 주로 사용한 형식인 "Spenserian Sonnet"은 ab/ab/bc/bc/cd/cd/ee이다. 소넷은 내용에 있어서도 대부분 이루어지지 못한 비극적 사랑 이야기를 담고 있다.[84]

이와 같은 특징만 보아도, 밀러가 「우미인가」에서 영시의 운과 유사한 형태가 있다고 생각하고, 압운(Rhyme, 押韻)을 맞추어 「우미인가」를 영역한 듯하다. 서양인들의 한국 시가 영역 작품들을 살펴보면 대부분 운이 맞추어져 있다. 그런데 한국 시가를 영역하는 과정에서 원작의 내용을 살리면서, 압운을 맞추고 소리 이미지까지 보존한 사례는 적다. 밀러의 「우미인가」 영역 작품은 원작의 압운과 소리 이미지를 함께 번역한 사례에 해당한다.

원문 작품을 살펴보면, '팔촌', '초가성', '팔척', '츌풍'과 같이 거센소리인 ㅍ, ㅊ으로 시작되는 구절이 밀러의 영역 작품에서는 'abroad', 'land', 'sword', 'wind'와 같이 d로 끝나고 있다. 원문에서 '옥통소', '옥장막'은 영역 작품에서 'jade'로 끝나며, '사면', '가련'으로 시작하는 구절은 'sides', 'hosts'와 같이 z발음으로 끝나고 있다.

위 작품은 각운이나 구절의 첫 번째 시어가 d, z발음으로 끝나는 사례가 많다. 특히 초나라 진중으로 옥통소 소리와 함께, 향수를 불러일으키는 노랫소리가 들리면서 d로 끝나는 연(stanza)이 크게 증가한다. 이것은 'sad'라는 시어의 소리 이미지를 형상화한 것이다. 때문에 시어 'sad'를 쓰지 않아도 독자는 슬픔의 감정을 느낀다.

다른 연의 마지막 구절의 시어들도 슬픔의 이미지가 드러난다. 2행, 3행, 4행, 5행은 각각 'down', 'cool', 'dimly', 'moon'으로 끝난다. 모두 공명음으로 끝나는데, 밀러의 영역 시가는 독자들로 하여금 작품 전체에 슬픈 울림이 느껴지도록 유도하고 있다.

원문 작품의 감정을 운율과 소리 이미지로 표현하는 것은 밀러가 제시한 모든 영역 작품의 두드러진 특징이다. 우미인과 항우가 위기에 빠진 후, 이별의 슬픔을 노래한 부분에서도 마찬가지로 감정어의 형상화를 볼 수 있다. 다음 작품은 우미인이 비극적인 죽음을 맞이하기 전 우미인의 외침을 표현한 부분이다.

Say it not. Oh, say it not.	ㄱ	그리마소그리마소
Even though this body die,	ㄴ	이내몸이곳죽어도
Could I ever serve two Chieftains?	ㄱ	두장부를섬길소냐
How I wish that this my body,	ㄴ	원ᄒ니니이내몸이
Changed into a crow or magpie,	ㄱ	가막가치화히되여
In mid-air might fly away	ㄴ	반공즁에소사올나
And follow thee ; Oh, this my longing.	a	대왕ᄯ라가고지고
How I wish that this my body	b	원ᄒ나니이내몸이
Might become a floating cloud,	c	셰ᄃ니는구름되야
On far-flying winds to drift away	d	만리풍에놉히올나
And follow thee ; Oh, this my longing.	a	대왕ᄯ라가고지고
How I wish that this my body	b	원ᄒ노니이내몸이
Might become an eight-foot sword	c	팔척샹검칼이되야
To crouch and hide within thy scabbard	e	칸집속에굽혀드려
And follow thee ; Oh, this my longing.	a	대왕ᄯ라가고지고
To be the moon on Eastern sea or mountain	e	동ᄒ동산둘이되여
To roam the whole world o'er and o'er,	e	쥬류텬하빗최여서
In whatever place my chief may be.	d	대왕님계신곳에
To shine in every crack and cranny,	e	모모이빗최고져고져
To become a winged crane	e	나래돗친학이되여
To fly wherever thou dost go	e	간곳마다활활나라
And sit beside thee ; this my longing."	a	대왕겻헤안치고져

항우는 우미인을 남겨두고 초나라의 포위를 뚫고 탈출하기 전, 우미인에게 적군의 아내가 되어 살라는 충고를 한다. 이에 우미인은 그럴 수 없다는 말로 답한다. 우미인의 대답은 죽는다 해도 항우의 곁에 있겠다는 내

용으로 이루어져 있다. 밀러는 이 부분에 대해 그녀는 70행에 걸쳐 애원하며, 몇몇 행들은 매우 아름답고 애처롭다고 설명했다.

압운을 살펴보면 앞서 우미인과 항우가 위기에 빠진 장면과 마찬가지로, 첫 부분은 ㄱㄴ/ㄱㄴ/ㄱㄴ과 같이 2개의 구가 행내운(internal rhyme, 行內韻)으로 쌍을 이룬다. 그리고 작품의 두운(alliteration, 頭韻)을 살펴보면 abcd의 규칙을 이루며 전개되는 듯하지만, 곧 ce/aee/deee/a와 같이 'To'로 시작되는 행이 갈수록 증가한다.

ce/aee/deee/a와 같은 두운의 구조는 항우의 곁에 있겠다는 우미인의 정서를 고조시키는 효과를 내고 있다. 이것은 원문의 구조와 대체적으로 부합한다. 원문 「우미인가」는 까마귀, 구름, 검, 달, 학이 되어 "대왕쯔라가고 지고"와 대왕 곁에 있겠다는 구절을 중심으로 내용이 구성되어 있다. 그런데 이중 'To'로 시작되는 행, 즉 무엇인가가 되어 항우 곁에 있겠다는 우미인의 소망을 번역한 부분에서 유사한 소리 이미지가 발견된다.

우미인은 'crow'(까마귀)가 되어 대왕을 따라가길 원한다고 노래한다. 그리고 떠도는 'cloud'(구름)이 되어 대왕을 따라가길 원한다고 노래한다. 또 팔 척 장검이 되어 대왕의 'scabbard'(칼집)속에 'crouch'(구부리고) 숨길 원하며, 대왕이 있는 "o'er and o'er"(어디든지) 따라가길 원한다. 마지막으로 날개 달린 'crane'(학)이 되어 훨훨 날아 대왕 옆에 앉기를 원한다고 노래하고 있다.

우미인의 대화에서 사용된 시어 'crow', 'cloud', 'scabbard', 'crouch', 'crane', 'o'er'들은 cry라는 감정어로 귀결된다. 때문에 'cry'라는 시어가 등장하지 않아도 우미인이 울면서 말하고 있는 것을 알 수 있다. 더구나 ce/aee/deee/a와 같이 두운을 이루는 행이 점층적으로 늘어나는 구조는 우미인의 울음

근대 초기 서양인의 순수 한국 시가 탐색과 인식

소리를 증폭시키는 효과를 내고 있다.

"A Korean Poem"의 마지막 논의 부분에 밀러는 원문을 영어로 음사한 구절을 제시하며 논의를 마쳤다. 앞서 소개한 우미인과 항우가 위기에 빠진 내용의 시가 중, 3행과 4행인 "츄풍은쇼쇼하고/ 야월은침침흔대"가 다시 번역되어 소개되었다. 밀러는 「우미인가」의 이 부분이 갖고 있는 음악성에 특히 주목했다. "A Korean Poem"의 마무리 논의는 다음과 같다.

> 츄풍은쇼쇼하고
> 야월은침침흔대

> While the autumn wind was sighing, sighing.
> And the midnight moon shone dimly, dimly.

> Ch'up'ungeun so—so hago
> Ya wuleun ch'im—ch'im handa

밀러는 위 구절에 대해서 구문의 제약에 대한 자유로움을 발견할 수 있으며, 서구의 찬가 작곡가들도 모방할 만하다고 소개했다. 위 구절의 영역된 작품과 영어로 음사된 글을 비교하면, 운율과 소리 이미지가 대단히 유사한 것을 발견할 수 있다.

'쇼쇼'에 해당되는 부분은 'so—so'로 음사되고 "sighing, sighing."으로 번역되었다. '침침'에 해당하는 부분은 'ch'im—ch'im'으로 음사되고 "dimly, dimly."로 번역되었다. 이와 같이 밀러는 원작과 영역 작품 간의 운율이 부합하고, 소리 이미지가 서로 유사하도록 영역하였다. 이에 밀러는 '쇼쇼'와 '침침'이 각각 '昭昭', '沈沈'이라는 한자어라는 사실을 파악하고, '쇼쇼'와 '침침'에 붙은 '하고'와 '흔대'라는 조사의 소리 이미지를 생략했다. 밀러는 영역하는 과정에서 의미는 물론 운율과 소리 이미지를 함께 전달하기 위해, 교착어로서 한국어의 특징을 파악하고 조사보다는 명사와 동사의 번역에 집중했던 것이다.

3) 한글 문어 형성과 서양인들의 한글론

영문 월간 잡지로서 한국에서 최초 발행된 *The Korean Repository*의 첫 호에는 헐버트의 "The Korean Alphabet"(1892)이라는 논문이 실렸다. 헐버트는 이어서 이 잡지의 3월호에 "The Korean Alphabet" 2부를 발표했다.[85] 이 논문 발표는 헐버트가 육영공원에서 영어 교사직을 그만두고 미국으로 돌아가기 전에 이루어진 것이다. 개신교 선교사들이 한국에서 활동하기 시작한 1890년 전후부터 한글에 관한 외국인들의 논문들은 지속적으로 등장한다.

그런데 그 당시 한글의 문자 체계와 기록 형태에 대해서 상세히 밝힌 서양인의 논문들은 많은 데 비해, 한글문학 텍스트에 대한 서양인의 논문들은 비교적 적다. 헐버트의 논문도 세종의 한글 창제에 대해 설명하고, 한글의 우수성과 편리함을 밝힐 뿐이다. 서양인들은 한글 문자의 고유성과 뛰어남을 인정하면서, 한글 문어문학의 내용에 대해서는 부정적이었다.

초기 서양인들이 막 한국에 도착했을 때, 노력을 기울인 것은 한국어의 의미 파악이었다. 그들은 한국인들이 쓰는 말, 즉 구어를 익히려고 노력했고 민담, 민요와 같은 구비문학에는 한국인의 고유한 소리, 정서, 이야기가 담겨 있다고 생각했다. 이제 구어 즉 고유한 한국말로 표현되는 문학이 한글, 즉 고유한 한국 문자로 써 있다면 그것은 한민족의 정서가 담긴 고유한 문어문학이 될 것이다. 여기에 고유한 한국 리듬까지 있다면, 이상적인 고유한 한국 시가가 된다.

그런데 한국에는 고유한 문자인 한글이 존재하는데도 한글은 한국인의 말인 구어를 기록하고 있지 않았다. 한글이 기록하는 대상은 국제사회에서 중국 문자로 평가받는 한문이었다. 한글은 한문 문헌을 번역하고 있거나 한자를 음사하거나 한문 문장의 조사나 접속사 역할을 하고 있었다. 게일이 1897년 출간한 『韓英字典한영ᄌ뎐』의 서문은 한글과 관련한 개신교 선교사들의 고민을 보여주고 있다.

> 현재의 한국어 연구 단계에서, 사전을 만드는 일은 기나긴 좌절의 연속이다. 구어에 대한 기록이 없어서 단어를 수집하려 하자마자, 더 노력을 기울여 보려는 어떤 의욕도 사그라지게 된다. 일본인 학자들도 이와 비슷한 어려움을 겪어 왔고, 수년간의 연구와 준비 끝에 완벽한 사전을 지난해(1896년)에 출간하였으나, 일상적인 한국어 단어 상당수가 빠져 있는 것이 확인된다.[86]

한문이 한국인의 일상적인 언어를 기록할 리 없으므로, 구어를 기록하는 문자는 한글이어야 했다. 그런데 게일은 구어에 대한 기록이 없어서 사전을 만들려는 의욕이 꺾이고 있다고 토로하고 있다. 일본인 학자들의 어휘집에도 일상적인 한국어 단어 즉 구어가 상당수 빠져 있었던 것이다.

이것이 19세기 말 서양인들의 활동 초기부터, 한글 문자 체계에 대한 연구 논문은 많으면서, 정작 한글로 써진 문학에 대한 연구가 부족했던 이유였다. 한글은 한국어 문학의 내용을 제대로 전달해 주지 못하는 문자였다. 게일이 1897년 출간한 『韓英字典한영ᄌ뎐』의 서문을 더 살펴보면, 개신교 선교사들이 1890년대 당시 어떤 작업을 수행하고 있었는지 드러난다.

> 또 다른 좌절은 구어로 발음되는 소리와 책자 형태의 철자법 사이에 차이가 있다는 것이었다. ①**구어(colloquial)를 따르는 식으로 사전을 만들자고 말하기는 매우 쉽지만,** 이런 방향으로 갈지라도 셀 수 없는 난관들이 존재한다. ②**옥편이 한자음을 고정시켜 오긴 했으나, 모든 경우에 있어 옥편의 한자음이 구어의 한자음(현실 한자음)과 일치하는 것은 아니다.** 이미 일상적인 용법으로 쓰이고 있는(형태나 표기를 반영한) 고유어(vernacular) 책자 형태들도 있다. 이런 점과 여타의 상황들은 우리가 판단하고 싶지 않지만 판단해야 하는 문제들을 제공해주었다. 실제로, 될 수 있는 대로 극단적인 서적 형태들이나 ③**구어를 문자 그대로 옮기는 방식을 지양하기 위해, 양자 사이의 중도(中途)를 취하였다.**[87]

보다시피, 게일은 구어를 열심히 사전에 등재시키고 있었다. ①과 ③과 같이 게일은 구어를 기록한 사전을 만들려고 애썼다. 구어가 한국인들이 쓰는 일상적인 언어이므로, 한국어 사전은 구어의 의미를 풀이하는 사전이어야 한다. 구어 중심의 사전 편찬 방식은 언더우드가 1890년 출간한 『韓英字典한영ᄌ뎐』과 스콧이 1891년 출간한 *English-Corean Dictionary*에서도 마찬가지로 수행되었다.

근대 초기 서양인의 순수 한국 시가 탐색과 인식

구어를 사전에 등재시키는 작업은 ②와 같이 한국어의 소리를 고정시키는 작업이다. 말소리의 기록은 말소리를 고정시키면서 문어를 생성시킨다. 1890년대 언더우드, 스콧, 게일, 헐버트 등과 한국인 조력자들은 사전 편찬을 주도하거나 참여하면서, 결과적으로 구어와 문어가 일치되는 시대를 여는 데 큰 기여를 하고 있었다.

1900년 10월 게일이 『왕립아시아학회 한국지부 회보집(RASKB)』에 발표한 "The Influence of China upon Korea"에는 한국 문어 형태에 대한 지향점이 어떠한지 알 수 있는 예시가 있다. 게일은 "앉아서 한국어로 혹은 Anglo - Saxon어(native language, or Anglo-Saxon)로 이야기를 쓰는 것은 소위 불가능하다고 할 수 있다."고 말한다.[88] 그리고 순수 한국어 즉 구어로 써진 단락의 예를 소개했다.

Ⓐ Ol yu−ram−e yu−geui wa−su chi−na−nik−ka a−mo−ri tu−un nal−i−ra−do tu−un−jul−do mo−ro−get−ko do i keui chu keul nul−li po−go keu ka−on−da deus−sal pu−ru po−ni u−ri−suk−ko u−su−un mal−do man−ha na−ra il kwa sa−ram−eui ma−am−eul tu−ru al−get−to−tai−je o−nan sa−ram teung u−e do yet sa−ram sseun mal−i it−nan−da keu gut o−su o−myun do cha−ja po−ri−ra keu−ru−han−da i nom−i wei a−ni o−nan−go?[89]

Ⓑ "This summer, we have come here to pass the time, and howsoever hot the day may be we do not notice it. We have been looking extensively through this writing and that, and have unravelled the thought therein and there are many stupid and ridiculous things, that let us know somewhat of national affairs and of the minds of men. And now on the back of the man that is coming are other writings written by the ancients. If they come at once we shall resume our search. Why does not the rascal come?"[90]

Anglo − Saxon어는 고대 영어이다. 게일은 "pure Korean"(순수 한국어)를 문자로 옮기는 작업을 했을 경우, 부자연스러운 글이 된다고 평가했다. 당시 서양인들에게 한국은 언문일치가 이루어지지 못한 언어사회였다. 게일은 그 증거로서 Ⓐ와 같이 순수 한국어로 써진 글을 영어로 음사하여 제시하고, Ⓑ와 같이 해석도 함께 소개했다.

게일은 똑같은 내용을 가지고 있지만, "순수 중국어이면서 순수 한국어 대화체"이기도 한 글을 소개하겠다고 밝힌다.[91] 그리고 게일은 앞서 소개한 구어체 한국 문어보다 더 풍부하고 다채롭다고 평가했다.

㉠(Keum−nyun)−e−nan (chang−chang−ha−il)−eul (Pak−han−san−sung)−e−su (su−gyun)−ha−ni (chung−sin)−i (soai−rak)−ha−yu(sin−t'ye)−ka (kang−gun)−ha−ta (pi−su)−ha−gi−nan (Puk−han)−i (tye−il)−i−ra (su−ch'ak)−eul (yur−ram)−ha−go (i−wang−yuk−ta−sa)−ral (sang−go)−ha−ni (ka−so)−rop−ko (u−ma)−han (sa−juk)−i (pul−so)−ha−yu (kuk−sa)−wa (in−sim)−eul (ka−ji)−ro−ta (si−bang) (ha−in) (pyun)−e (ko−in)−eui (keui−rok)−han (su−chak)eul (pu−song)−ha−yok−ket−nan−da (ko−da)−ha−gi−ga (sim)−hi (chi−ri) ha−to−ta.[92]

근대 초기 서양인의 순수 한국 시가 탐색과 인식

㉯"In the present year we passed the long summer days at the mountain fortress of Puk-han, where our minds were freshed and our bodies strengthened. The north fortress is first of all places at which to escape the heat. We have searched widely through books and have examined into the affairs of past generations and there are ridiculous and stupid things not a few by which one can indeed know of the affairs of nations and the minds of men. And now by courier they will have sent other books written by the ancients. We wait with impatience, for their coming seems long indeed."[93]

게일이 그 다음에 소개한 글은 한문과 한글의 혼합문이다. 게일은 마찬가지로 ㉮와 같이 한문과 한글의 혼합문을 영어로 음사하여 제시하고, ㉯와 같이 해석도 함께 제시했다. 게일은 이와 같이 구어를 기록한 글보다 한글과 한문의 혼합문이 훨씬 더 'rich'(풍부)하고 'full'(다채롭다)고 평가하고 있다.

이것은 당시 선교사들의 한국어 연구가 어디까지 진행되고 있었는지 보여주고 있다. 그동안 한문을 한글로 번역하거나, 구어를 한글로 기록하는 형식의 문화 내 번역은 주로 한국인들에 의해 이루어졌다. 그러나 선교사들도 1900년대 전후, 구어나 순수 한글 등, 원천언어를 번역하여 외국에 알리는 전파번역의 형태에서, 한국의 구어와 한글, 한문과 같은 여러 언어를 서로 번역하는 문화 내 번역을 행하고 있었다.[94] 1900년 전후 개신교 선교사들이 구어체 한국어를 한글로 영역하거나, 한문과 한글이 혼합된 한문맥의 문체를 영역하여 비교하는 등 다양한 언어 실험을 하고 있었음을 알 수 있다. 그리고 1903년 밀러의 "A Korean Poem"이 등장했다.

김승우는 「선교사 프레더릭 S. 밀러(Frederick S. Miller)의 한국시가론」에서 밀러가 찬송가를 짓는 데 시사를 얻고자 한국 시가에 대해서 연구하기 시작했다고 밝히고 있다.[95] 그 근거로서, 선교사들의 찬송가에 대한 기록을 소개했다. 그리고 한국어는 강약격이고 서양 찬송가는 약강격이 많기 때문에, 단음절 단어를 추가로 붙여서 율격을 맞추었던 밀러의 찬송가 창작과 관련지어 밀러의 한국 시가 기록을 논했다.

서양인들에게 한국 문어에 있는 조사, 어미, 접속어나 어형 변화를 담당하는 한두 글자의 한글은 한국어 연구 부분에서 큰 관심거리였다. 왜냐하면 게일이 "The Influence of China upon Korea"(1900)에서 "한문은 한국어에서 명사와 동사의 위치를 차지하는 반면, 언문은 문장의 접속어와 어형 변화와 같은 막노동을 하고 있다."고 말했듯이,[96] 동사와 명사는 주로 한자였고, 순수 한글은 주로 조사, 접미사, 접속어 등이 차지했기 때문이다.

스콧의 영한사전 *English-Corean Dictionary*(1891)의 서설에는 한국어 문법의 고유한 특성에 대한 설명이 있다.[97] 스콧은 "agglutinations and inflections"(교착과 굴절)이 매우 복잡하고 많은 점을 한국어 문법의 가장 두드러진 특징으로 꼽았다. 예를 들어 한자에서 파생된 동사나 다른 단어 뒤에 'ᄒᆞ다'를 접미사로 붙이면 한국어의 고유한 굴절과 교착 변화가 모두 가능하다는 것이다. 스콧은 *English-Corean Dictionary*(1891)의 서설에서 한글 조사, 접미사, 접속어 등에 대한 설명을 집중적으로 했다. 스콧은 특히 서설을 마무리하면서, 한글의 고유한 특징에 대해 다음과 같이 평가했다.

본래 지니고 있던 어휘가 단순한 원시 부족의 수준에나 어울리는 극히 제한된 수였기 때문에, 보다 수준 높은 문명으로 발달해 나가는 과정에서 새로운 명칭과 개념이 필요하게 되자 한국인들은 중국어의 어휘에 의지했다. 한자어는 한국어 속에 굳어져 제거할 수 없는 요소로 자리 잡았으나, 그럼에도 ①관용어적이고 문법적인 한국어 구문의 독자적 특성들은 변치 않고 유지되고 있다. ②문어에서든 구어에서든 이 두 언어는 서로 정반대의 특질을 보여 주며, 그 근원에서는 어떠한 동질성도 발견할 수 없다.[98]

스콧에 의하면, 한국 문어에서 한자의 위상은 확고한 것이었다. 스콧은 보다 수준 높은 문명으로 발전해 가는 과정에서 한국인들이 한자어에 의지했다고 보았다. 그러나 스콧은 ①과 같이 "관용어적이고 문법적인 한국어 구문의 독자적인 특성들은 변치 않고 유지되고 있다."고 보았다. 내용을 담당하는 동사나 명사는 중국어지만, 문법적 특징을 결정하는 한글 조사, 접미사, 접속사 등을 한국 문어의 고유한 특징으로 본 것이다. 스콧이 ②와 같이 "문어에서든 구어에서든 이 두 언어는 서로 정반대의 특질을 보여 주며, 그 근원에서는 어떠한 동질성도 발견할 수 없다."고 강조한 것도 한국어의 독자성을 찾으려는 노력에서 비롯되었다.

예를 들어 밀러의 번역 작품 중, "Tanch ŭngeuro"(단청어로)와 'Păgogeuro'(백옥으로)는 'euro'(으로)의 반복으로 행내운을 이룬다. 여기서 '단청'과 '백옥'은 한자어고 '으로'는 한글 조사이다. 한글 조사가 없다면 운(thyme)을 이루지도 못하고, 행(line)마다 4음보 강약도 맞추지 못했을 것이다. "keuryŭ năndat"(그려낸닷)과 "gokka năndat"(싹가낸닷)도 'năndat'(낸닷)의 반복으로 각운을 이루었다. 마찬가지로 한글 종결어미로 운(thyme)과 행(line)마다 존재하는 4음보 강약을 맞출 수 있었다.

"아마도 [중국시]의 번역인 것 같기는 하지만/ [작품의 형태가] 순수하게 한국적인 듯 보이는 시"와 같은 밀러의 이중적인 관점은 "명사와 동사를 담당하는 중국의 한문/ 조사, 접미사, 접속사를 담당하는 한국의 한글"이라는 이중적인 한국 문어의 모습을 반영하고 있다. 그래도 밀러가 "순수하게 한국적인 듯 보인다."고 말한 것도, 「우미인가」에 비록 한자어가 섞여 있지만, 「우미인가」가 한국어의 음성 질서 안에 있다는 판단에 따른 것이다. 그의 한국 시가론에서 동일 음절 반복을 강조하고, 한글 조사로 운(韻)을 맞추는 형태의 시가를 고유한 한국 시가라고 소개한 것도, 한글에서 한국 시가의 순수성을 찾으려는 목적 때문이었다.

밀러의 "A Korean Poem"은 1900년대 한글 문어의 형성 과정 중에 이루어진 산물이었다. 구어를 사전에 등재하고, 한문 어휘를 한글 체계 안에 받아들이고, 한글 문어가 형성되던 근대 초기 언어 상황을 배경으로 기록된 한국 시가론이다. 때문에 근대 초기 한글 문어가 형성 중에 있었다는 사실은 서양인들이 한글 시가에서 한국 시가의 고유한 모습을 밝히는 데 어려운 점으로 작용했다.

밀러가 제시한 「우미인가」 원작은 수많은 이본 가운데 하나였다. 현재 확인할 수 있는 이본만 해도 약 53여 권에 이른다.[99] 밀러가 제시한 원문과 부합하는 「우미인가」 가집은 아직 발견되지 않았다. 내용은 유사하지만 가집마다 한글 조사나 구성이 조금씩 다르다. 밀러가 밝힌 「우미인가」의 리듬과 소리 이미지는 그가 구할 수 있었던 근대 초기 가집에만 해당하는 것이었기 때문에, 한국 시가의 보편적인 운율을 제시한다는 것은 그로서는 어려운 일이었다. 한글 문어는 그 이후에도 끊임없이 변모했다.

3. 게일의 한시 기록

1) "Korea Literature"와 한문 중심주의

J. S. Gale,
1863~1937

1900년 이전과 이후에 기록된 게일의 한국어에 대한 관점은 뚜렷이 구별된다. 한국에 1888년 처음 도착하여 활동하던 당시, 게일(J. S. Gale, 1863~1937)은 한국어를 익히는 데 노력했다. 1890년대 전후까지만 해도 게일을 비롯한 대부분의 선교사들은 한글에 호의적인 반면 한문에 부정적인 인식을 가지고 있었다.

그러나 개신교 선교사들은 외국의 개념어를 대체할 한글 어휘가 부족했기 때문에 한문을 익혀야 했고, 특히 게일은 한국의 방대하고 뛰어난 한문학을 접하고 한국 한문학에 호의적인 태도를 가지게 되었다. 게일이 한국 고전 한문학을 중점적으로 익히기 시작한 시기는 대략 1900년대 초로 추정된다.

게일은 한국문학에 대한 여러 편의 글을 남겼다. 그 중에는 "Korean Literature"라는 제목으로 발표한 글이 약 5편으로 알려져 있다. 그 중 3편은 *The Korea Magazine*에 1917년 7월과 8월, 1918년 7월에 각각 발표되었다.[100] 그리고 1918년 미국의 영문 잡지 *Open Court*와 1923년 *The Christian Movement in Japan*에 "Korean Literature"라는 제목으로 각각 글을 발표했다.

*Open Court*에 발표된 게일의 한국문학론 "Korean Literature"에는 30여

편에 이르는 다양한 한국문학인들의 시(詩), 산문(散文), 부(賦) 등이 소개되었다. 그 중 본 문학론에는 한국 한시가 15편으로 전체의 반을 차지할 정도로 집중적으로 기록되었다.[101] 특히 이 논의에서 소개된 한국문학들은 모두 순수 한문학을 원문으로 하고 있다. *The Korea Magazine*의 "Korean Literature"(1918)와 *Open Court*의 "Korean Literature"(1918)가 혼동될 수 있으므로, 각 글의 앞에 수록 잡지명을 함께 쓰겠다. 다음은 *Open Court*의 "Korean Literature"(1918)의 첫 부분이다.

> ㉠**한국문학에 두드러지게 나타나는 거대한 사상들** 중 일부는 희미한 과거 시대로부터 비롯된 것이다. 얼마나 오래 전의 일인지는 알 수 없다. ㉡**믿을 만한 역사가들에 따르면**, 단군이란 이름의 신인, 신, 혹은 사자일 수도 있는 불가사의한 존재가 하늘에서 내려와 백두산의 하얀 정상에 안착하였고, 그 곳에서 처음으로 사람들에게 ㉢**종교에 대해 가르쳤다고 한다.** 이는 중국 요나라와 동시대인 기원전 2333년의 일이라고 전해지고 있다.
>
> …(중략)…
>
> ㉣**그는 한국과 중국의 시인들과 역사가들로부터 찬미되어 왔다.** 그로부터 1000년 이상이 지난 기원전 1122년, ㉤**한국에 두 번째 거대 사상이 유입되어 들어갔다. 사실 이는 종교에 관한 면에선, 극동지역의 역사에서 가장 많이 언급되는 시기이다.**[102]

글의 서두는 ㉠과 같이 한국문학에 두드러지게 나타나는 거대한 사상들 중 그 첫 번째에 대해 논의하고 있다. 한국문학에 등장한 첫 번째 사상은 단군에 의해 발현되었다. 게일은 단군의 등장이 얼마나 오래 전의 일인지

근대 초기 서양인의 순수 한국 시가 탐색과 인식

알 수 없지만, ⓛ과 같이 믿을 만한 역사가의 논의를 근거로 하면 단군의 출현은 중국 요나라와 동시대인 기원전 2333년의 일이라고 밝혔다.

게일은 ⓒ에서 단군이 종교를 가르쳤다고 한다. 그는 한국인의 민족성이 형성되게 된 원류에 대해서 밝힌다. 게일은 단군의 활동이 ⓔ과 같이 한국과 중국의 시인들과 역사가들로부터 찬미되어 왔다고 말한다. 그 근거로서 역사서와 비석에 새겨진 글을 제시했다. 이와 같이 사상, 역사, 종교 등을 함께 소개하는 방식은 ⓜ에서도 반복되고 있다.

ⓐ의 사상, ⓛ의 역사, ⓒ의 종교, ⓔ의 시인과 역사가들에 대한 논의 등을 보면, *Open Court*의 "Korean Literature"(1918)가 한국문학의 범위를 포괄적으로 설정하고 있는 것을 확인할 수 있다.[103] 이것은 근대의 철학적, 역사적, 문학적 글쓰기를 포괄적으로 포함하고 있는 중세 '文'의 개념을 실천하는 것과 비슷하다. 중국사람 유협(劉勰, 465~622)이 지은 『文心雕龍』이나,[104] 조선 초기에 서거정(徐居正, 1420~1488)이 편찬한 『東文選』을 보면 중세의 '文' 개념은 근대의 '文學' 개념에 비해 그 외연이 훨씬 더 확장적이었음을 알 수 있다.[105]

이후, 게일은 단군의 출현을 시작으로 기자에 의한 기자 조선의 건국, 위만에 의한 위만 조선, 불교의 이입을 순차적으로 기록했다. 단군, 기자, 위만은 모두 한국인의 정신세계에 영향을 끼쳤던 원류로서, 게일은 한국문학의 기원을 바로 그것들에서 찾는다. 게일은 그 근거로서 마니산 재단, 비석, 불교인들의 기념비 등의 유적을 인용했다. 그런데 *Open Court*의 "Korean Literature"(1918)는 최치원의 소개를 분기점으로 글의 전개 방식이 변한다.

향공이란 이름의 사제가 살았을 당시, 한국문학의 아버지라 일컬어지는 최치원(서기 858~951)도 문학 활동을 하고 있었다. 현존하는 최치원의 작품들은 모두 그의 초기 작품들이다. 과연 그는 무엇에 대해 글을 썼는가? 우리는 검토를 통해, 그가 황제나 왕, 특별한 벗들을 위한 축하의 글, 부처를 향한 기도, 도교 신자들의 희생을 기리는 글, 혹은 자연이나 가정 등에 대한 글을 썼음을 알 수 있었다.[106]

게일은 최치원을 가리켜 "father of Korean literature"(한국문학의 아버지)라고 소개하고 있다. 이어서 게일은 "과연 그는 무엇에 대해 글을 썼는가?"하고 자문하고, 최치원이 황제나 왕, 벗들을 위한 축하의 글, 부처를 위한 기도, 도교 신자들의 희생을 기리는 글, 자연이나 가정 등을 주제로 글을 썼다고 밝혔다.

게일은 최치원의 글로서 "The Tides", "The Swallow", "The Sea-Gull", "Tea"라는 네 편의 작품을 소개했다. 영역 작품의 내용을 바탕으로 원문을 유추한 결과 "The Tides"는 「潮浪」이었고,[107] "The Swallow"는 「歸燕吟獻太尉」이었으며,[108] "The Sea-Gull"은 「海鷗」였다.[109] 앞서 소개된 세 편의 작품은 『桂苑筆耕』 소재의 한시였다. 그리고 "Tea"는 보내준 차(茶)에 감사를 표하는 내용을 담은 「謝新茶狀」이라는 편지글이었다.[110]

*Open Court*의 "Korean Literature"(1918)는 최치원의 등장 이후, 단군, 기자, 불교 등 한국에 영향을 끼쳤던 사상이나 종교를 중심으로 한 한국문학 소개 방식에서 벗어나 작가 중심으로 논의를 전개하는 방식을 택한다. 이로써 작가의 개성과 재능, 정서, 창의성이 표현된 문학작품이 소개되었다. 이른바 사상, 역사, 종교 등을 포괄하는 고전 문학에서, 작가의 감정과 상

상력을 표현한 예술로서의 근대문학으로 문학에 대한 저자의 개념이 바뀌었다.

게일은 1917년 1월 *The Korea Magazine*의 창간호에 "Ch'oi Chi'-wun. (崔致遠)"이라는 기사를 발표한 바 있다. 이 발표는 게일이 *Open Court*의 "Korean Literature"(1918)을 발표하기 1년 전의 일이다. 그 서두를 살펴보면 다음과 같다.

> 진실로 초서(Chaucer)가 영시의 아버지(Father of English Poetry)라면, 최치원은 한국문학의 아버지(Father of Korean Literature)이다. 그는 초서보다 거의 500년 전에 태어났으며 앨프레드 대왕과 동시대에 살았다.[111)]

게일은 최치원을 한국문학의 아버지라고 평가하고, 또 영국시의 아버지라고 평가받는 제프리 초서(Geoffrey Chaucer, 1343~1400)에 비유했다. 초서가 영시의 아버지로 평가받게 된 데에는, 그의 영문학에 대한 기여에 의거한 것이었다.

초서가 활동하던 중세에 영어로 써진 문학 작품은 발달되지 못했고, 문학어로서의 영어 또한 보잘것없이 평가되었다. 그 시대에는 영국인들조차 라틴어나 프랑스어로 작품을 썼다. 그와 같은 시대에 초서는 영어로 수준 높은 시를 창작했고, 이로써 영어가 세련된 문학어로 발전하는 데 크게 기여했다. 영시의 아버지로 인식되는 초서를 최치원에 비유하는 평가는 게일이 한시를 비롯한 한문학을 고유한 한국문학으로 받아들이고 있었다는 것을 반증한다.

최치원은 한국 한문학사에서 한문학의 비조라고 평가된다. 특히 『桂苑

筆耕集』은 한국 최초의 본격적인 시문집으로서, 최치원을 한문학의 종조로 일컫게 했다. 정만조(鄭萬朝, 1858~1936)는 『朝鮮時文變遷』에서 "崔孤雲致遠 始以詩文 行于世 爲開山初祖"라고 하며, 최치원을 한국문학의 '개산초조(開山初祖)'로 평가했다.[112] 정만조의 한국문학 시초론은 한문학의 오랜 주장을 되풀이한 것이다.

게일은 *Open Court*의 "Korean Literature"(1918)에서 최치원과 그의 작품들을 소개한 뒤, "By Night"라는 최충(崔沖, 984~1068)의 한시 한 편을 소개했다. 내용을 바탕으로 "By Night"의 원문을 유추한 결과, 『동문선』 19권에 실린 최충의 「絶句」라는 작품이었다.[113] 최충은 한국 학교 교육의 아버지로 평가받는다. 그가 세운 9재 학당은 사학 교육의 원조로서, 고려시대에 다수의 문신을 배출하여, 문종 대에 고려 유학을 크게 발전시켰다.

게일은 *A History of Korean People*에서 11세기 거란군의 침략으로 한국이 어려움에 처했을 때, 최충의 지도하에 교육이 행해졌다고 기록했다. 게일은 최충을 위대한 작가이고, 입법자이고, 시인이자 선생이라고 평가했다.[114] 게일이 최치원 이후에 최충의 작품을 소개한 것도, 한국문학 활동의 기원을 밝히기 위한 것으로 보인다. 최충 다음에 게일이 소개한 인물은 김부식(金富軾, 1075~1151)이다.

김부식(서기 1075~1151)은 한국 최초의 역사가(the earliest historian of Korea)이다. 그는 오늘날 가장 칭송받는 책들 중 하나인 삼국사기의 저자이다.

그의 작품들 중, 정복자 윌리엄 시대의 독자들에게 머나먼 나라에 대해 살짝 엿볼 수 있도록 해준 두 개의 작품을 소개하고자 한다. 김부식은 유명

근대 초기 서양인의 순수 한국 시가 탐색과 인식

한 문학인인 동시에 훌륭한 장군이었다. 그는 엄청난 위상으로 세계를 위압한 남성이다.[115]

게일은 김부식을 가리켜 "the earliest historian of Korea"(한국 최초의 역사가)라고 소개하고 있다. 게일은 김부식이 한국에서 칭송받는 책들 중 하나인 『삼국사기』를 지었다고 하면서, 그의 역사가로서의 면모를 밝혔다. 그리고 게일은 "The King's Prayer to the Buddha", "The Dumb Cock"라는 김부식의 글 두 편을 소개했다.

내용을 바탕으로 원문을 유추한 결과 "The King's Prayer to the Buddha"는 『동문선』 110권에 실린 김부식의 「俗離寺占察會疏」라는 글 중 일부분이었다.[116] 『동문선』 110권에는 「俗離寺占察會疏」를 포함한 김부식의 부처를 향한 기도문이 5편 더 실려 있다. 그리고 "The Dumb Cock"는 『동문선』 1권에 실린 김부식의 「啞鷄賦」 전문이었다.[117]

게일은 1917년 6월 The Korea Magazine에 "KIM POO-SIK(金富軾)"이라는 기사를 발표한 바 있다. 이 발표 역시 최치원에 대한 논문과 마찬가지로 Open Court의 "Korean Literature"(1918)를 발표하기 반 년 전의 일이었다.

김부식은 정복자 윌리엄(William)과 동시대인이다. 그는 성 베르나르(St. Bernard)와 첫 번째 십자군 전쟁(Crusade)의 날들을 보았고, 위대한 노래들이 중국을 지배하던 시대에 살았다. 그는 서기 1145년에 삼국사기(Sam-Sook Sa)를 지은 그 나라의 첫 번째 위대한 역사가라는 명예를 가지고 있다.[118]

윌리엄 1세(William, 1028~1087)가 영국을 정복한 시기는 1066년이다. 클레르보(Clervaux)의 대수도원장인 성 베르나르(St. Bernard, 1090~1153)가 연설한 1차 십자군 전쟁은 약 1096년~1099년에 걸쳐 일어났다. 또 게일은 김부식이 위대한 노래들이 중국을 지배하던 시대에 살았다고 말하고 있는데, 이 시기에 활동한 중국의 시인의 예로서 소동파(蘇東坡, 1037~1101)가 있다.

게일은 『삼국사기』를 지은 한국의 첫째 역사가라고 김부식(金富軾, 1075~1151)을 소개했다. 게일이 "KIM POO-SIK(金富軾)"의 서두에서 윌리엄의 영국 건국과 김부식의 최초 역사서 편찬을 비교한 것은 영국 역사의 건국과 한국 역사 기록의 시작을 부각시키기 위한 것 같다. 한국의 역사는 그 이전 단군으로부터 시작되었지만, 『삼국사기』와 같은 고유한 역사서가 등장한 것은 김부식에 의해서였기 때문이다.

이후, 게일은 이규보, 정몽주, 서거정, 이율곡, 송익필, 김만중, 이수광, 김창협, 인목대비, 윤증 등의 한국문학인들과, 그들의 개성과 특징이 반영된 문학 작품들을 다수 소개했다. *Open Court*의 "Korean Literature"(1918)는 최치원을 비롯한 한국인 작가들의 인물열전이라고 해도 과언이 아니다. 이들은 모두 한문학 작품을 남긴 인물들로서, *Open Court*의 "Korean Literature"(1918)가 한국 한문학을 소개하려는 게일의 기획 아래 써진 것을 확인할 수 있다.

이렇게 게일은 한국 최초의 문학, 교육, 역사가 기록된 시대에 활동한 최치원, 최충, 김부식을 연달아 소개함으로써 한국의 문학, 교육, 역사의 원류를 밝혔다. 이들은 모두 한국 한문학의 비조, 학교 교육의 선구자, 한국 역사의 기록자로서 한문학의 자장 안에 놓여 있다. 그리고 게일은 최치원을 영시의 아버지 초서에, 김부식의 역사기록 시대를 윌리엄의 영국 정복 시대와 비교함으로써 한국의 고유한 문학으로서 한국 한문학의 특징을 부각시켰다.

2) 한시의 역설과 아이러니 : 이규보의 한시

*Open Court*의 "Korean Literature"(1918)에서 한국 한시의 소개는 한국 작가들을 중심으로 이루어졌다. 앞서 논의했듯이, 게일은 논의의 서두에 단군, 기자, 위만과 같이 한국에 영향을 준 고대의 인물들을 소개하고, 최치원, 최충, 김부식과 같이 한국문학의 개척자들과 그들의 작품들을 수록했다.

게일이 *Open Court*의 "Korean Literature"(1918)에서 최치원, 최충, 김부식 다음에 소개한 인물이 이규보(李奎報, 1168~1241)이다. 게일은 이규보를 특히 주목하여 *Open Court*의 "Korean Literature"(1918)에 5편의 한시와 1편의 기도문, 편지글을 각각 소개했다. 이규보는 *Open Court*의 "Korean Literature"(1918)에 소개된 작가 중 가장 많은 작품이 소개된 인물이다.

게일은 이밖에도 1917년 5월 *The Korea Magazine*에 "YI KYOO-BO"라는 제목으로 이규보를 논의한 바 있다.[119] 게일은 "YI KYOO-BO"에서 이규보는 한국 작가들 중 가장 흥미로운 인물이라고 소개하고, 700년이 지난 오늘날까지 감동과 파토스를 전달해 준다고 기록했다. 게일은 *Open Court*의 "Korean Literature"(1918)에서 이규보가 "expression possessed by no succeeding writer"(다른 작가들에게는 없는 표현력을 타고난 자)라고 평가했다.

"The Body"는 *Open Court*의 "Korean Literature"(1918)에서 게일이 소개한 이규보의 첫 번째 작품이다. 내용을 바탕으로 원작을 유추한 결과『동국이상국집』이후 편찬된『동국이상국후집』1권 소재의「病中(丁酉九月)」이라는 이규보의 한시였다. 게일은 다음과 같이 행과 연을 구분하지 않고,「病中(丁酉九月)」을 영역했다.

①"Thou Creator of all visible things art hidden away in the shadows invisible. Who can say what Thou art like? ②Thou it is who hast given me my body, but who it is that puts sickness upon me? ③The Sage is a master to rule and make use of things, and never was intended to be a slave ; but for me I am the servant of the conditions that are about me. I cannot even move or stand as I would wish. I have been created by Thee, and now have come to this place of weariness and helplessness. My body, as composed of the Four Elements was not always here, where has it come from? ④Like a floating cloud it appears for a moment and then vanishes away. Whither it tends I know not. As I look into the mists and darkness of it, all I can say is, it is vanity. Why didst Thou bring me forth into being to make me old and compel me to die? Here I am ushered in among eternal laws and compelled to make the best of it. Nothing remains for me but to accept and to be jostled by them as they please. Also, Thou Creator, what concern can my little affairs have for Thee?"

— "The Body" 전문[120)]

造物在冥冥 조물주는 그윽하여 보이지 않으니

形狀復何似 무엇으로도 형상할 수 없네

必爾生自身 반드시 스스로 생긴 것뿐이니

病我者誰是 나를 병들게 한 자 그 누구겠나

聖人能物物 성인은 능히 물건을 물건으로 대하여

未始爲物使 한 번도 물건의 부림이 되지 않는데

我爲物所物 나는 물건의 사로잡힘이 되어

行止不由己 행동을 내 마음대로 하지 못하고

遭爾造化手 네 조화의 손에 걸려

折困致如此 이렇듯이 곤하다오

㉠四大本非有 사대는 본래 없는 것인데

適從何處至 이들이 어디에서 왔는가

浮雲起復滅 뜬구름 나타났다가 다시 스러지는 듯

了莫知所自 끝내 근원을 알 수 없네

㉡冥觀則皆空 그윽이 관조하면 모두가 공이니

孰爲生老死 그 누가 태어나고 늙고 죽는가

我皆堆自然 나는 자연으로 뭉쳐진 몸

因性循理耳 본성대로 순리에 따를 뿐이니

咄彼造物兒 저놈의 조물주야

何與於此矣 어찌 여기에 관계하랴

―「病中(丁酉九月)」 전문[121]

게일이 영역한 한시 작품에서 확인할 수 있는 두드러진 특징은 시가 전체에 만연한 추상어다. 게일이 영역한 한시 작품은 감각어들이 많은 부분을 차지하고 있는 밀러의 「우미인가」 영역 작품과 달랐다. 특히, 밀러의 영역 작품은 감각어들이 모여 sad나 cry와 같은 한 가지 정서로 수렴되는 데 반해, 게일이 영역한 한시 작품에서는 대조되는 의미의 추상어들이 대립한다.

먼저 ①을 살펴보면 "Creator of all visible things"(보이는 모든 것의 창조주는)는 "hidden away in the shadows invisible."(보이지 않는 어둠 속)에 숨어 있다. 여기서 서로 대립되는 의미의 시어인 'visible'(보이는 것) VS 'invisible'(보이지 않는 것)이 시어 'Creator'(창조주) 아래에서 의미 충돌을 일으킨다.

②에서는 창조주가 "given me my body"(내게 나의 육체를 주었지만), "puts sickness upon me"(고통도 함께 주었다)고 말하고 있다. 이 문장에서도 'body'(육체)와 'sickness'(고통)이 주었다라는 의미의 동사로 수렴되면서 대조를 이룬다.

③에서도 현자란 만물을 지배하고 활용하는 스승으로서 "never was intended to be a slave"(누군가의 노예가 될 의도)가 없었지만, 나는 "servant of the conditions"(내 건강 상태의 노예)가 되었다고 고백하고 있다. 노예라는 의미의 시어에 '아니다'와 '되었다'의 동사가 공존하면서 대립한다.

그리고 시의 화자는 "where has it come from"(육체가 어디서 오는지) 묻는다. 화자는 이렇게 대답한다. 그것은 ④와 같이 "Like a floating cloud it appears for a moment and then vanishes away"(눈에 보이다가도, 사라지고 없는 구름)과도 같다. 역시 눈에 보이는 것과 눈에 보이지 않는다는 의미의 시어들이 한 문장 안에서 의미 충돌을 일으킨다.

「病中(丁酉九月)」은 불교 사상을 바탕으로 한다. ㉠에서 말하는 '四大'란

근대 초기 서양인의 순수 한국 시가 탐색과 인식

불가에서 만물의 기본이라는 地, 水, 火, 風의 네 요소를 말한다. 게일은 이것을 "my body, as composed of the Four Elements"(네 가지로 구성된 나의 육체)로 영역했다. ⓛ의 "冥觀則皆空"(그윽이 관조하면 모두가 공이니)에서도 볼 수 있듯이, 화자의 육체적 고난에 따른 고뇌가 불가의 공(空)으로 수렴되는 것이 확인된다. 게일은 이 구절을 'vanity'(무의미, 무상함)으로 영역했다.

게일의 영역 작품에서는 붓다를 암시하는 시어보다 창조주를 표현하는 표현들이 훨씬 많다. 게일의 영역 작품에서는 보이는 것과 보이지 않는 것, 긍정과 부정, 존재와 비존재가 대립하고 충돌한다. 게일이 영역한 작품의 두드러진 특징은 추상어들의 대립으로 발생하는 역설과 아이러니이다.

서로 반대되는 의미의 시어들이 흩어지지 않고 질서화되는 이유는 이들 추상어들이 공통분모인 화자의 육체로 묶이기 때문이다. 그리고 육체의 삶과 죽음은 조물주에게서 나오고 조물주에게로 돌아간다. 게일이 「病中(丁酉九月)」을 영역한 "The Body"라는 영역 작품은 신의 존재를 역설로 표현했다.

게일이 소개한 이규보의 한시들은 대부분 신에 대한 작품이었다. "On the Death of a Little Daughter"는 게일이 신의 존재를 역설적으로 표현한 또 다른 영역 작품이다. 내용을 바탕으로 원문을 유추해 본 결과 『동국이상국집』 5권에 있는 「悼小女」로 판단된다.

> My little girl with face like shining snow,
>
> So bright and wise was never seen before,

At two she talked both sweet and clear,

Better that parrot's tongue was ever heard.

At three, retiring, bashful, timid, she

Kept modestly inside the outer gates.

This year she had been four

And learned her first wee lessons with the pen.

①What shall I do, alas, since she is gone?

A flash of light she came and fled away,

A little fledging of the springtime, she ;

My little pigeon of this troubled nest.

②I know of God and so can camly wait,

But what will help the mother's tears to dry?

I look out toward the distant fields,

The ears shoot forth upon the stalks of grain,

Yet wind and hail sometimes await unseen,

When once they strike the world has fallen full low.

③'Tis God who gives us life ;

'Tis God who takes our life away.

How can both death and life continue so?

These changes seem like deathly phantoms drear.

We hang on turnings of the wheel of fate,

No answer comes, we are just what we are.'"

— "On the Death of a Little Daughter" 전문[122]

근대 초기 서양인의 순수 한국 시가 탐색과 인식

小女面如雪 딸아이의 얼굴 눈송이와 같고

聰慧難具說 총명함도 이루 다 말할 수 없었네

二齡已能言 두 살에 벌써 말을 할 줄 알아

圓於鸚鵡舌 앵무새처럼 종알거렸고

三歲似恥人 세 살에 수줍음을 알아

遊不越門闌 문 밖에 나가 놀지 않았으며

今年方四齡 올해 막 네 살이 되어

頗能學組綴 제법 바느질도 배웠지

胡爲遭奪歸 어쩌다 그런 널 빼앗기게 되었나

倏若駭電滅 번개가 명멸하듯 갑작스럽기만 하네

春雛墮未成 어린 새를 떨어뜨려 살리지 못하고야

始覺鳩巢拙 둥지가 허술했음을 깨닫네

㉠學道我稍寬 세상 이치를 배운 나야 조금 괜찮지만

婦哭何時輟 아내의 울음이야 언제 그치려나

吾觀野田中 내가 보니 저 밭에

有穀苗初茁 처음 싹이 돋을 때에

風雹或不時 바람이나 우박이 불시에 덮치면

撲地皆摧沒 땅을 때려 모두 꺾여 파묻히게 되네

㉡造物旣生之 조물주가 이미 태어나게 했으면서

造物又暴奪 조물주가 또 갑자기 빼앗아 가니

枯榮本何常 인생의 영고성쇠는 본디 덧없고

變化還似謫 만물의 변화도 거짓말 같네

去來皆幻爾 왔다가 떠나는 일 모두 허깨비일뿐

已矣從此訣 이젠 끝이니 영영 이별이네

—「悼小女」전문¹²³⁾

작품의 화자는 1행에서 8행에 이르기까지 딸의 생전 모습과 성품을 찬양하고 있다. 그러나 9행에 이르러 ①의 "What shall I do, alas, since she is gone?"(그 애가 떠났으니, 오호라, 나는 어찌해야 하는가?)와 같이 사랑스럽던 네가 사라져 버렸다고 말한다. 이어서 시의 화자는 10행과 12행에서 딸을 어린 새에 비유하면서, 허술한 둥지에서 새를 떨어뜨렸다고 자책하고 있다.

대체적으로 게일의 영역 작품과 원작은 같은 내용을 공유하고 있다. 주목할 점은 ㉠과 같이 게일이 "學道我稍寬"(세상 이치(道)를 배운 나야 조금 괜찮지만)를 ②의 "I know of God and so can camly wait,"(나는 신을 알기에 침착히 기다릴 수 있지만)로 번역한 것이다. 게일은 '道'를 'god'로 번역하였다.

③에서는 신의 존재가 역설과 아이러니로 표현된다. "'Tis God who gives us life ;/ 'Tis God who takes our life away."을 직역하면, "신은 우리에게 생명을 주고/ 신은 우리의 생명을 빼앗는다."가 될 것이다. 이에 대응하는 원작은 ㉡의 "造物旣生之/ 造物又暴奪"(조물주가 이미 태어나게 했으면서/ 조물주가 또 갑자기 빼앗아 가니)이다.

"gives us life"(생명을 주는) 창조와 "takes our life"(생명을 빼앗는) 파괴가 동일한 권능 아래 이루어지면서, 인간의 삶을 관장하는 신이 현현한다. 작품에서 화자는 삶과 죽음 앞에 무력한 인간임을 표방하지만, 딸의 생명을 준 신이 딸의 생명을 빼앗았다고 함으로써, 현세에서 죽은 딸이 삶을 주관하는 신의 곁으로 갔다는 아이러니를 드러낸다.

진리나 초월자를 역설과 아이러니로 드러내는 것은 불완전한 언어의 한계를 뛰어넘으려는 시인의 이상과도 같다. 불완전한 인간의 언어는 완전한 신의 존재를 온전히 증명하지 못하기 때문에, 초월자나 진리의 표현은 역설과 아이러니를 통해 가능하다고 보기도 한다. 시인이 말하는 진리는 역설과 아이러니를 통해서만 가능하다.

게일은 "Korea's Preparation for the Bible"(1912)에서 "God를 나타내는 *Hananim*이라는 번역어는, 유일하고 위대한 것, 지고자요 절대자로서 신비한 히브리어 명칭인 '나는 나다'를 연상시킨다. '*Hana*'는 유일함을 의미하고, '*Nim*'은 위대한 분을 의미한다"고 한 바 있다.[124] 구약성서의 출애굽기 13장 14절에서는 모세에게 신이 "I am that I am", 즉 "나는 스스로 있는 자"라고 말한다. 신은 스스로를 세속적인 인간의 언어로 규정하지 못했기에, 신의 존재에 대한 존재 자체를 표현한다. 게일은 이와 같은 언어 의식을 가지고 이규보의 「悼小女」를 영역한 듯하다.

게일은 종종 일리아드, 오디세이, 돈키호테 등 서양의 문학 소재에 빗대어 한국에 대한 기록을 남기는데, 빅토리아 시대의 계관시인 알프레드 테니슨(Alfred Tennyson, 1809~1892)도 그렇게 언급된 문학인 중의 한명이었다.[125] 테니슨은 "STRONG SON OF GOD"에서 「悼小女」의 ⓒ과 같이 "Thou madest Life in man and brute;/ Thou madest Death;"(당신은 인간과 금수의 생명을 빚으시고, 당신은 죽음도 지으셨는데,)라고 노래한 바 있다.[126]

테니슨의 *In Memoriam*(1849) 서두에 실린 "STRONG SON OF GOD"는 하나님의 사랑과 평화를 노래하는 작품이면서, 신에 대한 양면적 인식을 드러내는 빅토리아 시대의 시 경향을 보여준다. 빅토리아 시대 활동했던 시인들은 이전의 낭만주의를 이어받았지만 신앙심을 표현하는 데에 있어서는 달랐다. 다윈의 진화론, 산업의 발달 등은 시인들을 더 이상 전통적 신앙관에만 머물러 있게 하지 못했다.

때문에 빅토리아 시대 시작품에는 분열적인 형태로 신의 모습이 드러나는 경향이 많았다. 합리주의적 물질 문명의 도래로 사람들이 신앙에 대해 회의를 품기 이전으로 돌아가고자 하는 것이 빅토리아 시대 시인들이 다루었던 주제였다. 리처드 러트가 게일의 시조 번역 작품을 빅토리아풍의 작시법에 맞추었다고 평한 기록 등을 보면,[127] 게일의 한시 영역 작품에서 이중적이고 역설적인 신의 모습이 구현된 것은 빅토리아 시대 문학사조의 영향 때문이었으리라고 유추된다.

게일의 영역 작품에서 ③을 살펴보면, 목적어가 'us'와 'our'라는 것을 알 수 있다. 신은 우리의 생명을 주고 빼앗는 존재다. 그러나 원작인 이규보의 한시 작품에서 ㉡의 목적어는 '小女'이다. 이규보의 한시에서 신은 딸의 생명을 주고 빼앗는 존재다. 게일의 영역 작품은 신의 권능을 모든 사람에게 두루 미치는 힘으로 일반화시켰다.

다음 "To his Portrait and the Artist"에서도 게일은 양면적인 모습으로 신의 존재를 확인하고, 신의 의지를 작품의 주제로 삼는다. 내용을 바탕으로 원문을 유추해 본 결과, "To his Portrait and the Artist"는 『동국이상국후집』 5권에 있는 「謝寫眞」로 판단된다.

①"'Tis God who gave this body that I wear,

②The artist's hand sends me along through space.

　　　　　　　　　근대 초기 서양인의 순수 한국 시가 탐색과 인식

Old as I am I live again in you,

I love to have you for companion dear.

He took me at I was, an old dry tree,

And sitting down reformed and pictured me.

③I find it is my likeness true to life,

④And yet my ills have all been spelled away.

What power against my deep defects had he

That thus he paints me sound, without a flaw?

Sometimes a handsome, stately, gifted lord.

Has but a beast's heart underneath his chin ;

Sometimes a cluttered most ill—favored waif

Is gifted high above his fellow—man,

I am so glad there's nothing on my head,

For rank and office I sincerely loathe.

You have put thought and sense into my eye,

And not the dust—begrimed look I wear.

⑤My hair and beard are lesser white as well ;

⑥I'm not so old as I had thought to be.

⑦By nature I am given o'er much to drink,

⑧And yet my hand is free, no glass is seen.

I doubt you wish to point me to the law,

That I a mad old drunkard may not be.

You write a verse as well, which verse I claim

Is equal to the matchless picture drawn."

— "To his Portrait and the Artist" 전문[128]

天地生我身 천지가 내 몸 태어나게 했는데

傳之者君手 후세에 전하게 됨은 그대 솜씨 덕분일세

予老少與偕 평생을 함께 살아온 내 몸뚱이라

甘與影爲偶 영자와 짝이 되었으니 기껍구려

眞箇槁木形 진정 한 개 고목의 형용인데

君於隱几取 궤에 기댄 의젓한 모습 그렸네

望之雖肖眞 바라보니 실물과 닮은 것 같으나

未甚移吾醜 내 못생긴 것 그대로 옮기지는 못했네

吾醜子何嫌 못생긴 내 얼굴 그대 왜 혐의하나

取人貌可後 사람을 취함에 있어 모습은 뒤인 것을

魁岸美丈夫 헌칠하고 아름다운 남아도

心或如冠獸 마음은 관 쓴 짐승일 수 있고

叢陋可笑者 보잘것없는 모습의 사람도

才有出人右 재능은 남보다 뛰어날 수 있다네

喜哉首不弁 기쁘구나 머리에 관 쓰지 않은 것

已厭名送驟 내 이미 벼슬길로 달려감 싫어졌으니까

眉目頗灑然 얼굴 모습 자못 깨끗하니

不以今蒙垢 때 묻은 지금의 모습 아니요

鬚髮未全晧 수염과 머리털 다 희지 않으니

不以今之壽 나이든 지금 모습 아니네

근대 초기 서양인의 순수 한국 시가 탐색과 인식

我性本嗜酒 내 성품 본디 술을 즐기는데

手曷無厄酒 손에는 어째서 술잔이 없는가

置我禮法間 나를 예법 사이에 앉혀 놓고

不許作狂叟 미친 늙은이 되길 허락지 않았네

況復投珠聯 더욱이 시까지 보내 주었으니

雙絶人知不 그림과 시에 뛰어난 줄 남들은 알까

— 「謝寫眞」 전문[129]

시의 화자는 화가 앞에 앉아 그림의 모델이 되고 있다. 실제의 나와 그림 속의 나를 비교하고 대조하는 것이 작품의 주된 내용을 이루고 있다. 이 작품에서 그림을 그려주는 화가는 정홍진(丁鴻進)으로 추정된다. 『동국이 상국집』에 이규보와 최종준(崔宗峻, ?~1246) 등이 그에게 그림을 그려받 고 지은 찬(贊)이 여러 편 수록되어 있다.

게일의 영역 작품은 ①과 같이 "Tis God who gave this body that I wear" 로 시작된다. 이 구절을 직역하면 "내게 육신을 준 것은 신이다"라는 의미 가 될 것이다. 원문의 "天地生我身"(천지가 내 몸 태어나게 했는데) 중 '天 地'가 'god'로 번역된 것을 알 수 있다. 게일은 이처럼 만물의 주관자로서 신을 영역 작품에 등장시켰다.

게일은 이어서 ②와 같이 "The artist's hand sends me along through space." (화가의 손은 날 새로운 공간 속으로 보내준다.)라고 말한다. 신이 준 육신 을 가진 자신이 있고, 화가가 그리는 초상화로 새롭게 재현되는 또 다른 자신이 있다. 육체를 가진 나는 소멸되고 말겠지만, 초상화 속의 나는 후 세에 전해질 것이라고 시의 화자는 말한다. 이후 작품은 육체를 가진 나와 그림 속의 자신을 끊임없이 비교하고 대조하는 형식으로 진행된다.

게일의 영역 작품은 ③과 같이 "I find it is my likeness true to life"(그것은 실제 내 모습과 닮아 있었지만,)라고 초상화를 평한다. 그렇지만 ④와 같이 "And yet my ills have all been spelled away."(나의 병은 그림에 담겨 있지 않았다.)라고 부정한다.

마찬가지로 게일의 영역 작품은 ⑤와 같이 육체를 가진 내 머리와 수염은 실제처럼 하얗지 않으며, ⑥과 같이 그림 속의 나는 늙지 않았다고 주장한다. 또 ⑦과 같이 육체를 가진 나는 술에 취해 있다고 고백하지만, ⑧과 같이 그림 속의 나에게서는 술잔이 보이지 않는다고 말한다.

이와 같이 육체를 가진 나와 그림 속의 또 다른 나는 서로 다른 모습을 가지고 있으면서, 그림을 그리는 한 공간 안에 공존하고 있다. 시의 화자는 서로 다른 육체의 자신과 초상화 속의 자신 사이에서 괴리감을 느끼지만, 이 역설 속에서 진정한 자아의 모습을 찾아내고 드러내는 아이러니를 보여준다. 여기서 서로 다른 두 모습의 괴리감 속에서 발견하는 진정한 자아를 고찰하는 아이러니한 모습은 신에게로 귀결된다.

육체를 가진 나는 ③, ④처럼 병들고, ⑤, ⑥처럼 늙었으며, ⑦, ⑧처럼 술에 취한 모습이다. 반면 그림 속의 나는 건강하며 젊으며 술에 취해 있지도 않다. 예술가로서의 화가가 아름다움을 추구하는 본능을 충실히 따르고 있다면, 신이 준 육체는 병들고 늙고 술에 취한 추(醜)의 성질까지 포함하고 있다. 완벽함은 불완전함까지 포함한다. 작품은 신이 자신에게 육체를 주었다는 전제 하에, 인간의 육체가 불완전하고 추한 존재라고 인식함으로써, 완전함을 갖춘 신의 존재를 드러내는 아이러니를 보여준다.

3) 근대어의 생성과 서양인들의 한문학 작가론

최초 영어와 한국어의 이중어 사전으로 평가받는 언더우드의 『영한ᄌᆞ
뎐』(1890)에는 'poem'에 대응하는 한국어가 등장하지 않는다. 'poetry'와
'poet'는 등장하는데, 각각 그 번역어는 '제술'과 '제술군'이었다.[130] 이후
1891년 스콧의 *English-Corean Dictionary*에서는 'poem'과 'poetry'의 대응어
가 '시'로, 'poet'의 대응어는 '시곽'으로 번역되었다.[131]

조선의 과거제도는 소과(小科), 문과(文科), 무과(武科), 잡과(雜科) 등
으로 나뉘었다. 이 중 문과는 시나 글을 짓는 제술과(製述科)와 유학의 경
전을 해석하는 명경과(明經科)로 나뉘었다. '제술'은 시나 글을 짓는 의미
의 명사였다. 이것은 1890년대 당시까지만 해도 한국 시가가 아직 과거제
도를 중심으로 한 한문 문화권의 테두리에서 벗어나지 못하고 있었다는
사실을 드러낸다.

당시 한국인들에게 한국 시가는 예술 장르의 한 분야로서가 아니라, 한
문 교과목의 한 부분으로 인식되었고, 예술가로서 시인이 창조하는 예술
장르가 아니라, 학자로서의 소양과 자격, 의무 등에 의해 탄생되는 작품이
었다. 19세기 말 한국인 스스로 시라고 부르는 장르는 구전 시가나 한글 시
가가 아니라, 한시였다.

그러나 선교사들이 한국에 입국하기 시작한 1880년대, 그리고 이중어
사전을 편찬하고 성경을 번역했던 1890년대까지도, 한문으로 기록된 문헌
에서 한국의 고유한 시가를 찾으려는 노력은 비교적 적었다. 모리스 쿠랑
의 『한국서지』(1권~4권, 1894~1901)와 같이 방대한 한문 서적을 모은 사
례도 있지만, 이 당시 서양인들의 한국 시가 기록은 민담, 민요, 한글 문어

문학 등에 초점이 맞추어져 있었다.

개신교 선교사들이 한국에서 선교하기 시작한 1890년대 전후, 그들은 한문이라는 문자 자체에 거부감을 가지고 있었다. 특히 한글의 뛰어남을 인식한 서양인들은 한국인들의 한문 사용에 대해서 부정적으로 평가했다. 헐버트는 『대한제국멸망사』(1906)에서 "한자는 매우 귀찮고도 비과학적인 문자"이며, "한자는 한국 민족이 후진적인 생활환경 속에서 살게 된 중요한 원인 중의 하나"라고 기록했다.[132]

게일 역시 한국에서 활동하던 초기에는 한문에 대한 부정적인 인식을 가지고 있었다. 게일은 『코리언 스케치』(1898)에 양반은 한자로 여러 가지의 시문(詩文)을 짓지만, "유생들은 자기네의 몸뿐만 아니라 정신, 마음, 영혼까지 휘감은 영원한 그 表意 문자로 이뤄진 美文集을 가지고 인생을 헛되이 보낸다."고 기록했다.[133]

게다가 서양인들에게 "한문 = 중국 문자"이고, "한글 = 한국 고유한 문자"였다. 한국 시가를 기록하는 데 있어서 고유성을 중요하게 여겼던 서양인들에게 한국 한시는 그 고유성을 의심하게 만드는 대상이었다. 1870년 그리피스(W. E. Griffis, 1843~1928)의 『한국, 은자의 나라』(1870) 초판의 부록에는 "COREAN LITERATURE"가 실려 있다. 여기에서 그리피스는 한국 시가를 다음과 같이 분류했다.

한국인들은 자국어를 폄하한다. 그들은 자신들의 언어를 '肉談(Yuk-tam),' 즉, 의미도 없고 생각을 표현하기에도 턱없이 부족한 주정뱅이들의 말(sottish words)이라고 부른다. 때문에 자국어 문학이 빈약하다. …(중략)… 시가에는 두 종류가 있다. 하나는 노래, 말장난 섞인 묘사, 운율이나 일정한

　　　　　　　　근대 초기 서양인의 순수 한국 시가 탐색과 인식

음절, 음보에 맞추어 쓴 우스꽝스런 속담들이고, 다른 하나는 중국의 전범에 바탕을 둔 형식이다. 한국인들이 선호하는 시 부류인 '풍월(風月, pung-wel)'은 가볍고 서정적인 성격을 지니고 있으며, 그 이름에서도 드러나듯이 풍월에서는 대개 바람과 달이 노래된다.[134]

그리피스가 한국 시가를 평가하고 분류하는 기준은 언어였다. 그는 한국인들이 자국어를 '肉談(Yuk-tam)'이라고 폄하하기 때문에, 자국어 문학이 빈약하다고 한다. 그리피스는 한국 시가를 두 종류로 나눴는데, 한 부류는 노래, 말장난 섞인 묘사, 운율이나 일정한 음절, 음보에 맞추어 쓴 우스꽝스런 속담들이고, 다른 부류는 중국의 전범에 바탕을 둔 형식이었다. 그리고 한국인들이 선호하는 시 부류로서 '풍월(風月, pung-wel)'을 제시했다.[135]

그리피스는 첫 번째 부류를 긴 나열의 방식으로 설명했다. 이것은 한국 시가가 외국에서 아직 개념화된 문학적 대상이 아니었다는 사실을 드러낸다. 반면 한국 한시에 대해서는 "based on the Chinese model"(중국의 전범에 바탕을 둔 형식)이라고 간결하게 정의 내린다. 서양인들에게 중국시는 긴 설명이 필요 없을 만큼 개념화되어 있었다.

모리스 쿠랑 역시 『한국서지』(1권~4권, 1894~1901)에서 한국인의 작시법에 대해서 "한국인은 중국의 형식을 그대로 베꼈는데 그 단순함과 엄격한 규칙에 있어 소네트, 그러나 공연히 상세한 규칙으로 가득 찬 소네트와 견줄 만하다."고 평가했다.[136] 서양인들에게 한문은 중국의 문자라는 인식이 강했던 만큼, 한국 한문학은 중국의 영향을 받았다는 인식으로부터 자유롭지 못했다.

초기 개신교 선교사들이 활동하던 시기 한문은 외국인들에게 중국의 문자로 인식되었기 때문에, 한국의 고유성을 드러내지 못하는 문자였다. 개신교 선교사들의 활동 초기에 한국 한시 번역 사례가 비교적 적은 것도 이 때문이었다.[137] 1890년대에 서양인들은 한국에 한시가 많았다는 사실을 잘 알고 있었음에도 불구하고, 한국의 고유한 시가를 주로 구어나 한글을 통해서 찾으려고 애썼다.

그렇지만 한국 문어에는 한문의 사용을 강제하는 특성이 내재되어 있었다. 근대 초기 한글 문어는 만들어지는 과정에 있었던 불완전한 언어였고, 특히 순수 한글 어휘의 부족은 성경 번역과 사전 편찬 작업을 수행하는 개신교 선교사들을 곤란하게 만들었다. 한글의 어휘 부족은 개신교 선교사들의 활동 초기부터 잠재적인 불만으로 자리하고 있었던 것 같다.

1900년 10월, 영국 왕립 아시아학회 한국지부에서 일어난 게일과 헐버트의 논쟁은 한국의 고유성에 대한 잠재적인 논란이 표면화된 사건이었다. 게일은 이 논의에서 중국이 한국어, 한국 문화, 그리고 한국의 사고를 완전히 장악하고 있다고 주장했고, 헐버트는 한국만의 고유한 문화와 사고가 존재하고 있다고 맞섰다. 게일은 "The Influence of China upon Korea"에서 자신이 주장하는 논지의 근거로서, 한글 어휘들의 특징을 제시했다.

32,789개의 단어들 목록에서 21,417개가 중국어이고 11,372개만이 한국어라는 사실은 한국 고유의 말보다 중국어가 두 배가 많다는 걸 보여준다. ①현재 역시 한국어는 새로이 유입되는 서구의 사상을 표현하는 많은 새로운 단어들로 범람되고 있는데 이들이 모두 중국어 단어들이다. 한문 사전 혹은 옥편에서 10,850개의 한자들이 실려 있다. 이들을 읽으

면서 한국인은 각각의 한자를 이를 대략 표현할 수 있는 몇 개의 한국어 단어로 표현하려고 힘겹게 노력한다. 그래서 한국인은 쇠금(Soikeum) 혹은 "철" – 금("metal"–keum)이라고 말한다. **②그 한자를 대략 표현하는 한국 고유의 단어들을 찾는 중에 한국인은 3,000개 이상의 한자들에서는 부족함을 느끼게 된다.** 7,700개의 한자들은 상응하는 고유의 단어들이 있지만 나머지의 경우 그 의미에 접근할 수 있는 고유의 언어가 없다.[138]

게일은 ①과 같이 한국에는 서양의 사상을 표현하는 새로운 단어들이 범람하고 있는데, 모두 중국어 단어였다고 주장한다. 게다가 ②와 같이 게일은 한국인들조차 한자를 표현하는 한국 고유의 단어들을 찾는 데에 부족함을 느끼고 있었다고 기록한다. 게일은 이중어 사전 편찬 경험을 토대로, 한국에서 쓰이는 32,789개의 단어들 중, 21,417개가 중국어이고 11,372개만이 한국어라고 밝히고 있다. 게일에 의하면 한국에서 쓰이는 언어 중, 중국어는 고유한 한국어의 두 배 가까운 양을 차지하고 있었다.

많은 한자어 개념들을 대체할 수 있는 한국 고유의 어휘가 한글이나 구어에는 없었다. 이와 같은 이유 때문에, "we need the Chinese character to convey it."(우리는 한국어 표현을 위해서 한자가 필요하다.)와 같은 게일의 기록과 같이,[139] 선교사들의 한자어 사용은 필요에 의한 강제적 성격을 가지고 있었다. 특히 게일이 위 논문을 발표한 1900년은 한국에 근대 개념어들이 이입되었던 시기였다.

게일의 "The Influence of China upon Korea"는 한국 시가를 중점적으로 논의한 기록은 아니지만, 중국으로부터 전해진 문물 중 일부로서 한시를 언급하고 있다. 게일은 고대에 기자(箕子)가 5천여 명의 사람들을 데리고 와서 한국에 문물을 전파했는데, 이 시기 "詩, 書, 禮, 樂, 醫, 巫, 陰陽, 卜筮 그리고 百工"이 소개되었다고 말했다.[140] 과거 시험이 중국으로부터 도입되었을 때, "시는 18개의 2행 연구들로 이루어진 시 작문이었고, 부는 6개의 한자(characters)로 이루어진 20개의 2행 연구들로 이루어졌다."고 밝혔다.[141]

대략, 1900년대부터 게일과 같은 개신교 선교사들이 본격적으로 한문을 중심으로 한 한국 문어문학을 한국 역사 속에서 탐구하기 시작한 것 같다. 한국의 고유성에 대한 게일과 헐버트의 토론 이후, 활발히 진행된 논의가 한국문학 시초론이다. 한국문학의 기원에 대한 논의는 설총과 최치원을 중심으로 존스(G. H. Jones, 趙元時, 1867~1919)에 의해 중점적으로 논의되었다.

1901년 존스는 *The Korea Review*의 3월호에 "Sul Ch'ong"이라는 기사를 발표하였는데, 기사의 제목에는 "FATHER OF KOREAN LITERATURE"라는 부제가 있다.[142] 존스가 한국문학의 개조(開祖)로서 설총에 주목한 데에는 헐버트의 이두(吏讀)에 대한 연구가 자극을 주었기 때문인 것으로 유추된다. 헐버트는 1898년 2월 *The Korean Repository*에 "THE ITU"라는 기사를 발표하여, 이두의 역할과 특성에 대해 조명한 바 있다.[143]

존스는 한국에서 성인으로 추대된 문인들의 기록인 "Yu-rim-nok"(儒林錄)에 고대 신라 왕국 출신의 학자 두 명인 설총과 최치원이 언급된다고 소개한다. 존스는 설총이 한국인들 사이에서 명성이 높아진 이유를 네 가지로 요약했다. 첫 번째로 존스는 설총이 신라의 역사를 썼다고 하는 "Mun-hon-pi-go"(文獻備考)의 기록을 소개한다. 두 번째로 설총의 "Parable of the Peony"(모란에 대한 우화)를 소개한다. 이것은 신라 신문왕이 설총에게 재미있는 이야기를 부탁하자 이야기한 "花王戒"를 말한다.

존스는 설총의 세 번째 업적으로서, 설총이 중국 철학을 일반인에게 가르친 일을 논한다. 존스는 "Yu-rim-nok"(儒林錄)에서 설총이 9권의 유교 고전들의 의미를 신라의 문어체로 말했다고 소개하고, 설총의 시대가 되어서야 중국의 고전들을 한국의 문어체로 옮기는 시도가 시작되었다고 평가했다.

> 설총은 그 방식에 있어서 한국의 위클리프였던 셈이다. 고전들을 토착어로 바꾸기 위한 자국어 문자가 없는 상황에서 그의 시도는 교리들을 구어로 설명하는 데 지나지 않았다. 그렇지만 한국사에서 존재하는 설총의 찬사들에서 이것이 얼마나 강조되는지 보게 되면 이것이 아주 중요한 발전이었음을 알 수 있다. 그에게 위클리프처럼 글을 쓸 수단이 있었다면 설총은 신라체를 한국어 어휘로 정형화시켜서 오늘날 우리가 잃어버린 많은 어휘들을 보존했을 것이다. 위클리프에게는 성경을 평민들이 알아듣도록 그들의 언어로 꾸준히 읽어준 그의 신도들이 있었다. 설총은 한국에서 고전들을 평민들의 언어로 설명하는 유행을 선도했다.[144]

존스는 설총의 면모를 "Wycliffe"에 비유했다. 영국의 종교개혁가인 위클리프(John Wycliffe, 1320~1384)는 라틴어 성경을 영어로 번역한 인물이다. 존스는 비록 설총의 작업이 자국어 문자가 없는 상황에서 교리들을 구어로 설명하는 데 지나지 않았지만, 위클리프처럼 자국어 문자가 있었다면, 설총이 우리가 잃어버린 많은 어휘들을 보존했을 것이라고 평했다. 설총은 고전들을 평민들의 언어, 한국어로 설명했다.

그리고 존스는 "Sul Ch'ong" 논의의 후반부에서 "이제 우리는 설총의 역사 전반과 관련한 아주 중요한 질문을 하게 된다. 그가 한국문학의 아버지라고 불리는가? 그렇지 않다면 그는 왜 기억해야 할 첫 번째 학자이며, 왜 설총 이전의 사람들은 잊혀졌는가?"라는 질문을 한다.[145] 이에 존스는 설총이 "Yu-rim-nok"(儒林錄)이나 문묘에서 첫 번째 학자로 기록된 데에는 한국의 문학세계를 주도한 유교파가 설총으로부터 시작되었기 때문이라고 진단했다. 그리고 존스는 한국의 문학과 교육이 이 학파에서 기원했다고 진단하고, 설총을 한국 문자체계의 아버지라고 평가했다.[146] 존스는 이처럼 설총을 한국의 위클리프에 비유함으로써 한국에서의 독자적인 문어문학 활동의 시작에 대해서 밝히고자 했다.

1903년 『왕립아시아학회 한국지부 회보집(RASKB)』 3호에 존스는 "CH 'OE CH'I-WUN: HIS LIFE AND TIMES"라는 논문을 발표했다. 존스는 성균관의 문묘(文廟)에 배양된 16현의 유학자들의 목록을 소개하고[147] 이들 중 두 번째 학자가 최치원이라는 데 주목했다. 존스는 최치원이 많은 문학 작품들을 남겼다고 소개하고 모리스 쿠랑의 『한국서지』(1권~4권, 1894~1901)에 기록된 최치원의 문집들을 제시했다. 그것은 『賢十抄詩』, 『大東韻考』, 『中山覆簣集』, 『新羅殊異傳』, 『崔致遠文集』, 『帝王年代曆』, 『燃藜記述』, 『桂苑筆耕集』 등인데, 존스는 이들 문집을 근거로 최치원을 설총과 비교하여 다음과 같이 평했다.

그는 한국문학사에서 결코 넘볼 수 없는 명성을 확고히 했다. ①그보다 앞섰던 설총이 문학적 유산을 거의 남기지 않았기에 초기 한국문학 문집들은 설총보다는 최치원에서 시작한다. 그래서 서 거정이 1478년에 편찬한 한국 시문집인 위대한 동문선(54권)은 한국문학을 최치원에서 시작한다. 또한 이와 비슷한 성격의 문집으로 최해의 동인문이 있는데 이 또한 최치원으로부터 한국문학을 시작한다. ②이러한 한국문학 문집들이 최치원을 시작점으로 한다는 사실은 그가 한문으로 책을 쓴 첫 번째 작가였다는 전통을 입증하는 듯 보이는데 우리는 이 전통을 쉽게 받아들일 준비가 되어 있지 않다. ③ 그렇지만 그의 작품들을 살펴보면 우리는 분명히 한국문학의 근본에 근접하게 된다.[148]

존스는 최치원 이전에 설총이 활동했지만, 설총이 문학적 유산을 거의 남기지 않았기 때문에, ①과 같이 한국 문집들은 설총보다 최치원에서 시작한다고 평했다. 그 근거로 존스는 최치원 이후 1478년 서거정(徐居正, 1420~1488)의 『東文選』, 1355년 최해(崔瀣, 1287~1340)의 『東人文』이 편찬되었다고 논했다.

존스가 확인한 것은 ②와 같이 한국의 글쓰기가 최치원으로부터 시작되었고, 그가 한문으로 책을 썼다는 데 있었다. 존스는 그와 같은 한국의 전통을 서양인들은 쉽게 받아들일 준비가 되어 있지 않다고 논했다. 서양인의 입장에서는 한국문학 세계 내에서 통용되는 한문의 고유성을 받아들이기는 힘들었을 것으로 유추된다. 그럼에도 불구하고 존스는 ③과 같이 최치원의 작품으로부터 한국문학의 근본에 근접할 수 있다고 평가했다.

존스가 탐구한 한국문학의 시초론이 다른 외국인들에게 얼마나 영향을 미쳤는지 상세히 확인할 수 없지만, 한국문학계에서 최치원이 가지는 비중은 서양인들이 알고 있었고 인정했던 것 같다. 존스의 "CH'OE CH'I-WUN: HIS LIFE AND TIMES"(1903)이 발표된 해에 *The Korean Review*

의 6월호에 "Note on Ch'oe Ch'i-wun"이 발표되기도 했다.[149] 1902년 7월 헐버트가 *The Korea Review*에 발표한 "Korean Fiction"에서는 "한국의 문학 사는 7세기 초기 한국문학의 최고봉인 최치원으로부터 시작되었다."라고 기록되었다.[150]

구어를 바탕으로 기록된 헐버트의 "Korean Poetry"(1896)는 압축성, 즉흥 성, 서정성이라는 한국 시가의 특성을 부각시켰다. 헐버트의 한국 시가론 은 한국 민속론과 유사한 글이 되었다. 밀러의 "A Korean Poem"은 한국어 의 운율과 소리 이미지를 음사한 글과 원문을 강조하여 제시했다. 밀러의 한국 시가론은 한글 언어론과 유사한 글이었다. 구전 시가와 한글 시가를 각각 소개한 헐버트와 밀러는 작가를 제시하지 않았다.

*Open Court*의 "Korean Literature"(1918)에서는 최치원 이후로 모든 한시 작품의 서두에 작가가 제시되어 있다. 그래서 게일의 한문학에 대한 글은 한국문학 작가론과 유사한 글이 되었다. 반면 한시 원문은 한 편도 제시되 어 있지 않다. 서양인들이 한국 한문학을 외국에 소개하는 데 있어서, 한 국의 고유성을 증명하는 방법은 한국 작가들을 강조하는 것이었다.

1900년대 초 한국문학 기원론에 대한 논의는 *Open Court*의 "Korean Literature"(1918)와 직접적인 관련이 없다. 한국문학 기원론이 논의된 1900 년대 초반은 "Korean Literature"(1918)와 십 년의 시간차가 있기 때문이다. 그러나 *Open Court*의 "Korean Literature"(1918)에 대한 논의를 1900년대 초 반으로 소급할 필요가 있다.

왜냐하면 첫째로, 대략 1900년대 초반부터 서양인들이 한국의 고전 한 문학에 대해 관심을 가졌고, 이때부터 한국 역사 속에서 한국문학을 보기 시작했기 때문이다. 둘째로, 게일의 한문 공부는 대략 1900년대 초반부터 이루어진 것으로 알려져 있다. 그는 1900년대 초반부터 고전 교육을 받은 많은 한국 학자들에게 한문과 서지학 훈련을 받았다. 셋째로, 1900년대 초반부터 고전 한국과 근대 한국을 가르는 "old korea"와 "new korea"이라는 용어가 서양인들의 한국에 대한 기록 속에 등장하기 시작했다.[151]

"old korea"와 "new korea"는 고전 한국과 근대 한국의 시대를 구분하는 방식으로서, 한국에서 활동했던 서양인들이 통상적으로 사용했던 근대 초기 용어였다. 정치, 문화, 경제 등 여러 분야에서 근대적으로 변모한 한국의 이전 모습과 이후의 모습을 지칭하는 말로 서양인들의 기록에서 자주 보인다. 한국어 상황을 중심으로 보면, 중국과 일본으로부터 근대 개념어들이 수입되기 이전과 이후의 한국을 가리키는 것과 유사하다. 특히 게일에게 고전 한국과 근대 한국을 구분하는 기준이 되는 사건은 갑오개혁(甲午改革)이었다.

*Open Court*의 "Korean Literature"(1918)가 등장한 데에는 선교사로서 게일의 종교적인 이유와, 이중어 사전 편찬자이자 번역가로서 게일의 문학적인 이유가 있었다. 종교적인 이유에 대해 논하자면, *Open Court*의 "Korean Literature"(1918)는 선교사들 사이에 있었던 신에 대한 개념의 번역과 관련이 있었다.

게일은 "The Korea's View of God"(1916)에서 한국인들이 사용하는 불변의 신을 가리키는 많은 이름들을 소개했다. 그 예로서 "하나님, 天-the One Great One", "上帝-the Supreme Ruler", "神明-the All Seeing God", "大主宰-the master", "天君-Divine King", "天公-Celestial Artificer", "玉皇-the Prince of Perfection", "造化翁-the Creator", "神-the Spirit" 등이

있다.[152)]

*Open Court*의 "Korean Literature"(1918)에서도, 여러 한문학 작품에서 'God'의 번역어를 확인할 수 있다. 「謝新茶狀」을 원작으로 하는 최치원의 작품 "Tea"에서는 원문의 "豈期仙貺 猥及凡儒"(뜻밖에 훌륭한 선물이 외람되이 범상한 사람에게 미치오니,)에 해당하는 구절이 "how could ever such a gift of the gods come to a common literatus like me?"(이처럼 고귀한 신의 선물이 어떻게 나 같은 평범한 문인에게 선사될 수 있단 말인가?)라고 영역되어 있다.[153)] 원문의 '仙'이 'God'로 번역되었다.

「足不足」을 원작으로 하는 송익필(宋翼弼, 1534~1599)의 작품 "On Being Satisfied"(충만함 앞에서)는 원문의 "天之待我亦云足"(하늘도 나를 보고 족하다고 하겠지)가 "How rich God's gifts! My soul is satisfied."(신의 선물이 얼마나 풍족한가! 나의 영혼은 만족 상태이다.)로 영역되었다. 원문의 '天'이 'God'로 번역되었다.[154)]

게일은 "Korea's Preparation for the Bible"(1912)에서 "The Character Chon 天 God or Heaven, being an exact equivalent in Chinese of the Korean name Hananim,"와 같이, 한국이름 '하ᄂᆞ님'의 정확한 한문 동등어가 '天(God or heaven)'이라고 말한 바 있다.[155)] 게일이 한국의 '하ᄂᆞ님'을 탐구한 자원은 한국 한문학이었다.

'하ᄂᆞ님'이 공식적인 용어로 채택되는 데 큰 영향을 끼쳤던 인물 중 한 명이 게일이다.[156)] 근대 초기 한국에는 '신(神)', '상뎨(上帝)', '춤신', '여호와', '상주(上主)', '텬쥬(天主)' 등 'God'를 지칭하는 여러 가지 용어들이 많았다. 1900년에 들어서면서 지고신으로서 "Heavenly Lord"(하늘의 주)의 뜻이었던 '하ᄂᆞ님'을 유일신으로서의 '하나'+'님'으로 이해하려는 노력이 나타났는데, 그 선구는 게일로 지목된다.[157] 1906년과 1911년 공인역 구약전서에서 '하ᄂᆞ님'은 공식적인 용어로 채택되었다.

앞서 논의했듯이, 한국의 구어는 복음 전파에 큰 역할을 했다. 1890년대 많은 복음서가 소설 형식, 대담 형식으로 엮어졌고, 헐버트의 "Korean Poetry"(1896)도 이와 같은 기독교 전도 문화에 영향을 받았다. 밀러의 "A Korean Poem"(1903)은 찬송가 제작과 연계된 것이었다. 한글을 중심으로 한 문어의 발달은 선교사들로 하여금 한국어 노래를 짓게 했다.

한국 한문학이 복음 전파에 기여한 바 있다면, 신에 대한 이론적인 기록을 가능하게 했다는 점이다. 특히 한문은 신의 명칭을 번역하는 데 큰 영향을 주었다. 동시대에 게일이 발표한 *The Korea Magazine*의 "Korean Literature"(1918)도 한국의 신에 대한 논의였다.[158] 게일이 한국의 고전 한문학에서 행한 신에 대한 탐구가 없었다면, *Open Court*의 "Korean Literature"(1918)도 등장하지 못했을 것이다.

또한 이중어 사전 편찬자이자 번역가로서, 게일의 문학적인 면모가 *Open Court*의 "Korean Literature"(1918)를 기록하게 했다. 황호덕과 이상현의 『개념과 역사, 근대한국의 이중어사전』 연구편에서는 수입되어 들어오는 중국식, 일본식 근대 한자 개념어들에 대해, 게일을 중심으로 한 서양인들이 어떤 태도를 보였는지, 여러 곳에서 논의하고 있다.

그 내용을 약술하면, 갑오경장을 거쳐 본격적으로 일본 식민지배가 시작되면서, 일본계 한자어가 급격히 증가되었는데, 게일은 이와 같은 근대 한국어들의 생성을 부정적으로 평가했다. 그 예로 게일의 문법서인 『辭果指南』(1893)의 서문에서는 "기록화된 구어"를 언해본에서 찾았다고 지적하지만, 개정판인 『辭果指南』(1916)의 서문에서는 외래의 사상에 물들지

않은 순수한 조선인의 말에 대해서 논하고 있다.[159] 게일의 관심사가 1893
년『辭果指南』의 기록과 같이 구어 기록을 찾는 것에서, 1916년『辭果指
南』의 기록과 같이 외래 사상에 물들지 않은 순수 조선어를 찾는 것으로
변한 것이다.

로스 킹(Ross king)은 게일이 토론토 대학에 남긴 유고들을 연구하여
"James Scarth Gale, Korean Literature in Hanmun, and Korean Books"라는
논문을 발표한 바 있다. 그가 아직 미발표된 게일의 "Korean Literature"에
서 인용한 일부는 근대 초기 한국의 문어 상황을 보여주고 있다.

> 발표되지도 않고, 날짜도 찍히지 않은 "Korean Literature:"라는 제목을 가
> 진 에세이에서, 게일이 말했다. "그 운명적인 칙령(역자: 갑오개혁)에 이은
> 고유한 문학(native literature)의 비극적인 죽음은 다음과 같은 사실에서 볼
> 수 있다. 서당(old school)의 한 이름난 아버지에게는 도쿄대학교 졸업생이
> 기까지 한, 이름난 아들이 있다. 하지만 그 아들은 국내에서 평범하게 졸업
> 한 학생이 헤로도토스나 리비우스(역자: 로마의 역사가)를 읽는 것 이상으
> 로, 그 아버지가 쓴 글을 더 잘 읽을 수 없다. 그리고 그의 아버지는, 지식인
> 임에도 불구하고, 인도 언덕의 은둔자가 근대의 신문을 읽는 것보다도 더,
> 그 아들이 쓰거나 공부한 것을 이해하지 못한다. 그래서 아버지와 아들은
> 보기에 딱하게도 천년의 간극을 두고 분리되어 앉아 있다.[160]

게일에 의하면 1900년대 이후, 한국의 문어는 점점 분리되어 가고 있었
다. 아들은 도쿄 대학 졸업생이지만 아버지가 쓴 글을 읽지 못하고, 아버
지 또한 아들이 쓴 글을 읽지 못한다. 끊임없이 수입되어 증가하는 외국

근대 개념어들은 한국의 문어를 크게 변형시켰다. 게일은 한국 한문학이야말로, 한국문학의 고유성을 보존하는 의미 있고 가치 있는 것이라고 생각하게 되었다.

1900년대 이후 한국의 고유성을 위협했던 대상은 달라졌다. 근대 초기 세계 최고의 한글 학자였던 개신교 선교사들은 한국에 수입되는 근대 개념어들의 존재를 누구보다 민감하게 받아들였다. 게일에게 중국이나 특히 일본으로부터 유입되는 일본식 한자어들과 서양 문화는 고유한 한국의 언어를 오염시키는 존재들이었다. 게일이 1926년 발표한 "What Korea Has Lost"(1926)를 보면, 게일이 한국 근대시에 끼친 서양 문학의 영향을 얼마나 부정적으로 보고 있는지 알 수 있다.

> 예컨대, 서당 훈장인 아버지가 그의 옆에 축적된 양의 연구를 놓고 앉아 있는 동안, 아마도 제국대학의 학생일 터인 그의 아들은 그 자신의 삶을 구하기 위해서라도 그것을 읽을 수는 없을 것이다. 오늘날 상황이 이러할진대, 과거의 위대한 문학의 땅이었던 이곳에서 사라진 그 흔적은 찾을 길이 없을 정도로 깨끗이 제거되었다. 우리가 시에서 볼 수 있는 서양을 모조하려는 무기력하고 절망적인 시도들은 그들이 상실한 것이 얼마나 거대한 손실인지 입증해주고 있다.[161]

이제 아버지의 문어와 아들의 문어는 달라져, 더 이상 서로를 이해하지 못하게 되었다. 특히, 게일은 한국문학인들이 근대시를 창작하는 일을 두고 서양을 모조하려는 무기력하고 절망적인 시도라고 평하고 있다. 게일의 한국 한문학 연구와 번역은 외국어로 오염된 한국어 속에서 순수한 동양 문학을 찾으려는 노력과 같았다.

게일이 기획했으나 은퇴 이후 출간된 『韓英大字典』(1931)의 서설에는 중국문학 연구자인 영국인 자일스(H. A. Giles, 1845~1935)의 한국 문자론에 대한 비판이 있다. 특히 게일은 한국에서 한문은 실상 토착(native) 문어이며, 언문(vulgar script)이나 여타 중국 작문들이 생성되기 전부터 수 세기 동안 존재해왔다고 지적했다.[162] 대략 1900년대 이후부터 한국 한문학을 한국의 전통 중 일부로 바라보는 게일의 관점이 발견된다.

게일은 1923년 *The Christian Movement in Japan, Korea, and Formosa*에 발표한 "Korean Literature"에서 몽고와 만주족에 의해 통치된 중국사와는 달리 한국은 미개종족에 의해 침탈된 적이 한 번도 없었다고 말하고, 수 세기에 걸쳐 자신의 문명을 온전히 보존해 왔다고 기록했다. 그리고 이런 문헌들을 보존하고, 지키고 또 이어가는 것이 이 나라에서의 가장 중요한 임무가 되어 왔다고 말했다.[163]

게일은 이 "Korean Literature"(1923)에서 한시와 1920년대 근대시의 실례를 구체적으로 비교하기까지 했다. 게일은 이 글에서 이제 한국 젊은 세대들이 그들의 잡지를 가지고 있으며, 영어로 된 속 빈 시편을 쓰고 있다고 비판한다. 게일은 두 개의 시 작품을 제시했는데, 하나는 위대한 거장의 작품이라고 소개했고, 다른 하나는 오늘날 최고의 시인이라 거론되는 사람의 작품으로 소개했다.[164] 오늘날 최고의 시인이라는 표현에 폄하의 뉘앙스가 있는 것은 말할 것도 없다.

게일이 소개한 위대한 거장의 작품은 『동국이상국집』의 「十月大雷電與風」라는 이규보의 한시였고, 오늘날 최고의 시인이라 거론되는 사람의 작품은 『폐허』에 실렸던 오상순의 「힘의 숭배」(1921) 중 일부분이었다. 게일은 한국인들이 시라고 부르던 고전 한시에 대한 관심에서 멀어져, 근대시를 추구하는 것을 비판적으로 보았다.

당시 서양시의 영향을 받아 근대시를 추구하고 있었던 한국 문단의 상황과 대조해 볼 때, 게일의 한시 영역 활동은 시대 상황으로부터 유리된 것이었다. 이것은 게일의 한문시 번역이 당대 문학과 연계되지 못한 이유가 되기도 했다.

헐버트의 "Korean Poetry"(1896)가 1890년대 서로 달랐던 구어와 문어가 갈등과 통합을 겪는 환경에서 탄생했다면, 밀러의 "A Korean Poem"은 1900년대 한문과 한글의 대립과 교류 속에서, 한글이 문어로 발전하는 환경에서 탄생한 시가론이다. 게일의 *Open Court*의 "Korean Literature"(1918)는 새롭게 생성된 근대어와 잊혀져가는 고전 한문으로 이분화된 한국 문어의 상황에서 탄생했다.

제3장

가창과 가집에 따라 구분된 서양인들의 한국 시가 기록

− *The Korean Repository*에 소개된 영역 시조

1. 근대어에 의해 은폐된 한국 시가의 전통

근대 초기 한국에서는 언문일치 운동이 활발히 일어났다. 동시에 새로 유입된 근대어에 의해 한국어에는 큰 변혁이 일어나고 있었다. 한일합병 (韓日合倂) 이후 조선에서는 일본어의 위상이 올라갔고, 한국문학인들은 식민지 언어인 한국어와 피식민지 언어인 일본어의 이중어문학 활동을 하게 되었다. 한국은 봉건 계급 사회에서 많이 나타나는 다중언어 사회에서, 상대 국가 언어를 대상으로 삼고 자국어를 주체로 삼는 근대 국민국가의 언어사회로 변모해 가고 있었다.[165]

근대 초기 게일이 근대어로 인한 한국어 오염을 비판했을 때, 한국인들은 봉건 사회의 중화 세계관에서 벗어나 근대 국민 국가의 언어관을 바탕으로 한국문학을 바라보고 있었다. 한 국가를 대표하는 국민 시가를 창출하는 행위는 그 국가를 대표하는 통합된 문학의 언어, 형식, 정서 등이 있을 때 가능하다.

김억은 1924년 1월 1일 『동아일보』에 「朝鮮心을 背景삼아―詩壇의 新年을 마즈며」를 발표하여 국민문학 운동의 시작을 열었다.[166] 김억은 조선 시가의 가치를 결정하는 기준이자 사상적 배경은 '조선심'이 되어야 한다고 주장했다. 이후, 이광수의 「文學講話」(1924), 주요한의 「노래를 지으시려는 이에게」(1924), 김억의 「作詩法」(1925) 등 『조선문단』을 중심으로 국민적 리듬과 시형, 정조 등을 논의하는 시가론들이 발표되었다.

이른바 조선 문학가들에 의해 민요시와 시조시의 이론이 대두하고, 조선심, 조선 고유의 정조와 리듬 등을 추구하는 근대 민족시론이 형성되었다.[167] 이와 같은 논의를 바탕으로 1920년대부터 한국을 대표하는 조선의 시가 형식이 등장한다. 최남선은 1926년 5월과 6월에 각각 「朝鮮國民文學으로서의 時調」와 「時調胎盤으로서의 朝鮮民性과 民俗」을 『조선문단』에 발표하여, 한국 고유한 시가로서 '시조시'를 기획하기 시작했다.

'시조시' 개념이 형성되는 데 지대한 영향을 미쳤던 '민족', '민족어' 등의 개념들은 오래전부터 원래 있어왔고, 전래 되어온 것이라는 착시된 이미지를 사람들에게 준다. 그러나 '시조시'와 같은 한국 고유한 문학 개념들이 본래 있던 것을 그대로 보존한 결과물이 아니라는 것은 널리 연구된 사실이다.

현대에 통용되는 전통 시가 형식과 개념들은 원래 있었던 문학적 산물들을 선택과 배제의 원리에 따라 기획한 근대적 산물이다. 김억은 1925년 4월부터 1925년 10월까지 6회에 걸쳐 『조선문단』에 「作詩法」을 연재하면서, 민요나 시조를 조선의 고유한 시가로 보았을 뿐, 한시는 제외했다.[168] 또 김억은 1927년 『동아일보』에 2회에 걸쳐 연재한 「밝아질 朝鮮詩壇의 길 上·下」에서 조선시의 언어는 조선인의 향토성을 갖춘 고유한 언어이어야 한다고 주장하고, 이를 위해 그는 일본식 한자어는 물론 한자어를 배격했다.[169]

베네딕트에 의하면 민족은 고대로부터 존재해 온 원초적 실재가 아니라, 근대 자본주의 발달 과정에서 생겨난 역사적 구성물이었다.[170] 앙드레 슈미드에 의하면 한국민족은 19세기 말 20세기 초 국제적 위기 속에서, 명백히 존재해 왔던 실체인 듯 발견된 것이었다.[171] 근대 한국어 역시 근대 문물의 유입으로 형성된 결과물이었다.

본 장에서는 "서양인들이 한국의 언문일치와 언어통합에 기여하여 한국의 모국어가 형성되게 했고, 덕분에 한국문학인들이 모국어를 바탕으로

근대 초기 서양인의 순수 한국 시가 탐색과 인식

한국을 대표하는 전통 시가인 시조시를 창출할 수 있었다."는 결론을 말하고자 함이 아니다. 본 장에서 주목하고자 하는 바는 "장르로서 시조시 개념과 언문일치 후 새롭게 창출된 근대어에 의해 은폐된 한국 시가의 전통"에 대한 것이다.

시조부흥운동 이후 만들어진 시조시 개념과 같이, 근대에 창조된 전통문학 개념은 현대인들에게 원래부터 있었던 것처럼 자명하게 여겨졌다. 한편 언문일치 이후 새롭게 창출된 근대어에 의해 고전 언어로 써진 고전문학의 세계가 은폐되면서, 고전문학을 대상으로 한국 시가에 대한 기록을 남겼던 서양인들의 한국 시가에 대한 기록 역시, 현대 한국문학인들에 의해 충분히 조명받지 못했다.

1930년대에 들어 국민문학 운동은 새로운 국면을 맞았다. 1920년대 한국문학인들이 시조부흥운동 등을 통해 근대 국민국가 개념에 의거하여 조선 고유의 문학을 기획하고자 했다면, 1930년대의 그들은 이렇게 만들어진 국민문학을 세계문학의 일부로 인정받고자 노력했다.

근대 이전 봉건사회 조선은 다중언어 환경에서 특정 계급이나 집단 내부의 향유를 위해 문화 내 번역 활동을 행해 왔다. 1920년대를 거쳐 1930년대에 이르러서 한국문학인들은 단일 언어 환경에서 시조시와 같은 한국을 대표하는 문학 형식을 확립했고, 이것을 외국으로 전파하기 위해 한국문학을 번역했다.

1930년대 『삼천리』에 실린 「三千里 機密室」(1934), 「朝鮮文學의 主流論, 우리가 장차 가져야 할 文學에 對한 諸家答」(1935), 「朝鮮文學의 世界的 水準觀」(1936)등의 논의들은 조선문학을 세계문학의 보편적 수준으로 끌

어울리고자 하는 담론들이었다.[172] 그리고 이와 같은 담론들은 한국문학을 국제사회에 알려 인정받고자 하는 욕구와 연계되었다.

대략 1930년대부터 한국문학인들도 자국의 고유한 시가를 국제사회에 소개하는 활동을 활발히 진행했다. 자국의 고유한 시가를 국제사회에 소개하는데, 중심이 된 시가 형태는 시조시였다. 1920년대 국민문학 운동 이후, 한국을 대표하는 전통 시가 형식은 시조시가 되었으므로, 시조시를 중심으로 한국 시가의 전통을 국제사회에 소개하는 것은 당연한 일이었다.

강용흘(姜鏞訖, 1898~1972)은 1929년에 *The Translations of the Oriental Poetry*에 영역시조를 소개했고, 그 밖에도 그의 영문 장편소설 『초당(*The Grass Roof*)』(1931)과 『행복한 숲(*Happy Grove*)』(1933)에도 시조가 영역되어 실렸다. 변영로(卞榮魯, 1898~1961)는 산호세 주립대학(SanJose State University)의 교내 문학잡지인 *El Portal*(1932)에 "Seven Old Korean Lyrics"라는 제목으로 시조를 영역하여 소개했다. 이후 변영로는 1933년 『조선중앙일보』에, 1947년에는 *The Grove of Azalea*(1947)라는 제목으로 영역시조집을 출간했다. 변영태(卞榮泰, 1892~1969) 역시 1935년에서 1936년에 걸쳐 『동아일보』에 시조를 영역하여 연재했고, 1936년에는 *Songs from Korea*(1936, 1948)라는 영역시조집을 냈다.[173]

여기서 한국인들의 시조 영역 활동을 1930년대 이전 서양인들의 한국 시가 기록과 대조하여 주목할 점이 있다. 첫째 이상과 같이 1930년대 이후 강용흘, 변영태, 변영로 등 한국인들에 의해 영역된 시조 작품은 영어의 의미와 등가관계를 맺을 수 있을 만큼 한국어가 변화된 환경에서 등장한 결과물이었다. 영어와 한국어 어휘의 의미는 어느 정도 교환이 가능했고, 따라서 한국문학인들은 '번역'을 할 수 있었다.

1930년대 이전 서양의 개신교 선교사들이 주도한 한국 시가 기록 활동도 번역을 통해 이루어졌지만, 영어와 한국어 의미의 등가관계를 바탕으로 수행된 '번역'이 아니었다. 서양인들에게 한국어는 발전하는 과정을 거치는 언어였고, 영어의 의미에 대응되는 의미를 가진 한국어 어휘가 부족해서, 한국어 어휘를 찾거나 만들어야 했다. 밀러가 "A Korean Poem"에서 "not discover that there is such a thing as a Korean poem"(한국시와 같은 것이 있다는 것을 발견하지 못했다) 또는 "he finds much that gratifies"(만족스러운 것을 많이 발견했다)라고 말했듯이, 한국 시가는 찾아내야 하는 대상이었다.[174] 그리고 찾아내어 구현해야만 드러낼 수 있는 대상이었다.

　　둘째 1930년대 이후 강용흘, 변영태, 변영로 등의 한국인들에 의해 영역된 시조 작품은 1920년대 시조부흥운동을 통해 '시조시'라는 개념이 형성된 이후에 등장한 산물이다. 1930년대 이후 한국문학인들은 이미 '시조시'라는 추상적인 개념어를 선험적으로 체득한 상태에서 한국 시가를 영역했다.

　　그런데 근대 초기 서양인들의 한국 시가 소개는 1920년대 국민문학파라고 불리우는 문학가들에 의해 형성된 시조시 개념을 선험적으로 체득한 상태에서 행해지지 못했다. 한국문학인들과 달리 근대 초기 서양인들이 행한 한국 시가 영역 활동이 시조부흥운동 이후 탄생한 시조시 개념을 중심으로 이루어진 것도 아니었고, 모리스 쿠랑, 호머 헐버트, 이사벨라 비숍이 시조 장르에 대한 명확한 기록을 남겼지만, 그들이 남긴 기록은 현대 한국문학인들이 알고 있는 시조시 개념과 달랐다.

　　여기서 가라타니 고진(柄谷行人, 1941~)의 이론을 가져오고자 한다. 한국문학은 근대문학으로의 이행 과정을 일본과 비슷하게 거쳤기에, 한국 시가의 근대화 논의에도 고진의 이론을 적용할 수 있다고 본다. 고진에게 역사성이란 원래부터 존재했던 것이 아니라, 어떤 계기를 거쳐 만들어진 것이다. 그는 나쓰메 소세키(夏目漱石, 1867~1916)가 영문학이 보편적이라는 사고방식을 의심한 것에 주목하고, 미셸 푸코(Michel Foucault, 1926~1984)의 말처럼 '문학'이란 19세기에 확립된 관념이라는 논의를 상기시킨다. 보편적이란 것은 19세기 유럽에서 확립된 것이며, 그와 동시에 그러한 사실 자체의 역사성은 은폐하는 것으로 존재한다.[175]

전통적이라고 여겨왔던 '시조시', '고전문학', '국문학', '국어'와 같은 문학 개념도 대부분 근대에 확립된 개념들이다. 원래 있어왔고 전래 되어온 보편적인 것으로 생각하기 쉽지만, 그 역사성은 은폐하는 것으로 존재했다. 한국의 전통 시가를 논의하는데 있어서도, 고진의 논의대로 역사주의 속에 감추어진 서양 중심주의 또는 역사를 필연적으로 보는 관점에 이의를 제기할 필요가 있다. 왜냐하면 근대문학의 관점으로만 근대 초기 서양인들의 한국 시가 기록들을 논의하면, 온전히 이해되지 못하는 부분들이 있기 때문이다.

정인섭(鄭寅燮, 1905~1983)은 『조선중앙일보』에 1933년 10월 2일부터 10월 12일까지 10회에 걸쳐 「시조영역론」을 연재한 바 있다. 정인섭은 시조 번역의 의의를 조선문학의 수출에서 찾으면서 기존의 시조 영역을 거론하며 비판하고, 한편으로 시조 번역의 지향점을 제시했다. 이 중에는 헐버트와 게일, 비숍의 한국 시가 영역 기록에 대한 논의도 있다. 다음은 정인섭이 1933년 10월 3일 발표한 「時調英譯論 二, 樹州氏에게도 一言함」의 일부다.

그럼으로 ①第一期 西洋人에 依하야 皮相的 朝鮮 紹介의 時代로 보고 最近 二三年 以後로 朝鮮自體에서 發生하는 一種의 近代的 루네산스 運動과 아울너 ②우리 自力으로서의 自體再認識은 必然的으로 朝鮮文化의 呑包를 外延化하는 輸出 乃至 紹介 作業을 始作하는 第 二 期가 되엿스니, 이것이 日本出版界에는 朝鮮人의 日文著作進出이요. 英語를 通한 朝鮮人 著作의 萌芽를 發見하게된 것이다. …(중략)… ③在來로 '이사벨라 비숍'이라든가 '헐버트'라든가 '게일'가튼 사람들은 다만 內意만 주로 하기 때문에 行數가 混雜하고 조선 사람들이 아닌 만큼 原詩誤解들이 만헛스며 英詩型의 體裁로 譯한 것도 잇서도 時調型의 美를 轉換하는데도 그다지 努力을 하지 안헛다. 그야말로 거진 自由創作譯가튼 地境으로 되여 譯된 英詩를 읽고 이것이 大體 朝鮮 歌謠 中에 무슨 歌詞를 英譯한 것인가를 理解하기 어렵게 되어 잇다.[176]

정인섭은 한국 시조 번역의 역사를 제1기와 제2기로 구분하고, ①과 같이 제1기를 서양인에 의한 피상적 조선 소개의 시대로, ②와 같이 제2기를 자력으로 조선인이 조선 문화를 인식하는 시대로 평가했다. 정인섭은 일본 출판계의 평가를 인용하면서 제2기가 조선인의 일문 저작이 일본 문학계로 진출하는 시대이면서, 영어를 통해 조선인 저작의 맹아(萌芽)를 발견하는 시대라고 평했다. 여기서 제1기는 1930년대 이전 서양인들이 시조를 영역하여 서양에 소개하던 시대이다. 제2기는 1930년대 이후 장혁주의 일본문단 진출, 강용흘의 미국문단 진출과 같이, 한국인이 외국문단에서 활동하기 시작한 시대를 뜻한다.

정인섭은 제1기에 한국문학을 외국에 소개했던 서양인으로서 ③과 같이 이사벨라 비숍, 헐버트, 게일을 예시했다. 정인섭이 「時調英譯論 二, 樹州氏에게도 一言함」을 발표하면서, 근대 초기 활동했던 서양인들의 영역시조 기록들을 검토했었음을 보여준다. 그런데 정인섭은 서양인들의 영역시조 작품이 원작에 대한 오해도 많았고, 영시형으로 번역하기도 하여 시조시의 아름다움을 표현하지 못했다고 비판했다. 그리고 자유 창작형 같은 작품들도 있어서 그 원작이 도대체 어떤 작품인지 알 수 없다고 논하고 있다.

여기서 정인섭이 어떤 이유로 이사벨라 비숍, 헐버트, 게일이 영역한 시조 작품들을 가리켜 시조의 아름다움을 표현하지 못했다고 비판했는지, 그리고 어떤 이유로 어떤 작품인지 알 수 없다고 평했는지 살펴볼 필요가 있다. 정인섭이 『조선중앙일보』에 게재한 영역시조 번역론은 근대 초기 서양인들의 한국 시가 기록이 한국문학사에 어떻게 평가되었고 어떤 의의를 지니는지 보여주기 때문이다.

근대 초기 서양인의 순수 한국 시가 탐색과 인식

2. 근대 초기 서양인들의 시조 영역

1) 시조창을 영역한 헐버트

헐버트의 영역시조 작품은 *The Korean Repository*에 실린 1896년 2월의 기사 "Korean Vocal Music"과 1896년 5월 기사 "Korean Poetry"에 나누어 실려 있다. 헐버트가 "Korean Vocal Music"(1896)과 "Korean Poetry"(1896)에 소개한 작품들의 목록은 다음과 같다.

A. "Korean Vocal Music"(1896, 2)에 헐버트가 발표한 한국 성악

번호	원작의 출처	헐버트가 영역한 한국 노래	작품의 원작
①	불분명 (시조창 채록)	O Mountain blue…	청산아무러보자…
②	불분명 (시조창 채록)	The willow catkin…	이달이삼월인지…
③	불분명 (시조창 채록)	'Twas years ago…	술먹지마자ᄒ고…
④	불분명 (민요 채록)	On Sai Jai's slope…	아르랑아르랑…
⑤	불분명 (민요 채록)	pa – ram – i pun – da…	바람이 분다…

B. "Korean Poetry"(1896, 5)에 헐버트가 발표한 한국 시가

번호	원작의 출처	헐버트가 영역한 한국 시가	작품의 원작
①	불분명 (민담 채록)	In Pak Je's halls is…	낙화암에 얽힌 민담
②	『조웅전』	The willow catkin…	『조웅전』소재의 민요
③	『조웅전』	'Twas years ago…	『조웅전』소재의 민요
④	불분명 (민요 채록)	As darts the sun…	어부가류 민요

"Korean Vocal Music"(1896)의 ①, ②, ③의 작품은 시조이며, "Korean Poetry"(1896)의 ④의 작품은 시조나 가사로 유추되는 어부가류 노래이다. 헐버트의 한국 성악론과 한국 시가론에 시조가 섞여 있었던 것이다. 한편, "Korean Poetry"(1896)의 ②와 ③의 작품인 『조웅전』에 실린 민요도 시조로 보는 관점이 있다.[177] 이와 같은 헐버트의 한국 성악과 시가에 대한 기록물은 정인섭이 시조를 영역한 외국인으로서 헐버트를 평가한 근거였다. 그런데 헐버트가 기록한 시조는 현대 한국문학인들이 장르 개념으로 체득한 시조가 아니었다.

첫째로, 헐버트의 한국 성악론과 시가론의 작품들을 근대 장르 개념으로 논의하고 분류하려 하면, 부합하지 않는 면이 많다. 헐버트는 "Korean Vocal Music"(1896)에 한국 성악의 일부로서 시조를 소개했다. 또 헐버트는 일부 시조를 서양식 악보에 채록하기도 했다. 이것은 헐버트가 시조창을 중심으로 시조를 기록했음을 반증한다.

석 달 후, 헐버트는 "Korean Poetry"(1896)에 한국 시가의 일부로서 시조를 소개했다. 원래 시조는 노래로서 불리기도 했고 시적인 요소도 갖추고 있으므로, 헐버트가 시조의 노래로서의 특징과 시적인 요소를 함께 주목하여 기록으로 남겼다는 것을 알 수 있다.

그런데 주목할 점은 헐버트가 기록한 시조 외에 작품들이다. 헐버트는 현대문학에 비추어 시가라고 볼 수 없는 장르까지도 한국시가라고 소개하고 논한다. 헐버트의 "Korean Vocal Music"(1896)에는 작품들을 시가에 비유하여 설명한 기록들이 등장하는데, 일부를 인용하면 다음과 같다.

㉮젊은이가 기암괴석의 산을 올려다보자 시의 기운이 그를 사로잡는다.

근대 초기 서양인의 순수 한국 시가 탐색과 인식

그는 산에게 성공한 자들이 누구였는지 묻는다.[178]

㉯후렴구에서 부르는 노랫말은 전설, 민간설화, 자장가, 연회, 일상생활, 여행, 사랑 등 다양한 주제를 표현한다. 조선인들에게 이들 노랫말은 서정시요, 교훈시요, 서사시이며 이들이 어우러져 멋들어진 아리랑이 된다. 조선인들이 아리랑을 노래하면 '머더 구스'이자 '바이런'이요, '리머스 아저씨'이자 '워즈워스'같은 시인이 된다.[179]

㉮는 "Korean Vocal Music"(1896)에 소개된 3편의 시조 중 「청산아무러보자…」에 대한 설명 중 일부이다. "시의 기운이 그를 사로잡고…"와 같은 헐버트의 설명은 그가 시조의 시적인 면모에도 주목했음을 보여준다. 그런데 "Korean Vocal Music"(1896)의 전체를 살펴보아도 시조 텍스트를 시와 관련지어 설명한 부분은 ㉮와 같은 비유뿐이다.

㉯는 "Korean Vocal Music"(1896)에 소개된 헐버트의 아리랑에 대한 설명 중 일부이다. 헐버트는 아리랑에 대해서 그 노랫말이 서정시, 교훈시, 서사시가 하나로 뭉친 것이나 다름없다고 기록한다. 그리고 한국인들이 아리랑을 노래하면 '머더 구스(Mother Goose)',[180] '바이런(G. G. Byron, 1788~1824)', '엉클 리머스(Uncle Remus)',[181] '워즈워스(W. Wordsworth, 1770~1850)'와 같은 시인이 된다고 평가한다.

한국의 대표적인 시가 형태인 시조를 헐버트는 "시적인 기운이 그를 사로잡고…"라고 설명하고 있다. 반면 헐버트는 현대인들이 민요라고 알고 있는 「아리랑」까지 서정시, 교훈시, 서사시와 바이런이나 워즈워스와 같은 서양의 대시인에 비유하여 설명한다. 이와 같은 기록은 헐버트가 현대 한국문학인들이 체득한 장르 개념으로부터 벗어나 한국 시가를 탐구했다는 점을 입증한다.

이와 같은 장르 개념의 혼란은 헐버트의 "Korean Poetry"(1896)에서도 확인된다. 헐버트가 한국 시가론에 제시한 첫 작품은 민담으로 알고 있는 낙화암 전설이고 두 번째와 세 번째 작품도 고전소설로 평가되는 『조웅전』속의 노래 두 편이었다. 네 번째 작품이 현대 문학에서 시조 또는 가사라고 평가되는 어부가류 노래였다. 헐버트는 현대문학에 비추어 볼 때 시가라 볼 수 없는 장르까지 한국 시가라고 소개했다. 단지 헐버트의 "Korean Vocal Music"(1896)과 "Korean Poetry"(1896)에 소개된 한국의 노래와 시가들이 대부분 구전이라는 특징이 있을 뿐이다.

둘째로 헐버트의 한국 성악론과 시가론의 작품들을 정형화된 근대문학 형식에 비추어 보면 부합하는 점이 드물다. 여기서 정형화된 근대문학 형식이란 문자로 쓰여 소리가 고정되고, 언문일치, 맞춤법 통일 등의 영향으로 형식이 통일된 시가와 노래를 말한다. 헐버트의 "Korean Vocal Music"(1896)의 서두를 보면, 그가 어떤 언어관에 따라 한국의 성악을 기록했는지 알 수 있다.

여름 바람을 타고 들려오는 조선의 노래가 서양인의 귀에는 노래 같지 않을 수 있으나 조선에도 분명 음악다운 노래가 있다. 조선의 노래가 기이하고도 처량 맞게 들리는 이유는, 서양인들은 조선인들이 표현하고자 하는 감정을 공감하지 못할 뿐만 아니라 조선의 정서와 음악적 배경을 이해하며 듣지 않고 인공적인 서양의 귀로 듣기 때문이다. 서양인들은 조선의 노래를 듣고 박자가 맞지 않는다고 하지만 이는 마치 셰익스피어의 산문을 보고 운율이 없다고 말하는 것과 마찬가지다. 왜 굳이 박자가 맞아야 하나? 자연을 보면 박자가 맞는 것이란 없다. 개똥지빠귀는 제멋대로 울고, 지저귀는 종달새도 마디나 부점음표(附點音標) 따위는 신경 쓰지 않는다. 감정을 순수하게 표현해야 하는 음악은 시가 운율에 제한 받지 않아야 하는 것보다 더 많이 박자에 얽매이지 말아야 한다.[182]

헐버트는 "artificial western ear"(인공적인 서양의 귀)로 듣는 서양인들이 한국 음악은 박자가 맞지 않는다고 불평하고 있다고 지적한다. 하지만 "no analogy for it in nature"(자연을 보면 박자가 맞는 것이란 없으며), "pure expression of feeling"(순수한 감정의 표현)으로서 음악은 박자에 얽매임이 없다고 헐버트는 말한다.

헐버트의 한국 성악론을 살펴보면, 비슷한 내용의 글들이 소환된다. 먼저 유사한 내용의 글로서 한국어가 "nature music pure simple"(순수하고 간단한 자연음악)이기 때문에, 한국 시가가 그러하다는 헐버트의 "Korean Poetry"(1896)가 있다. 마찬가지로 "Languages are natural products, Alphabets are artificial product"(말은 자연적인 산물이고, 문자는 인위적인 산물이다)로 시작하는 헐버트의 "The Korean Alphabet"(1892)이 있다.

이처럼 헐버트의 한국 성악론도 그의 한국 시가론과 마찬가지로 구어에 대한 관점을 바탕으로 기록된 것이다. 구어는 문자로 고정되기 이전의 언어, 국어로서 인위적으로 배워야 할 언어가 아닌 자연적인 표현으로서의 언어, 개념어와 추상어가 많은 문어가 아닌 감정어로서의 언어이다. 때문에 "마치 시가 운율에 제한 받지 않아야 하는 것처럼, 박자에 얽매이지 말아야 한다."는 기록과 같이, 헐버트에게 한국 노래와 시가는 소리와 문법이 통일되거나 문자로 고정되지 못한 구어로 구현되는 산물이었다.

헐버트의 구어 중심의 기록이 야기한 결과는 시조 장르 형식의 파괴와 원문의 부재였다. 헐버트의 한국 성악론과 시가론에 소개된 작품들은 시조의 고유한 형식으로부터 많이 벗어나 있다. 보다시피, 헐버트가 제시한 영역시조는 3연 6행, 8행, 3연 5행, 5연 4행, 13연 등으로서, 3줄의 시조 형식을 번역했다고 보기에는 많이 길다. 대략 5행에서 6행으로 영역한 게일의 영역시조 작품과 분량의 차이가 많다.

더구나 헐버트의 영역시조는 가집과 일치하는 원문이 아직까지 발견되지 않았다. 헐버트가 "Korean Vocal Music"(1896)에서 한글로 쓰인 영역시조의 원문을 함께 제시했기 때문에, 현대에 남겨진 시조와 대조하는 작업이 어렵지 않을 것이라고 판단할 수 있다. 그러나 헐버트가 영역한 시조의 원문은 아직까지 발견이 안되었다. 강혜정도 「20世紀 前半期 古時調 英譯의 展開樣相」에서 헐버트의 시조 영역이 시조창의 채록을 통해 이루어졌기 때문에, 원작이 없다는 견해를 내놓은 바 있다.[183]

헐버트의 "Korean Vocal Music"(1896)은 장르로서 시조를 영역한 기록이라기보다는 노래로 불린 시조창을 채록한 논문에 가까웠다. 헐버트의 "Korean Poetry"(1896) 역시 한국 시가의 형식을 보여준 기록이라기보다는 언문일치가 이루어지지 않은 조선 사회에서 구어로 표현되는 한국인의 시적 정서를 논의한 논문에 가까웠다.

1920년대 시조는 시조시로 재인식되었고 아리랑, 낙화암 전설 등은 여전히 민요, 민담으로 남게 되었다. 이후로 한국문학인들은 한국 전통 시가는 시조라는 인식을 가지고 서양인들의 한국 시가 기록물을 검토하게 되었다. 한국문학사에서 헐버트는 한국의 대표적인 시가 형태인 시조를 영

근대 초기 서양인의 순수 한국 시가 탐색과 인식

역한 인물로, 또 한국의 대표적인 민요인 아리랑을 서양 악보에 옮긴 인물로 평가받게 되었다.

정인섭은 서양인들이 영역한 시조들을 "그야말로 거진 自由創作譯가튼 地境으로 되여 譯된 英詩를 읽고 이것이 大體 朝鮮 歌謠 中에 무슨 歌詞를 英譯한 것인가를 理解하기 어렵게 되어 잇다."고 평한 바 있다. 여기서 "自由創作譯가튼 地境"이나 "무슨 가사를 영역한 것인가를 이해하기 어렵게 되어 잇다."는 정인섭의 평가는 특히 헐버트가 영역한 시조를 두고 한 말일 것이다.

"무슨 가사를 영역한 것인가를 이해하기 어렵게 되어 잇다."는 정인섭의 평가는 헐버트가 문어화된 3줄의 시조를 대상으로 번역했을 것이라는 그의 생각을 보여준다. 정인섭은 '시조시'와 같은 근대화된 문학 개념에 의거해 헐버트가 영역한 시조를 보려한 것이다. 헐버트의 한국 시가 기록에 대한 정인섭의 평가는 근대 문학의 관점에 따라, 서양인들의 한국 시가 기록이 얼마나 굴절되는지 보여주고 있다.

2) 시조집을 영역한 게일

게일의 영역시조 발표는 1895년 4월 *The Korean Repository*의 "ODE ON FILIAL PIETY"로부터 시작되었다.[184] "ODE ON FILIAL PIETY"는 원문 제시 없이 단독으로 소개된 작품이지만, 게일은 훗날 *The Korean Bookman*에 발표한 "Korean Songs"(1922)에서 30년 전 영역한 작품들이 『남훈태평가』 소재의 시조임을 밝혔다.[185] 내용을 바탕으로 유추한 결과, 『남훈태평가』에서 게일이 영역한 작품들의 원문이 모두 발견되었다.

이후 게일은 30년이 넘는 기간 동안 *The Korean Repository*, *The Korean Bookman*, *The Korea Mission Field* 등의 잡지에 수십 편의 시조들을 영역하여 발표했다. 그 목록들을 정리하면 다음과 같다.

번호	원작의 출처	기사 제목	게일이 영역한 시조	작품의 원작	발표 날짜
①	『남훈태평가』	"ODE ON FILIAL PIETY"	The ponderous…	만근쇠를…	1895. 4.
②	『남훈태평가』	"KOREAN LOVE SONG"	Frosty morn…	사벽서리…	1895. 4.
③	『남훈태평가』	"KOREAN LOVE SONG"	Thunder…	우뢰갓튼…	1895. 4.
④	『남훈태평가』	"KOREAN LOVE SONG"	The rock…	져건너…	1895. 4.
⑤	『남훈태평가』	Odes on Life	Ye white gull…	백구야…	1895. 8.
⑥	『남훈태평가』	Odes on Life	That mountain…	청산도…	1895. 8.
⑦	『남훈태평가』	Odes on Life	More than half…	반나마…	1895. 8.
⑧	『남훈태평가』	Odes on Life	Have we two…	인생이…	1895. 8.
⑨	『남훈태평가』	"A Few Words on Literature"	Have you seen…	군자고향…	1895. 11.
⑩	『남훈태평가』	"LOVE SONGS"	Farewell's a…	이별이…	1896. 1.
⑪	『남훈태평가』	"LOVE SONGS"	My soul I've…	내 장영…	1896. 1.
⑫	『남훈태평가』	"LOVE SONGS"	Silvery moon…	사벽달…	1896. 1.
⑬	『남훈태평가』	"LOVE SONGS"	Fill the ink—…	아희야…	1896. 1.

근대 초기 서양인의 순수 한국 시가 탐색과 인식

⑭	『남훈태평가』	"ODES ON THE PEDLER"	Here's a pedlar···	댁들에···	1896. 8.
⑮	『남훈태평가』	Predestination	Down in Ch'ok···	촉에서···	1896.12.
⑯	『남훈태평가』	Free—will	The boys have···	아희는···	1896.12.
⑰	『남훈태평가』	Postal Service	In the night···	간밤에···	1896.12.
⑱	『남훈태평가』	The People	Very small my···	감장새···	1896.12.

게일은 1895년부터 1898년에 이르기까지 약 18편의 영역시조를 *The Korean Repository*에 발표했다. 약 20여 년이 지난 1922년 6월 게일은 *The Korean Bookman*에 "Korean Songs"라는 제목의 기사를 통해 9편의 시조를 영역하여 발표하였다. 게일은 이 기사에서 "南薰太平歌"의 의미와 그 가집을 획득하게 된 경위를 밝히고, 가집 중 "樂時調"만을 번역하여 소개하겠다고 밝혔다.

이후 게일은 *The Korea Mission Field*에 1924년 7월부터 1927년 9월에 이르기까지 "A History of the Korean People"이라는 기사를 연재했는데, 이중 5편의 기사에 15편의 영역시조들을 소개했다. 이후 *The Korea Mission Field*의 기사 "A History of the Korean People"가 모아져서 1928년 조선예수교서회에서 단행본으로 출간된다.[186] 정인섭이 시조를 영역한 서양인으로 게일을 평가하게 된 근거는 이와 같은 영역시조 기록에 있다.

한편, 이상현과 이진숙은 『朝鮮筆景』(*Pen—picture of Old Korea*(1912)) 소재 게일(J. S. Gale) 영역시조의 창작연원과 '내지인의 관점'에서 출간되지 않은 게일의 유고 중 하나인 『朝鮮筆耕』(1912)을 발표하고, 아직 학계에 공개되지 않은 게일의 영역시조 6수를 추가로 공개했다.[187] 그런데 게일이 기록한 시조는 현대 한국문학인들이 장르 개념으로 체득한 시조가 아니었다.

첫째로 게일은 30년이 넘는 기간 동안 시조를 영역하면서 시조를 'ode', 'song', 'love song'이라고 불렀다. 이것은 헐버트나 모리스 쿠랑이 '시조'라는 한국 명칭을 음사하여 'sijo'라고 쓴 것과 대조된다. 게일이 영역한 시조를 'ode', 'song', 'love song' 등으로 부른 사실은 곧 게일 문학론의 'sijo'에 대한 설명 부재로 연결되고 있다.

게일의 문학론은 매우 많다. 게일은 토론토 대학교에서 문학사를 받고 졸업한 문학가였다. 게일이 남긴 한국문학론과 영역 작품은 분량에서 동시대 다른 선교사들의 기록을 훨씬 상회한다. 헐버트(약 4~6편), 모리스 쿠랑(약 5편), 트롤로프(약 1편) 등이 영역한 시조가 손가락으로 꼽을 수 있을 정도로 적은 데 비해, 게일이 영역한 시조는 지금까지 밝혀진 작품만 약 48편에 이른다.

그럼에도 불구하고 헐버트와 쿠랑의 시조 장르에 대한 기록은 발견되었는 데 비해, 게일의 한국문학론에서 시조 장르에 대한 설명은 아직까지 발견되지 않았다. 다른 외국인들보다 훨씬 많은 시조를 영역한 게일에게서 시조 장르에 대한 설명을 아직까지 발견하지 못한 것은 한국 시조 영역사의 아이러니다. 그런데 『남훈태평가』 가집에 대한 게일의 상세한 설명은 존재한다.

1922년 6월 *The Korean Bookman*의 기사 "Korean Songs"(1922)의 서두를 살펴보면 게일이 『남훈태평가』를 어떻게 보고 있는지 시사한다.

한때 유명했던 양기탁(梁起鐸, 1871~1938)의 아버지가 30년도 더 전에 가집을 하나 갖고 있었는데, 그의 친구가 소유했던 목판으로 찍어낸 한국 노래책이었다. 그는 나에게 굉장히 자랑을 하면서 보여주었다. 닳고 닳은 오래된 책에 대해 오늘 이야기를 하려고 한다. 이 책은 남훈태평가라고 한다. 남훈은 아브라함보다도 오래된 시절 순임금의 궁전이름이었다. 순임금의 수도는 황하(Whang-ho)강의 안쪽에 위치한 현재의 蒲州(Pu-chow)의 자리에 위치하고 있었다. …(중략)… 오늘날의 학생들은 그들 아버지 세대의 노래들은 전혀 알지 못한다. Old Grimes, Clementine, and Marching Through Georgia 같은 외국 노래들은 엉망으로 불러대면서도, 남훈태평가는 잊혀졌다.[188]

게일은 "Korean Songs"(1922)에서 한국의 고전적인 'song'이라는 9편의 시조를 영역하여 소개했다. 게일은 『남훈태평가』 가집에 대해서는 상세히 설명하지만 시조 장르에 대한 설명은 하지 않고 있다. 이것은 "A Korean Poem"(1903)를 통해 밀러가 『우미인가』 가집을 영역하면서, 가사 장르에 대해 조금도 기록하지 않은 것과 유사하다.

게일은 오늘날 한국 학생들이 아버지 세대의 노래들인 『남훈태평가』에 대해 전혀 알지 못한다고 지적하고, 'Old Grimes'(미국 민요), 'Clementine' (아일랜드 민요), "Marching Through Georgia"(미국 군가)는 엉망으로 불러댄다고 비판한다. 게일은 『남훈태평가』의 비교 또는 대조의 대상으로서, 서양의 민요와 행진곡을 제시했다. 이것은 게일이 노래 가사집으로서 『남훈태평가』의 특징에 주목하고 있다는 점을 반증한다. 게일이 시조를 그동안 'ode', 'song', "love song"이라고 부른 것도 '南薰太平歌'의 '歌'를 영역한 것으로 유추할 수 있다.

둘째로 게일이 30년이 넘는 기간 동안 영역한 시조의 원문은 모두 『남훈 태평가』였거나, 『남훈태평가』로 유력시되는 작품들이었다. 게일은 장르로 서 시조에 주목한 것이 아니라 가집으로서 『남훈태평가』에 주목하여 시조 를 영역했을 가능성이 높다. 이상현과 이진숙이 『『朝鮮筆景』(Pen-picture of Old Korea(1912)) 소재 게일(J. S. Gale) 영역시조의 창작 연원과 '내지인의 관점'』을 통해 게일의 미발표 시조 6수를 소개했지만, 미발표된 6수의 시조 들도 그 출처가 모두 『남훈태평가』이다.[189]

게일의 "The Influence of China upon Korea"(1901)를 살펴보면, 그가 『청구악장』도 자세히 검토했음을 보여주는 기록이 있다. 게일은 "The Influence of China upon Korea"(1901)에서 "청구악장의 첫 이백 개의 송가 (ode)들을 보면 언급된 48명의 사람들이 단 하나의 예외도 없이 모두 중국 인임을 보게 된다."고 말한 바 있다.[190] 마찬가지로 게일은 시조 장르의 개 념보다는 가집에 보다 집중하여 시조를 영역했다.

게일의 문학론 「구미인이 본 조선의 장래—나는 전도를 낙관한다」(1928) 에서는 정몽주의 「단심가」를 볼 수 있다.[191] 게일은 「단심가」를 정몽주(鄭 夢周, 1337~1392)의 시조라고 밝히고 있는데, 이것은 그가 번역한 수많은 영역시조 중 드문 사례에 해당한다. 왜냐하면 게일의 영역시조들을 살펴 보면, 작품의 작가나 창작 시기를 볼 수 없기 때문이다. 이것은 작가를 명 확히 밝혔던 게일의 한국 한문시 영역 사례와 대조된다. 게일은 정몽주의 「단심가」를 한문학의 범주에서 보았을 가능성이 높다.

게일이 시조를 영역한 것은 사실이지만, 게일의 시조 기록들을 보면 그 가 시조를 알리려고 했다기보다는, 『남훈태평가』 가집을 알리려고 했던 정 황이 뚜렷이 드러난다. 현대문학 개념에 따라 살펴보면 게일은 시조를 영

역한 인물임에 틀림없다. 하지만 게일의 관점에서 보면 그는 가집을 영역한 것이다.[192]

게일만 『남훈태평가』 가집에 관심을 가진 것이 아니다. 1893년 오카쿠라 요시사부로(岡倉由三郎, 1868~1936)는 『哲學雜誌』8卷(1893)에 「朝鮮の文學」이라는 기사를 통해 『남훈태평가』 가집을 번역했다.[193] 모리스 쿠랑(Maurice Courant, 1865~1935)은 『한국서지』(1권~4권, 1894~1901)에도 『가곡원류』와 『남훈태평가』를 기록했다. 1900년 러시아 재무성에서 발간한 『한국지(韓國誌)』에도 『가곡원류』와 함께 『남훈태평가』를 소개했다.[194]

1908년 창간된 일본어 종합잡지인 『朝鮮』의 문예란에도 『남훈태평가』가 일역되어 소개된 바 있다. 『조선』의 1권 4호와 2권 6호의 일역(日譯)된 시조들의 제목은 「남훈태평가 (一)」(1908. 6)와 「남훈태평가 (二)」(1908. 8)이다.[195] 장르 개념을 중심으로 시조가 소개된 것이 아니라 『남훈태평가』 가집을 중심으로 시조가 소개되었다고 해도 과언이 아니다. 1920년대 조선민요에 대한 여러 편의 논문을 남겼던 이시카와 요시카즈(石川義一)는 시조를 민요의 한 부류로 분류했다.[196]

외국인들이 일차적으로 관심을 기울인 것은 서적과 언어였다. 서적과 언어는 보편적 실체지만, 시조와 가사는 특수성을 가진 개념어다. 학습해야만 알게 되는 시조 개념은 언어와 서적과 같은 실체보다 외국인들에게 한발 늦게 다가왔다. 근대 초기 서양인들의 시조 기록에 미친 언어와 서적의 영향력은 시조 개념이 주는 영향력과 비등하거나 그 이상이었다. 서양인들은 한국 시가를 '시조'와 같은 개념으로 먼저 이해한 것이 아니라, 시조집과 같은 '서적'이나 '언어'라는 실체로 먼저 배우고 이해했다.

현대 한국인들에게는 『남훈태평가』를 번역한 것이 곧 시조를 번역한 것과 같은 일로 인식되는 경향이 있다. 또 시조창도 전통적 시조의 한 양식으로 간주되어 시조시 개념의 범주 안에서 바라보는 경향이 있다. 그러나 구어와 문어가 서로 번역해야 할 정도로 달랐고, 문어조차 한글, 한문 등으로 나뉘어 있었던 근대 초기 한국 언어 사회에서, 시조를 번역하는 것과 『남훈태평가』 가집을 번역하는 것은 같은 일이 아니었다.

비유하면 서양인들의 시조 기록은 김억이 「作詩法(4)」(1925)에서 같은 시조라도 중국의 평측법을 모방한 음조로 이루어진 고려 이후 조선의 시조나, 정몽주로 대표되는 성리학적 교양을 지닌 사대부들의 시조도, 조선의 시가로 보지 않았던 것과 유사하다.[197] 근대 초기 서양인들도 시조 장르의 범위 안에 있는 대상들이라도, 언어가 다르면 다른 부류의 작품으로 분리해서 보았던 것이다. 게일은 현대 한국문학인들이 체득한 시조시 개념을 대상으로 시조를 영역한 것이 아니었다.

3. 서양인들이 기록한 두가지 성격의 시조

I. B. Bishop,
1831~1904

비숍(I. B. Bishop, 1831~1904)이 기록한 영역시조 작품들은 그의 저서 『한국과 그 이웃 나라들』(1897)에 실려 있다. 이 책은 근대 초기 그리피스의 『은자의 나라 한국』(1882), 헐버트의 『대한제국멸망사』(1906)와 함께 한국을 알리는 대표적인 저서로 평가된다. 비숍은 『한국과 그 이웃 나라들』의 "FROM CHANG-AN SA TO WON-SAN"에 한국의 노래라면서, 8편의 작품을 소개했다.[198]

확인한 결과 비숍이 소개한 한국 노래들은 당시 영문 월간 잡지인 *The Korean Repository*에 소개된 헐버트와 게일의 영역 작품이었다. 또 비숍은 본문에 자신이 소개한 한국 노래들이 헐버트와 게일의 영역 작품이라는 점을 분명히 밝혔다.

비숍은 조선의 대중음악에는 첫째로 고전적 스타일인 시조, 둘째로 "Ha Ch'i"라고 하는 민요,[199] 셋째로 거의 언급할 만한 가치가 없다고 하면서, 고전과 민요의 중간인 노래가 있다고 소개했다. 비숍의 이와 같은 분류는 헐버트의 한국 성악론인 "Korean Vocal Music"(1896)의 분류법을 따르고 있다.[200] 비숍이 'sijo'라고 부르면서 소개한 작품은 2편이었다.

비숍은 시조를 소개하면서 원문을 제시하지 않았다. 그러나 헐버트의 한국 성악론인 "Korean Vocal Music"(1896)에 비숍이 소개한 작품과 똑같은 작품이 존재하므로, 비숍이 헐버트의 어떤 작품을 소개했는지 확인할 수 있다. 비숍이 'sijo'라고 부르면서 소개한 2편의 시조는 헐버트가 "Korean Vocal Music"(1896)에 발표한 작품이었다.

그리고 비숍은 두 번째 스타일로서 아리랑을 소개했다. 이 작품 역시 헐버트가 "Korean Vocal Music"(1896)에 소개한 아리랑을 재인용한 것이다. 비숍이 한국을 여행했던 19세기 말에는 시조도 아리랑도 모두 노래로 불렸기 때문에, 서양인들에게 노래로 인식되었을 것이다.

비숍은 헐버트의 영역시조를 『한국과 그 이웃 나라들』에 소개했고, 강혜정의 「20世紀 前半期 古時調 英譯의 展開樣相」과,[201] 김승우의 『19세기 서구인들이 인식한 한국의 시와 노래』에서도 비숍이 헐버트의 영역시조를 자신의 저서에 소개했다고 검토한 바 있다.[202] 그러나 본 장에서 주목하는 바는 비숍이 헐버트의 영역시조 외에 소개한 게일의 영역시조 4편이다.

비숍은 게일에 의해 영역되었다고 하면서, "love song"이라고 불리는 4편의 시조를 추가하여 소개했다. 비숍은 헐버트의 사례와 마찬가지로 게일의 영역시조 원문을 제시하지 않았다. 그러나 1896년 1월 *The Korean Repository*에 "LOVE SONGS"(1896)라는 제목으로 똑같은 게일의 작품이 실려 있으므로, 비숍이 게일의 어떤 작품을 소개한 것인지 알 수 있다. 비숍은 게일의 4편의 영역시조들을 소개한 후, 마지막으로 헐버트의 아리랑 영역 작품 중 6행만을 일부 인용하여 소개하는 것으로 한국 노래의 설명을 마쳤다.

여기서 현대 한국 독자들은 의문을 가질 수 있다. 비숍은 어떤 이유로 현대에 이르러 같은 시조 장르로 분류되는 시조 작품들을 서로 다른 번역가에 따라 다르게 부르고 다르게 분류했을까? 그것은 헐버트가 시조를 'sijo'라고 부르고, 게일이 시조를 "love song"이라고 불렀기 때문일 것이다. 그리고 헐버트는 시조를 'sijo'라고 불렀으므로 비숍이 헐버트의 작품이 '시조'인 줄을 알았지만, 게일은 시조를 "love song"이라고 불렀으므로 비숍이 게일의 작품이 시조인 줄 잘 몰랐기 때문이라고 볼 수도 있다.

그러나 비숍이 인용한 헐버트와 게일의 영역시조는 현대 독자들이 보기에도 다른 장르로 착각할 만큼 달랐다. 먼저 비숍이 인용한 헐버트의 영역시조 중 첫 번째 작품을 제시하면 다음과 같다.

I

'Twas years ago that Kim and I

Struck hands and swore, however dry

The lip might be or sad the heart,

The merry wine should have no part

㉠In mitigating sorrow's blow

Or quenching thirst. Twas long ago.

Ⅱ

㉡And now I've reached the flood–tide mark

Of life; the ebb begins, and dark

The future lowers. ㉢The tide of wine

Will never ebb. 'Twill aye be mine

To mourn the desecrated fane

Where that lost pledge of youth lies slain.

Ⅲ

㉣Nay, nay, begone! The jocund bowl

Again shall bolster up my soul

Against itself. What, good-man, hold!

Canst tell me where red wine is sold?

Nay, just beyond that peach tree there?

Good luck be thine, I'll thither fare.[203]

비숍은 원작 없이 헐버트의 영역시조만을 인용하여 『한국과 그 이웃 나라들』(1897)에 수록했다. "Korean Vocal Music"(1896)에는 헐버트가 제시한 본 작품의 원문이 실려 있다.[204]

먼저 헐버트의 영역시조에 있으면서, 원문 텍스트에도 있는 내용은 다음과 같다. 1연 2행의 맹세했다는 내용의 "Struck hands and swore"이 시조의 초장과 부합한다. 2연 6행의 젊은 날 맹세가 사라졌다는 내용의 "Where that lost pledge of youth lies slain"이 시조의 중장과 부합한다. 3연 4행과 3연 5행과 같이 술을 파는 곳이 어딘지 묻고, 복숭아나무 너머라고 답하는 "Canst tell me where red wine is sold?/ Nay, just beyond that peach tree there?"이 원문의 종장과 부합한다.

이번에는 헐버트가 무엇을 작품에 첨가했는지 살펴볼 필요가 있다. 1연의 "Twas years ago"와 같이 과거 기억이 첨가되었고, "Kim and I"와 같이 등장인물이 첨가되었다. 그리고 작품의 화자는 1연의 ㉠과 같이 술은 슬픔의 충격이나 갈증을 해소할 수 없으며, 김가와 나는 수년 전 맹세했었다고 고백한다. 원문과 달리 시간과 등장인물, 과거의 사건이 등장하면서, 서사의 조건이 충족되고 있다.

2연에서 화자는 ⓝ의 "And now I've reached the flood-tide mark/ Of life; the ebb begins, and dark"와 같이, 밀물의 끝을 만나는 지금의 내 삶에 썰물이 시작되고 어둠을 만난다고 말한다. 여기서 "삶 = 밀물의 끝, 썰물의 시작, 어둠"으로 비유되었다. 반면 ⓒ의 "The tide of wine/ Will never ebb."와 같이 술의 파도는 인생의 쇠퇴기나 성쇠가 없다고 말한다. 원문의 중장은 "술보고안주보니밍세가허ㅅ로다"와 같이, 술에 대한 욕구가 갈등을 일으키는 주요 요소다. 반면 헐버트의 작품에는 현재 화자가 자신의 삶에 갈등하는 내용이 첨가되었다.

헐버트의 영역시조 3연에는 ⓔ의 "Nay, nay, begone! The jocund bowl/ Again shall bolster up my soul"과 같이, 즐거운 술잔으로 자신의 영혼을 일깨우겠다는 미래 지향적인 화자의 의지가 첨가되었다.

헐버트의 작품에서는 "Kim and I"(등장인물), "good-man"(등장인물)과, 1연 1행의 "Twas years ago"(과거사건), 2연 1행의 "And now"(현재상황), 3연 2행의 "Again shall"(미래의지)가 첨가되었다. 헐버트는 원문에 없는 등장인물과 시간을 그의 작품에 첨가하여 서사를 만들어냈다. 다음은 비숍이 인용한 게일의 영역시조 중 첫 번째 작품이다.

FAREWELL'S a fire that burns one's heart,

And tears are rains that quench in part,

But then the winds blow in one's sighs,

And cause the flames again to rise[205]

내용을 바탕으로 원문을 유추한 결과 위 작품의 원문은 『남훈태평가』 소재의 「니별이 불이 도야…」였다.[206] 게일의 영역시조 1행은 원문시조의 초장과 내용이 부합한다. 마찬가지로 게일의 작품 2행은 원문시조 중장의 앞부분인 "눈물이 비가 도면"과 내용이 부합하며, 3행은 원문시조 중장의 뒷부분인 "붓는 불를 쓰련마는"과 대응된다. 마지막으로 게일의 영역시조 4행은 원문시조 종장의 번역이다.

게일의 영역시조는 시간의 경과와 인물의 등장으로 서사를 보여주는 헐버트의 영역시조와 달리 역설이 두드러진다. 1행에서는 이별의 고통을 불에 비유했다면, 2행에서는 이별의 고통을 극복하려는 눈물을 비에 비유하여 표현했다. 그러나 영역시조의 3행, 4행과 같이 누군가의 한숨으로 바람이 불어 그리움의 불꽃이 다시 일어나고 있다.

헐버트는 의역을 추구했고 게일은 직역을 지향했기 때문에 서로 분량이 달라졌고, 따라서 비숍이 헐버트와 게일의 영역시조를 다른 부류로 착각했을 거라고 판단할 수 있다. 실제로 헐버트는 『대한제국멸망사』(1906)에서 직역만으로 한국인들이 원문을 읽을 때에 느끼는 감정을 접할 수 없다고 밝히고, 직역된 작품과 의역된 작품을 함께 제시하기도 했다.[207] 그리고 기존의 논의들에서도 헐버트의 긴 분량의 영역시조에 주목하고, 그의 번역관을 중심으로 논의를 진행해왔다.[208]

한편, 근대 초기 서양인들의 한국 시가 기록을 다른 관점으로도 볼 필요도 있다. 여기서 비숍이 헐버트의 시조를 'sijo'라고 부르고, 게일의 시조를 "love song"이라고 부른 데 대해, 그대로 받아들일 필요도 있다고 본다. 즉, 근대 초기 활동했던 서양인들의 관점에 의하면, 시조는 단수가 아니라 복수였다.

근대 초기 서양인의 순수 한국 시가 탐색과 인식

게일은 한국 문어에 특히 관심을 가졌고, 그가 한국의 구비문학을 채록한 사례는 드물다. 게일은 1913년 *Korean Folk Tales*(1913)를 출간한 바 있지만, 구비문학의 채록이 아니라 조선 후기에 임방(任埅, 1640~1724)이 편찬한 야담집인 『천예록』을 영역한 것이다.[209] 반면 헐버트는 한국의 구전을 직접 듣고 채록한 바 있고, 한국 구비문학을 모아 1925년 *Omjee The Wizard−Korean Folk Stories*(1925)를 출간하기도 했다.

헐버트와 게일은 '시조'라는 추상적 장르 개념을 바탕으로 한국 시가를 기록한 것이 아니었다. 헐버트는 '시조창', 게일은 '시조집'이라는 실체를 대상으로 한국 시가를 기록했다. 서양인이 보기에 한국에는 시조창의 가창시조와 시조집의 가집시조가 있었다.[210] 근대 초기 한국의 구어와 문어는 서양인들에게 서로 다른 언어로 인식되었고, 따라서 시조창의 시조와 가집의 시조도 다른 장르로 서양인들에게 받아들여졌다.

서양인들도 한국문학의 장르에 관심을 가졌고 장르 연구를 했으며 상세한 기록을 남겼다. 그 예로 모리스 쿠랑(Maurice Courant, 1865~1935)은 『한국서지』(1권~4권, 1894~1901)에서 한국의 노래를 시조, 가사, 잡가로 분류했다.[211] 헐버트도 "Korean Vocal Music"(1896)에서 한국 노래를 고전적인 형식인 시조, 대중적인 형식인 하치(hachi), 그리고 응접실 형식이라고 부르는 중간 등급으로 분류한 바 있다.[212]

그럼에도 불구하고 현대 시조 개념을 바탕으로 근대 초기 서양인들의 영역시조와 그들이 남긴 한국 시가론을 살펴보면, 이해하기 힘들거나 논란이 될 수 있는 기록이 많이 등장한다. 반면 근대 초기 서양인들이 가졌던 한국어에 대한 관점에 따라 그들이 영역한 한국 시가와 시가론을 살펴보면 많은 부분을 이해할 수 있다. 다음은 19세기 말 서양인이 남겼던 시조에 대한 가장 상세한 기록들이다.

㉠먼저 시조, 즉 고전 형식부터 살펴보자. ①시조는 아주 느리고 (andante) 떨림이 많으며(tremuloso),[213] 타악기인 북으로 장단을 맞춘다. 장단을 맞추는 데는 북 하나만을 쓰며, 시조를 읊는 사람이 음을 길게 끌다가 너무 오래 끌어 듣는 사람들이 지겨워할 때쯤 북을 한 번씩 쳐서 다른 음을 부르게 하는 역할을 한다. ②시조의 진행은 매우 느리다. 이를 서양 음악의 속도와 비교하는 것은, 절뚝거리는 조선의 나귀를 타고 여행하는 것과 '엠파이어스테이트 특급열차'를 타고 여행하는 것을 비교하는 것이나 마찬가지다. 중간 빠르기로 부르는 서양 가수가 3절로 된 노래를 다 끝내고 앙코르에 화답할 동안에 조선의 명창은 겨우 한 음절을 끝낸다. …(중략)… ㉡시조를 부르기 위해서는 오랫동안 꾸준한 연습이 필요하며 오직 기생들만이 완벽의 경지에 이를 수 있다고 조선인들은 말한다. 기생들이 꽤 시조를 한다는 사람들보다 감정 표현을 더 잘해서가 아니다. 그들만이 훈련할 수 있는 시간을 충분히 가졌기 때문이다.[214]

㉯ⓛ이 노래들은 中-韓 표현들이 漢字로 표시되어 한글로 쓰여졌는데 내가 아는 바로 이 두 가지 문자를 혼합한 유일한 時調集이 아닌가 싶다. 이 노래들은 대부분이 조선의 高官들의 것이며 그 중 몇몇은 高麗朝, 나머지는 18C의 것들이다.

③시조라 불리는 이 장르의 노래들은 아주 짧아 3行 또는 4行詩로 되어 있다. 가장 긴 시들은 그 의미와 음악에 의해 3行의 節로 나뉘어졌다. 한국의 시는 脚韻이나 음절의 長短이 없고 음절의 수는 조금씩 변한다. ⓒ

근대 초기 서양인의 순수 한국 시가 탐색과 인식

12–20사이로 각 문장 또는 句節이 한 詩를 만든다. 詩的 표현의 탐구, 몇 張 대신 20여 음절밖에 안되는 간결한 문장, 그리고 장단가락은 운문과 산문의 유일한 차이점들이다. 이 노래들은 피리, 현악기 및 북들의 반주로 이루어진다.

歌詞로 불리는 노래들은 훨씬 긴 것으로 각 節로 나뉘지 않으며 반주는 앞의 것들과 비슷하다. 雜歌는 哀歌의 종류들로 때로 1인 또는 2인의 표현으로 나타난다. 박자는 북으로 표시된다. 이 歌詞와 雜歌의 두 장르는 광대들에 의해서만 표현된다.[215]

㉮는 헐버트가 1896년 2월 *The Korean Repository*에 발표한 "Korean vocal music"(1896)에 기록된 시조에 대한 설명 중 일부이다. ㉯는 프랑스 서지학자 모리스 쿠랑의 『한국서지』(1권~4권, 1894~1901) 중 시조에 대한 설명을 인용한 것이다. 쿠랑은 『한국서지』(1권~4권, 1894~1901)에 방대한 양의 한국 서지 목록을 정리한 바 있는데, 이 중 시조집으로는 『가곡원류』와 『남훈태평가』가 소개되었다. 쿠랑은 『가곡원류』의 서설에 ㉯와 같이 시조에 대한 설명을 첨가했다.

헐버트의 시조에 대한 평가를 요약하면, ①의 "extremely andante"나 ②의 "extremely slow"같이 시조는 대단히 느리고 오래 끄는 노래이다. 쿠랑의 시조에 대한 평가를 요약하면 ③과 같이 시조는 아주 짧다이다. 쿠랑에 의하면 "한국의 시는 脚韻이나 음절의 長短이 없고 음절의 수는 조금씩 변한다."는 것인데, 이것은 "떨림이 많다(tremuloso)"는 헐버트의 기록과 다르다. '시조'라는 어휘를 지우고 헐버트와 쿠랑의 시조 기록을 함께 바라보면, 그들이 각각 다른 장르를 설명하는 것 같다.

이에 대해 헐버트가 의역을 선호했기 때문에 그의 영역시조 분량이 길고, 게일은 헐버트와 다른 번역 방식을 선호했기 때문에 그의 영역시조 분량이 짧았다고 논의할 수 있다. 그러나 한편으로 근대 초기 한국에는 서양인들에게 느리고 오래 끈다는 인식을 주는 시조와 짧다는 인식을 주는 시조가 있었다고 볼 수 있다. 그리고 이와 같은 인식의 중심에는 서로 다른 언어와 시조가 재현되는 서로 다른 방법이 있었다.

㉮에서 헐버트가 설명하는 시조는 관중들 앞에서 타악기로 반주하는 노래이다. 또 ㉠과 같이 시조는 오랫동안 꾸준한 연습이 필요하며, 훈련할 수 있는 시간을 충분히 가지고 있는 기생들만이 완벽하게 부르는 노래이다. 헐버트에 의하면 시조는 기예의 성격을 갖고 있기도 한 문학이었다. 헐버트가 설명하는 시조는 구어문학과 관련이 깊다. 헐버트는 시조창을 보고 시조에 대한 기록을 남겼을 가능성이 높다.

㉯에서 쿠랑이 설명하는 시조는 한자 또는 한글로 쓰였으며, 두 가지 문자가 혼합되어 기록되기도 한다. 쿠랑 역시 이 노래들이 피리, 현악기 및 북들의 반주로 불린다고 밝혔지만, 시조창의 구체적인 면모는 밝히지 않았다. ㉡에서 쿠랑은 본 시조집을 가리켜 자신이 아는 한, 중국과 한국의 문자를 혼합한 유일한 시조집이라고 밝혔다. 또 ㉢과 같이 쿠랑은 시조를 '구절', '문장', '운문', '산문'등의 개념으로 설명하고 있다. 때문에 쿠랑은 가집을 통해 시조를 접했을 가능성이 높다.

즉 헐버트와 쿠랑은 각각 가창되는 시조와 가집의 시조를 접하고 각각 다른 성격의 시조 기록을 남긴 것이다. 특히 근대 초기 조선은 구어와 문어가 서로 달랐기에 당시 두 가지 형태의 시조가 보여주는 차이점은 더욱 컸을 것이다. 고진은 "우리 맥락에서 추상적 사고란 무엇인가? 아마 그것은 언문일치라고 할 수 있다."고 말한 바 있다. 언문일치란 말을 글에 일치시키는 것도 아니고 글을 말에 일치시키는 것도 아닌, 새로운 言=文의 창출이다.[216] 언문일치는 이전의 말과 글을 합치는 것이 아닌 새로운 말과 글을 형성시키는 행위다. 그리고 고진은 "풍경이 성립되면 일단 그 기원은 잊혀져 버린다.", "풍경은 하나의 인식틀이며, 일단 풍경이 생기면 곧 그 기원은 은폐된다."고 말했다.[217]

언문일치 이전의 말과 글로 재현되었던 문학은 언문일치 후의 새로 생긴 언어에 의해 은폐된다. 게일이 1923년 "Korean Literature"에서 "이집트 상형문자는 점차로 쇠락의 길을 걸었지만, 이와 달리 한국의 고서는 중국 한자의 빗장들 뒤로 극히 효과적으로 봉인되고 감금되었다."라고 말했듯이,[218] 언문일치 이후 탄생한 언어는 언문일치 이전 다중언어사회의 한국 어문학을 은폐했다. 서양인들이 한국의 고유한 시가로 보았던 대상은 다중언어사회의 한국어문학이었다.

게일은 1926년 7월 *The Korea Mission Field*에 「15세기 Ⅱ: 세종」에 관한 기사를 싣고, 『남훈태평가』 소재의 작품으로 유추되는 9편의 시조를 song 이라고 소개했다. 이 기사는 *The Korea Mission Field*에 게일이 시조를 소개한 마지막 기사였다. 이로부터 두 달 전인 1926년 5월 최남선은 『조선문단』에 「조선국민문학으로서의 時調」를 발표하여 시조 부흥 운동의 시작을 열었다.[219]

'시조시' 개념은 한국 시가의 전통을 대표하는 역할을 하면서, 한국 시가의 전통을 은폐하는 역할을 하였다. 언문일치 후에 생긴 '시조시', '고전문학', '국문학', '국어' 등 근대에 확립된 개념들은 서양인들이 기록으로 남긴 언어 중심의 한국 시가 전통들을 근대어와 근대문학 개념의 장막 뒤로 숨겼다. 정인섭이 남긴 기록의 사례에서 볼 수 있듯이, 다중언어사회의 시조 전통은 언문일치 이후 탄생한 '시조시' 개념으로 재해석되거나 온전히 이해되지 못한 채, 한국문학사에 남게 되었다.

언문일치 이후 새로 생긴 근대 한국어라는 장막과 언문일치 이후 새로 생긴 장르 개념이라는 장막을 걷어내고, 근대 초기 서양인들의 한국 시가 기록을 살펴보면, 은폐되었던 언문일치 이전 한국어문학의 전통이 드러난다. 그 전통이 바로 근대 초기 개신교 선교사들이 기록했던 고유한 한국 시가의 모습이었다. 한국문학사에서 근대 초기 서양인들의 한국 시가 기록이 갖는 문학적 의의는 이들의 기록이 언문일치 이전 다중언어사회의 한국어문학 전통을 보여주었다는 데 있다.

제4장

고전과 근대에 따라 구분된
서양인들의 한국 시가 기록

−게일의 1923년 문학론 "Korean Literature"

1. 서양인들의 "Old korea"와 "New korea"

고전은 근대와 상대되는 개념으로 사용된다. 자신들이 행했던 문학을 고전문학이라고 인식하면서, 근대 이전의 문학인들이 문학 활동을 행하지는 않았을 것이다. 근대 문학이 생겨나면서 근대 이전에 있었던 문학은 고전 문학으로 분류되었다. 그리고 서양인들이 한국문학을 바라보는 관점도 고전과 근대의 개념에 따라 변모하기 시작했다.

게일(J. C. Gale, 1863~1937)은 자신의 1923년 문학론 "Korean Literature"(1923)에 이규보(李奎報, 1168~1241)의 한시 「十月大雷電與風」을 "A Great Thunderstorm in November"로, 오상순(吳相淳, 1894~1963)의 근대시 「힘의 崇拜」를 "Creation"으로 각각 영역하여 소개했다.

본 자료는 게일이 근대시와 고전시를 영역하여 함께 소개한 드문 사례이다.[220] "Korean Literature"라는 제목으로 알려진 게일의 한국문학론은 모두 5편으로 알려져 있는데, 본 자료는 게일의 문학론 중, 비교적 후대의 논의에 속한다.[221]

게일의 초기 한국 시가에 대한 관심은 『남훈태평가』를 중심으로 한 시조에 있었다. 게일은 1895년 *The Korean Repository*에 "ODE ON FILIAL"이라는 제목으로, 『남훈태평가』의 시조를 영역하여 발표하기 시작했다.[222] 그리고 게일은 1922년 6월, *The Korean Bookman*에 발표한 기사 "Korean Songs"에 『남훈태평가』에 대한 자신의 논점을 뚜렷하게 드러냈다. 다음은 "Korean Songs"의 서두이다.

한때 유명했던 양기탁(梁起鐸, 1871~1938)의 아버지가 30년도 더 전에 가집을 하나 갖고 있었는데, 그의 친구가 소유했던 목판으로 찍어낸 한국 노래책이었다. 그는 나에게 굉장히 자랑을 하면서 보여주었다. 닳고 닳은 오래된 책에 대해 오늘 이야기를 하려고 한다. 이 책은 남훈태평가라고 한다. …(중략)… 오늘날의 학생들은 그들 아버지 세대의 노래들은 전혀 알지 못한다. Old Grimes, Clementine, and Marching Through Georgia 같은 외국 노래들은 엉망으로 불러대면서도, 남훈태평가는 잊혀졌다.[223]

게일에게 『남훈태평가』는 한국의 전통을 보존하고 있는 아주 오래된 책이다. 그런데 게일은 1922년 당시 한국 학생들이 『남훈태평가』라는 전통 노래는 알지 못하면서, "Old Grimes, Clementine, Marching Through Georgia"와 같은 미국민요, 아일랜드 민요, 미국 군가는 엉망으로 불러댄다고 비판한다. 게일에게 『남훈태평가』는 한국 전통을 보존하는 대상이며, 외국 노래는 훌륭한 한국 전통을 잊혀지게 만드는 거부의 대상이다.

John Vernon Slack은 「일제 강점기 『코리아 미션 필드 (Korea Mission Field)』에 나타나는 한국의 이미지 연구」에서 Korea Mission Field를 살펴보고 외국인들의 논문에 자주 등장하는 용어 "old korea"와 "new korea"에 주목했다.[224] 나아가 1905~1912년에 옛 한국을 비판하는 태도가 많이 보였고, 1913~1924년에 옛 한국에 대한 이해를 시작했으며, 1925~1941년에 옛 한국에 대한 긍정적인 태도를 보이기 시작했다고 분석했다.

근대 초기 처음 조선에 입국한 서양인들은 조선의 문화를 야만으로 보았다. 하지만 1920년대에 이르러서 옛 한국을 한국의 아름다운 전통이 보존된 시대로 보는 한편, 신한국을 외국의 문물에 오염된 부정적 시대로 보았다. 그런데 이와 같은 관점을 강하게 드러냈던 대표적인 서양인이 바

근대 초기 서양인의 순수 한국 시가 탐색과 인식

로 게일이었다. 그리고 1923년 게일은 *The Christian Movement in Japan*에 "Korean Literature"를 발표한다. "Korean Literature"(1923) 중에서도 이규보의 한시와 오상순의 근대시가 소개된 것은 여섯째 단락에서였다. 그 소제목 "The Old and The New"의 서두는 다음과 같이 시작된다.[225]

> ①근대 문명이라는 미궁 속에서, 한국에 가장 의미 있는 모든 것들, 영혼의 안식으로 인도하던 기호와 표식들이 온전히 씻겨져 사라졌다. 종교, 의식, 음악, 시, 역사들이 완전히 자취를 감췄다. 이것들은 한국인들이 나중에라도 읽기 위해 구석으로 잠시 제쳐둔 것이 아니다. ②이집트 상형문자는 점차로 쇠락의 길을 걸었지만, 이와 달리 한국의 고서는 ③중국 한자의 빗장들 뒤로 효과적으로 봉인되고 감금되었다. 오늘날, ④도쿄제국대학의 졸업생들은 그들의 선조가 남긴 것들, 그러니까 문학적 업적과 같은 특별한 유산들을 읽을 수 없다. 세상에 이런 일이 있을 수 있단 말인가? 한국의 문학적 과거, 한 위대하고 놀라운 과거는 ⑤대격변에 의해, 오늘의 세대에게 사소한 흔적조차 남기지 못한 채 어디론가 파묻히고 말았다. 물론 오늘의 젊은 세대들은 이런 사실에 더없이 무지하며, 이런 상실 속에서조차 너무도 행복해 한다.[226]

게일은 ①과 같이 "근대 문명이라는 미궁 속에서", "한국에 가장 의미 있는 것들"이 사라졌다고 안타까워한다. 여기서 게일에게 "한국에 가장 의미 있는 것들"이란 "영혼의 안식으로 인도하던 기호와 표식들" 즉 한국의 전통적인 "종교, 의식, 음악, 시, 역사"들이다. 게일은 "Korean Literature" (1923)에서도 근대 문명의 영향을 받은 "new korea"를 부정적으로 보고, 고유한 한국 문화를 간직했던 "old korea"를 긍정적으로 인식했다.

이와 같은 한국 문화의 대격변은 언어를 통해 이루어졌다. 게일은 1900년 "The Influence of China upon Korea"에서 "현재 역시 한국어는 새로이 유입되는 서구의 사상을 표현하는 많은 새로운 단어들로 범람"하고 있다고 언급한 바 있다.[227] 근대 초기 한국에는 근대 문물과 개념을 표현하는 근대 한자어들이 중국과 일본에서 다수 유입되고 있었다. 때문에 게일은 잊혀져 가는 한문을 ②와 같이 이집트 상형문자에 비유했고, 한국 고전 문학을 읽지 못하는 장애를 ③과 같이 한자의 빗장이라고 표현했던 것이다.

④와 같이 도쿄제국대학 졸업생들이 선조가 남긴 문학적 유산을 읽을 수 없다는 지적은 한국 언어의 격변기를 염두에 둔 발언이다. 게일은 1926년 "What Korea Has Lost"에서 "예컨대, 서당 훈장인 아버지가 그의 옆에 축적된 양의 연구를 놓고 앉아 있는 동안, 아마도 제국대학의 학생일 터인 그의 아들은 그 자신의 삶을 구하기 위해서라도 그것을 읽을 수 없을 것이다."라고 말한 바 있다.[228] 게일은 당시 서당 훈장인 아버지와 일본 유학생인 아들 사이에서 일어나는 세대 간의 불통을 인식하고 있었다.

⑤에서 말하는 '대격변'이란 갑오개혁(1894)을 말한다. 게일은 "Korean Literature"(1923)의 다섯째 단락 "Whither Bound"(어디로 가고 있는가)에서 "1894년 새로운 법률의 공표로 '과거(科擧)'는 폐지되었고, 이로 인하여 널리 시행되던 고전 연구 또한 중단되었다."고 말한 바 있다.[229] 한문으로 기록된 고대 문헌들이 망각되고 근대어들이 범람하게 된 핵심적 요인으로 게일은 갑오개혁으로 인한 과거제도의 폐지를 지목하고 있다. 이것은 언문일치에 의해 생겨난 새로운 근대어에 의해 과거 문학의 기원이 은폐되었다고 주장했던 가라타니 고진의 주장과도 부합한다.[230]

근대 초기 서양인의 순수 한국 시가 탐색과 인식

이처럼 이규보의 한시와 오상순의 근대시가 제시된 여섯째 단락의 제목, "The Old and The New"는 근대 초기 외국인들의 논문에 자주 등장하는 용어 "old korea VS new korea"의 대결과 다름이 없다. 이와 같이 "한국에 가장 의미있는 것들 VS 근대 문명이라는 미궁" 등과 같은 대립 구도, 즉 "전통 VS 근대"는 1920년대 게일이 남긴 한국문학론에서 반복되는 구도다. 그리고 게일은 "the old"와 "the new"를 대표하는 작품으로 각각 이규보의 한시「十月大雷雹與風」를 영역한 "A Great Thunderstorm in November"과 오상순의 근대시「힘의 崇拜」를 영역한 "Creation"을 제시했다.

게일은 "Korean Literature"(1923)의 여섯째 단락인 "The Old and The New"에 "A Great Thunderstorm in November"과 "Creation"을 제시하기에 앞서, 다음과 같이 작품을 소개했다.

그들은 그들 세대의 잡지를 가지고 있는데, 거기다 철학 논문들에서 배운 지식으로 온갖 확신에 가득차 ①칸트와 쇼펜하우어에 대해 쓴다. 그들은 ② 버트란드 럿셀의 슬하에 앉아 있기도 하고, 니체를 찬양하기도 한다. ③이는 댕기머리를 하고 서양시를 쓰는 일이 될 것이다. 이는 영어로 된 속 빈 시편을 쓰는 일일 터인데, 그 자체로 보기에도 딱한 노릇이다. 그들이 자국어로 쓴 시들은 ④옛 선조들의 얼굴을 창백하게 할 뿐이다. 나는 여기에 두 개의 작품을 제시하려 하는데, ⑤하나는 오래전 위대한 거장의 작품이고, 다른 하나는 오늘날 아마도 최고의 시인이라 거론되는 사람의 작품 중 하나이다.[231]

보다시피 게일은 ⑤와 같이 "오래전 위대한 거장의 작품 VS 오늘날 아마도 최고의 시인이라 거론되는 사람의 작품 중 하나"라는 구도를 설정한다. 이 가운데 "오늘날 아마도 최고의 시인이라 거론되는 사람의 작품 중 하나"라는 표현에 폄훼의 어감이 없지 않다. 그리고 오늘날 젊은 세대들이 쓰는 시들은 ④와 같이 선조들의 얼굴을 창백하게 하며, ③과 같이 댕기머리를 하고 서양시를 쓰는 일에 해당하며, 영어로 된 속 빈 시편을 쓰는 일이라고 폄훼한다. 주목할 점은 1920년대 한국 근대시를 영역하여 소개하면서, ①의 칸트와 쇼펜하우어, ②의 버트란드 럿셀과 니체와 같은 서양철학자의 영향력을 언급한 것이다.

게일이 한국문학을 바라보는 시각은 "전통 한국 VS 서구식 근대화"이다. 이 가운데 근대한국은 서양철학에 예속되어서 독자성 혹은 고유의 전통성이 희박하다. 게일은 전통 한국을 대표하는 시로서 이규보의 「十月大雷雹與風」을 예로 들고, 서구식 근대화를 보여주는 사례로서 오상순의 「힘의 崇拜」를 제시하려고 한다.

2. 게일이 영역한 근대시와 고전시

1) 근대시로서 오상순의 「힘의 崇拜」

오상순은 1920년 『廢墟』의 창간호에 「時代苦와 그 犧牲」이란 에세이를 발표하면서 문학 활동을 시작했다. 다음 해 1921년 『廢墟』 2호에 「힘의 崇拜」 등 17편의 시와 「宗敎와 藝術」이라는 장문의 논설을 함께 발표하면서 『廢墟』의 중심인물로 떠올랐다.

이와 같은 초기 문단 활동 때문에 오상순에 대한 한국 문단의 평가는 한국 근대시의 개척자 중 한 사람이라는 평가에서부터 『廢墟』의 이념을 지켜온 사람이라는 평에 이르기까지 다양하다. 특히 오상순의 시는 불교 철학 또는 공(空)사상에 근거하여 논의되거나 형식주의 관점에서 접근되곤 했다.[232]

그런데 오상순 시에 대한 선행연구 가운데 박윤희의 「밤을 찬미하는 두 시인 ― 오상순과 니체」가 주목된다.[233] 박윤희는 이 논문에서 오상순이 1912년부터 1918년까지 도지샤(同志社) 대학 신학부에 유학했다는 점, 일본에서 1911년 『차라투스트라』, 1918년 『니체 전집』이 간행되어 니체 연구의 붐이 일어났다는 점, 오상순의 시 「힘의 崇拜」(1921), 「힘의 悲哀」(1921), 「아시아의 마지막 밤 風景」 등이 『차라투스트라는 이렇게 말했다』의 「밤의 노래」를 반영하고 있다는 점 등을 들며 오상순과 니체의 관련성을 밝혔다.

조선의 니체 소개는 1920년~1922년에 집중적으로 이루어졌다. 특히 니체 철학은 1920년 천도교의 지원에 의해 창간된 『開闢』이나 1921년 조선중앙기독교청년회의 기관지로 창간된 『靑年』지를 통해 소개되었다.[234] 당시

검열을 피하기 위해 『白潮』라든가 『廢墟以後』와 같은 잡지들이 서양인을 발행인으로 했다는 점, 조선중앙기독교청년회로 이름을 바꾸기 전 게일이 황성기독교청년회의 초대회장이었다는 점 등을 염두에 두면, 그 역시 『靑年』지에 실린 니체에 대한 기사들을 보았을 것이다. 박윤희의 선행연구와 같은 소수의 사례를 제외하고 한국문학계는 오상순의 시와 니체철학과의 상관관계에 크게 주목하고 있지 않았지만, 당시 게일은 이 부분에 주목하고 있었던 듯하다.

①Cackle! cackle!

　Does the sound mean pain!

②Cackle! cackle!

　Or does it mean a joy?

　Cackle! cackle!

　My hand into the nest I reach,

　I find an egg new laid ;

　I take it out and go away.

③There is life in the egg.

　I think of its affinity with this life of mine.

　I look and meditate upon its depth ;

　I stand like a road—post by the way,

　The hen flies upon the roof.

　With an anxious look she gives a side glance at me －

④Mother of the egg － creator.

⑤She threats me with contempt, the young philosophier, me!

Cackle! cackle!

－게일, "Creation"전문.[235]

「힘의 崇拜」는 여러 가지 소제목을 가진 작품들의 합이다.[236] 이 중 게일은 「힘의 崇拜」 중 "創造"라는 소제목을 가진 마지막 작품을 선별하여 "Creation"이라고 소개했다. 먼저, 본 작품에서 주목할 수 있는 부분은 "Cackle! cackle!"(꼬꼬댁! 꼬꼬댁!)이다. 이 의성어는 다른 보조 관념들과 유사관계를 맺는 중심 은유의 역할을 한다.

①의 "Cackle! cackle!/ Does the sound mean pain!"을 직역하면, "꼬꼬댁! 꼬꼬댁!/ 이 소리는 고통을 의미하는구나!"이다. 마찬가지로 ②의 "Cackle! cackle!/ Or does it mean a joy"를 직역하면, "꼬꼬댁! 꼬꼬댁!/ 아니면 기쁨을 의미하는가?"이다. 각각, "꼬꼬댁! 꼬꼬댁! ＝ 고통 or 기쁨"이라는 은유 관계를 맺고 있다. 그렇다면 '꼬꼬댁'은 알을 낳는 고통의 소리이자 기쁨의 소리가 될 것이다.

③의 "There is life in the egg./ I think of its affinity with this life of mine." 을 직역하면, "여기 알 속에 생명이 있구나/ 나는 내 생명과의 유사함을 생각한다"이다. 알 속에 장차 병아리가 될 생명이 있고 그 생명이 내 생명과 유사하다는 말은 역시 은유 내지 직유 관계를 맺는다. 따라서 ④에 이르면 "Mother of the egg － creator."과 같이 알의 어미는 창조자라고 말한다.

"'꼬꼬댁'(고통·기쁨의 소리) ➡ 알 속 생명(내 생명과 유사) ➡ 알의 어미(창조자)"로 진행되는 연결고리는 창조자(creator)를 생각하는 철학자(philosophier)를 불러들인다. 그리고 ⑤의 "She threats me with contempt, the young philosophier, me!"와 같이 창조자인 어미 닭은 생명을 생각하는 젊은 철학자를 향해 울며 위협한다. 원문의 "어린哲學者의愚를嘲弄하는 드시"와 같이, 화자는 철학자로서 자기 정체성을 드러내고 있다.

그런데 여기서 철학자가 사유하는 틀은 무엇을 바탕으로 하고 있을까. 아마도 철학자는 니체의 『차라투스트라는 이렇게 말했다』에 등장하는 다음과 같은 사유를 했을 것이다.

> 오직 생명이 있는 곳, 거기에 의지가 있다. 그러나 나 가르치노라. 그것은 생명에 대한 의지가 아니라 힘에의 의지라는 것을! 생명체에 있어서 많은 것이 생명 그 자체보다 더 높게 평가되고 있다. 그러한 평가를 통해 자신을 주장하는 것. 그것은 힘에의 의지다! …(중략)… 그러나 너희의 가치로부터 더욱 강력한 폭력과 새로운 극복이 자라나고 있다. 그것에 의해 알과 알껍질은 부서지고 있고.[237]

오상순이 활동하던 1920년대 초, 니체의 사상이 조선에서 유행했었다는 사실을 주지할 때, 게일 역시 1920년대 오상순의 시에 미친 니체의 영향을 감지하고 있었을 것이다. 게일이 말하는 "영어로 된 속 빈 시편을 쓰는 일"이란 작품 "Creation"에 등장하는 철학자와 같이 사유하는 일일 것이다.

2) 고전시로서 이규보의 「十月大雷雹與風」

The autumn's opening moon, when winter airs break forth from out the deep!

The master of the Thunder strikes his sounding drum;

The splitting heavens rip wide from pole to pole.

Like glittering snakes of gold across the sky, thus go his bolts of thunder.

Till all the frightened hairs on every head stand up.

The spouts of rain from off the silver eaves shoot waterfalls.

And hail like egg-stones falls with deadly aim.

The wind rips out by quivering root the trees that guard the court;

The whole house shakes its wings as though to fly.

I was asleep when this befell, the third watch of the night.

Awakened from my dreams with all my wits at sea,

I could not sit or rest, but tossed me to and fro.

At last I knelt me down and joined my hands in prayer :

"We are accustomed to Thy might and power,

"In spring the thunder, and in autumn frost ;

"But such a sight as this, with nature off the beaten track,

"Makes mortals tremble and cold fear to palpitate.

"Our King's most dear desire is how to govern well,

"And why it is that God should thunder thus beats me.

①"In ancient days the Tiger King of Choo, and Yang of Eun,

"So acted that they changed the threatening hand of heaven to one of blessing.

②"My humble prayer would have our gracious King bend earnest thought

"To make this most terrific stroke of Thine turn out a blessing,

"Not grinding death but just a gentle tickling on the skin that leaves one feeling better.

―게일, "A Great Thunderstorm in November" 전문.[238]

"A Great Thunderstorm in November"의 내용은 크게 두 부분으로 나뉜다. 1행에서 12행까지 가을날 밤 천둥 치고 우박 쏟아지는 날씨를 보여주고, 나머지 13행에서 24행 끝까지 기도하는 신앙인을 보여준다.

이와 같은 내용은 "Creation"과 차별된다. "Creation"에서 화자는 생명을 잉태하는 닭의 울음소리를 듣고, 생명과 삶을 사유하는 철학자로 변모한다. 반면 "A Great Thunderstorm in November"에서 화자는 폭풍우를 맞아, 자연의 재앙에 맞서 기도하는 신앙인으로 변모한다. "A Great Thunderstorm in November"과 "Creation"의 차이점뿐만 아니라, "A Great Thunderstorm in November"과 원작인 「十月大雷雹與風」의 차이점도 발견된다.

먼저 "A Great Thunderstorm in November"과 원작인 「十月大雷雹與風」에서는 모두 ①과 같이 "Tiger King"과 'Yang' 즉 고대 주나라 무왕과 은나라 탕왕이 등장한다.

그런데 게일은 이에 더하여 성경의 표현을 가미하고, 신앙인의 모습을 부각시킨다. ②를 직역하면, "제 소박한 기도가 우리 자애로운 왕의 열성을 변화시켜/ 당신의 이 위대한 일격을 축복으로 바꾸기를"과 같은 의미가 되는데, ②에 해당하는 원문인 "願君更愼刑政張/ 雖有變異僅如痒"의 의미는 "임금이여 형벌을 삼가 시행하소서/ 변괴가 있다 해도 큰 해는 없으리다"이다.

②에서 '당신'에 해당하는 'Thine'은 'yours'와 유사한 의미의 고어로서, 성경에서는 하느님을 가리킬 때 쓰이는 경우가 많다.[239] 이 밖에도 ②에서 "blessing"의 표현을 쓰며 왕에 대한 충(忠)보다 기도하는 신앙자의 모습을 강조했다는 점 등은 게일이 번역의 과정에서 성경의 표현을 가미했다는 것을 알 수 있다.

정리하면, "오상순의 「힘의 崇拜」 VS 이규보의 「十月大雷雹與風」"이 "니체의 철학 VS 유교 이데올로기(忠)"라면, "Creation VS A Great Thunderstorm in November"는 "철학자 VS 신앙자"로 볼 수 있다. "Creation"에서는 15행인 "Mother of the egg – creator"와 같이 알을 낳는 닭을 창조자에 비유한다면, "A Great Thunderstorm in November"에서는 19행인 ""And why it is that God should thunder thus beats me."와 같이 천둥을 내리는 신이 등장한다. 이것은 "무신론 VS 유신론"이다.

"Creation"에서는 16행인 "She threats me with contempt,"와 같이 철학자인 화자를 경멸의 눈으로 쳐다보는 암탉이 등장한다면 "A Great Thunderstorm in November"에서는 14행인 ""We are accustomed to Thy might and power,"와 같이 신의 힘과 권능에 순종하는 화자가 등장한다. 이것은 "비판하는 철학자 VS 신에 순종하는 신앙인"이다.

"Creation"에는 9행 · 10행인 "There is life in the egg./ I think of its affinity with this life of mine."과 같이 알 속에 생명이 있다고 말하고 내 생명과 유사함을 생각한다고 말한다. 병아리의 생명과 인간의 생명이 유사하다고 생각하는 이것은 진화론이다. "A Great Thunderstorm in November"에서는 19행인 ""And why it is that God should thunder thus beats me."와 같

이 왜 신이 천둥을 내리는지 나는 모른다고 말한다. 또 23행인 ""To make this most terrific stroke of Thine turn out a blessing,"와 같이 신의 위대한 일격 즉 천둥이 축복으로 바뀌길 기도한다. 이것은 신이 자연을 창조했기 때문에 신이 그 질서를 주관한다는 창조론에 가깝다. 게일이 영역한 두 편의 한국시는 "진화론 VS 창조론"의 대결 양상을 보여준다.

3. 게일의 영역시와 테니슨의 *In Memoriam*

그렇다면 본 작품들을 "근대(new korea) VS 전통(old korea)"이라는 당시 외국인들이 가졌던 사유의 틀을 바탕으로, "불신자(니체 철학) VS 신앙인"의 대조를 통해, 돈독한 신앙심을 독려하기 위해 영역한 종교시로 볼 수 있는가.

분명, 게일이 영역한 한국 시가들에는 종교시로 볼 수 있는 면이 많다. 그런데 게일이 영역한 한국 시가들에는 특정 영문학 시대와 작가, 작품의 영향력이 보인다. 즉 게일이 영역한 "A Great Thunderstorm in November"과 "Creation"은 영문학적으로 빅토리아 시대(Victorian Period)와 근접하며, 알프레드 테니슨(A. L. Tennyson, 1809~1892)이 추구한 문학적 사유를 가지고 있으며, 테니슨의 작품집 *In Memoriam*을 떠올리게 한다.

빅토리아 시대는 영문학의 시대적 분류 중 낭만주의 시대(1798~1832) 이후, 에드워드 시대(1901~1914) 이전인 1832년~1901년을 가리킨다.[240] 빅토리아 시대는 산업과 과학의 급격한 발달, 다윈의 진화론과 같은 새로운 사상의 대두로 기독교 신앙이 흔들리고 기존의 가치체계가 붕괴되는 정신적 위기를 맞고 있었다.[241] 이 시기 영국 시인들은 신앙에 대한 회의에 빠져 고뇌했으며, 이에 테니슨은 *In Memoriam*에 슬픔과 절망을 극복하고 환희에 찬 마음으로 신을 영접하는 내용을 담았다.

토론토(Toronto)대학 문학사 학위(BA)를 받은 문학가로서, 게일이 테니슨의 *In Memoriam*을 접했을 가능성은 매우 크다. 게다가 게일의 저서 『코리언 스케치』(1898)에는 테니슨이 등장하기도 한다.[242]

특히 영국 성공회 신부이자 게일 연구가인 리처드 러트(C. R. Rutt,

1925~2011)는 게일이 영역한 시조들이 빅토리아풍의 작시법에 맞추어져 있다고 지적한 바 있었다.[243] 또 게일은 1923년 *Open Court*에 "Korean Literature"를 발표하고, 본 문학론에 이규보의 한시 「悼小女」를 "On the Death of a Little Daughter"라는 제목으로 발표한 바 있는데, 본 작품과 테니슨 작품과의 유사성을 언급한 선행연구도 있다.[244]

이에 따라 본 장에서는 "Creation"과 "A Great Thunderstorm in November"을 테니슨의 *In Memoriam*과 비교 혹은 대조하여 그 관련성을 밝히고자 한다. 먼저 *In Memoriam*의 "THE LARGER HOPE"라는 작품과 "Creation"을 비교하면 다음과 같다.

> That I, considering everywhere/ Her secret meaning in her deeds,
>
> (나는, 어디서나 「자연」의 행동 속에 깃들인/ 헤아릴 수 없는 뜻 생각하고,)
>
> "THE LARGER HOPE" 부분.[245]

*In Memoriam*의 역자 이세순은 본 작품을 가리켜 빅토리아조의 신앙을 뿌리째 흔들기 시작한 진화론의 영향으로 영생에 대한 회의와 절망이 가장 고조되어 나타나는 부분이라고 평했다.[246] 그런데 이와 유사한 표현은 "Creation"에도 이미 등장했다. "Creation"은 "I think of its affinity with this life of mine./ I look and meditate upon its depth ;"(나는 내 생명과의 유사함을 생각한다/ 들여다보고 그 깊음을 생각한다.)라고 말했다.[247]

> Be near me when my faith is dry,/ And men the flies of latter spring,/ That

lay their eggs, and sting and sing/ And weave their petty cells and die

　(내 곁에 있어다오, 내 믿음이 시들고,/ 알을 낳고 꽁무니로 쏘며 노래하고/ 조그만 집을 짓고 죽어 가는/ 늦봄의 벌 꼴인 인간이 시들 때.)

"BE NEAR ME" 부분.²⁴⁸⁾

*In Memoriam*의 "BE NEAR ME"에서는 벌이 알을 낳고 침을 쏘고 집을 짓고 죽어간다고 했다. 작품에서는 이에 대해 "weave their petty cells and die"라고 표현했다. 이를 직역하면 "작은 세포를 짜내고 죽는다"이다. 이 구절에서 진화론에 대한 비판적 태도를 볼 수 있다.²⁴⁹⁾

반면, "Creation"에서는 벌 대신 암탉이 알을 낳는다. 그리고 "There is life in the egg./ I think of its affinity with this life of mine."(여기 달걀 속에 생명이 있구나/ 나는 내 생명과의 유사함을 생각한다)고 말했다.²⁵⁰⁾ 이 구절은 진화론에 대해 찬양하는 태도를 가지고 있다. "Creation"과 *In Memoriam*의 시편들은 그 사유의 구조가 유사하지만 진화론을 바라보는 태도가 다르다고 볼 수 있다.

　Man, her last work, who seem'd so fair,/ Such splendid purpose in his eyes,

　　(자연의 최후의 작품인 인간은, 그의 눈에는/ 그다지도 아름답고 웅장한 목적으로 보였고,) …(중략)…

　Who trusted God was love indeed/ And love Creation's final law—

　　(진정 하느님은 사랑이시며, 사랑은/「창조」의 궁극적 법칙임을 믿었던 인간은—)

"ALL SHALL GO" 부분.²⁵¹⁾

이같이 *In Memoriam*의 "ALL SHALL GO"는 빅토리아 시대 인간의 믿음을 혼란스럽게 만드는 진화론에 맞서 끝내 하느님을 향한 믿음을 지켜낸다. "ALL SHALL GO"의 화자는 하느님의 사랑과 창조의 법칙을 신뢰하고 있다.

반면 "Creation"에서는 "Mother of the egg – creator. / She threats me with contempt, the young philosophier, me!"(알의 어미 – 창조자. / 그는 경멸 어린 눈초리로 나를 위협한다, 젊은 철학자인 나를!)라고 말한다.[252] 이것은 진화론을 바탕으로 하는 자연과학의 표현이며, 진화론을 생각하는 철학자에 대한 조롱이다. 이번에는 *In Memoriam*의 시편들과 "A Great Thunderstorm in November"를 비교해보자.

Risest thou thus, dim dawn, again, / And howlest, issuing out of night, / With blasts that blow the poplar white, / And lash with storm the streaming pane?

(희미한 새벽아, 너 또 다시 이렇게 일어나, / 밤으로부터 빠져나와, 미류나무에 불어 / 흰색 드러내는 광풍으로 울부짖으며, / 물줄기 흐르는 유리창을 폭풍우로 때리느냐?)

"THE DAWN" 부분.[253]

널리 알려졌다시피, *In Memoriam*은 테니슨이 친구 핼럼(A. H. Hallam, 1811~1833)의 죽음을 애도하여 지은 만가(輓歌)이다. 특히 *In Memoriam*은 밀턴의 Lycidas(1637), 셸리의 Adonais(1821)와 함께 영문학 사상 가장 뛰어난 3대 만가로 꼽힌다. "THE DAWN"은 핼럼의 첫 번째 제삿날 새벽, 폭풍우가 불어닥치는 날씨를 배경으로 하고 있다.

그런데 이와 유사한 장면은 이미 앞서 검토한 "A Great Thunderstorm in November"의 서두에서 다음과 같이 보았다. "The master of the Thunder strikes his sounding drum;/ The splitting heavens rip wide from pole to pole./ Like glittering snakes of gold across the sky, thus go his bolts of thunder./ Till all the frightened hairs on every head stand up./ The spouts of rain from off the silver eaves shoot waterfalls."(천둥의 주인이 그 울리는 북을 친다/ 도처에서 천상을 가르며,/ 하늘을 가로질러 황금으로 된 반짝거리는 뱀들처럼, 그의 뇌성이 퍼진다/ 모든 머리에 겁먹은 머리칼들이 쭈뼛이 설 때까지/ 은빛 처마로부터 떨어지는 빗물줄기는 폭포수를 이룬다.)[254]

단지, 작품의 서두에 천둥 치고 폭풍우 내리는 장면이 등장한다고 하여 게일이 영역한 이규보의 작품과 테니슨의 영시가 유사하다고 말할 수 없을 것이다. *In Memoriam*에는 "폭풍우와 절망 ➡ 기도 ➡ 긍정적 희망"의 순서를 거치는 작품들이 다수 등장하는데, "A Great Thunderstorm in November"도 같은 레퍼토리를 가지고 있다. 다른 사례로서 "ALL IS WELL"를 들 수 있다.

Well roars the storm to those that hear/ A deeper voice across the storm,// Proclaiming social truth shall spread,

(폭풍은 폭풍 저쪽의 보다 깊은 목소리를 듣는 사람들에게 잘도 으르렁대며,// 사회적 진리와 정의가 퍼지리라고 선포한다)

"ALL IS WELL" 부분.[255]

본 작품은 온 천지에 무질서·불의·폭력이 난무해도 그것은 일시적인 현상으로 머물며 결국 세상은 태평해질 것이라는 내용을 가지고 있다. *In Memoriam*의 역자 이세순은 본 구절에 대해, 과거에는 형식이 순수한 신앙심을 드러내는 종교적 방편이었지만 테니슨 시대에 접어들면서 형식과 신앙이 갈라지게 되었고, 시인은 이런 현상이 곧 치유될 것이라고 희망했다고 평했다.[256]

"A Great Thunderstorm in November"에서도 ""So acted that they changed the threatening hand of heaven to one of blessing."(하늘의 위협적인 손길을 축복으로 바꾸었습니다)라고 하며, 결국 폭풍우 속에서도 희망찬 시대가 올 것이라고 긍정한다.[257] 그리고 "FAME"에서는 순응하는 화자의 태도가 드러난다. 이 모든 것이 신의 뜻임을 알고 순종하는 마음을 갖고 있기 때문이다.

> I curse not nature, no, nor death;/ For nothing is that errs from law.
>
> (나는 저주치 않는다. 「자연」도, 아니 「죽음」까지도,/ 법칙에 어긋나는 것은 아무것도 없으니.)
>
> "FAME" 부분.[258]

"A Great Thunderstorm in November"에서도 다음과 같이 새벽의 폭풍우에 맞서, 신 앞에 순종하는 태도를 보여준다. "At last I knelt me down and joined my hands in prayer :/ "We are accustomed to Thy might and power," (결국엔 무릎을 꿇고 기도하려 내 손들을 모았네/ 우리는 당신의 힘과 권능에 익숙합니다.)[259] 이후에도 "A Great Thunderstorm in November"과 *In*

*Memoriam*과의 유사성은 계속 발견된다.

I dream'd there would be Spring no more,/ That Nature's ancient power was lost:

꿈속에 생각했네, 더 이상 「봄」은 없고,/ 「자연」의 옛적 힘은 상실되었다고.

—"AN ANGEL OF THE NIGHT" 부분.[260]

"A Great Thunderstorm in November"에서 화자는 천둥 치는 새벽에 일어나 이렇게 기도한다. ""In spring the thunder, and in autumn frost ;/ "But such a sight as this, with nature off the beaten track,"(봄에는 천둥, 가을에는 서리/ 그러나 자연이 상도를 벗어나는 이런 광경은)[261]

한편, "PROLOGUE: STRONG SON OF GOD"에서 신의 전능한 힘을 대하는 인간이 어떻게 그려지는지 살펴보자.

But vaster. We are fools and slight;/ We mock thee when we do not fear:

(한층 더 거대하게. 우리는 어리석고 미약하여/ 두려움 모를 때는 당신을 조롱하오나,)

—"PROLOGUE: STRONG SON OF GOD" 부분.[262]

마찬가지로 "A Great Thunderstorm in November"는 다음과 같이 말한다. "Makes mortals tremble and cold fear to palpitate."(유한한 인간들을 떨게 만들고 차가운 공포가 고동치게 합니다.)[263] 화자는 자연이 그 법칙을 벗어

나는 광경을 목도하고 자연 앞에 선 인간의 유한한 처지와 넓고 깊은 신의 뜻을 생각한다. 그리고 자연의 횡포와 세상의 무질서 · 불의 · 폭력 앞에서도 다음과 같이 하느님에 의한 긍정적 세상의 도래를 신뢰하는 것이다.

> Oh yet we trust that somehow good/ Will be the final goal of ill,
>
> (오, 그러나 우리는 믿는다, 아무튼 선이/ 악의 궁극적 귀착지가 될 것임을.)
>
> …(중략)…
>
> I can but trust that good shall fall/ At last – far off – at last, to all,/ And every winter change to spring.
>
> (나는 믿을 수밖엔 없다, 선이/ 마침내–먼 훗날–드디어 모두에게 내리고,/ 모든 겨울은 봄으로 변하리라고.)
>
> —"GOOD SHALL FALL TO ALL" 부분.[264]

이와 마찬가지로 "A Great Thunderstorm in November"는 다음과 같이 긍정적 세계의 도래를 기대하고 있다. ""My humble prayer would have our gracious King bend earnest thought/ "To make this most terrific stroke of Thine turn out a blessing,"(제 소박한 기도가 우리 자애로운 왕의 열성을 변화시켜/ 당신의 이 위대한 일격을 축복으로 바꾸기를)[265]

흥미로운 점은 "A Great Thunderstorm in November"의 마지막 행이다. 앞서 제시한 영역작품의 원작인 이규보의 한시 「十月大雷雹與風」은 다음과 같이 한 줄이 지워져 있다. "□□□□□□□/ 行且去矣身還康(□□□□□□ /이만 물러나 몸 편히 지내려네)"

근대 초기 서양인의 순수 한국 시가 탐색과 인식

그런데 게일은 "A Great Thunderstorm in November"에서 이 부분을 ""Not grinding death but just a gentle tickling on the skin that leaves one feeling better."라고 영역했다.[266] 이 부분을 직역하면 "죽음은 지속되는 것이 아니라 단지 피부를 부드럽게 간지럽힘으로 기분이 좋아지도록 할 뿐이기를"의 의미가 될 것이다. 때문에 탈자된 원문은 죽음과 관련된 내용이었을 것이라고 추측된다. 마찬가지로 *In Memoriam*의 "A MYSTIC HINT"에서도 이와 유사한 표현을 볼 수 있다.

(If Death so taste Lethean springs),/ May some dim touch of earthly things/ Surprise thee ranging with thy peers.// If such a dreamy touch should fall,/ O turn thee round, resolve the doubt;

((만일 「죽음」이 그렇게 망각천을 맛본다면),/ 속세의 것들에 대한 어떤 희미한 감촉이/ 동료들과 거니는 그대를 놀라게 할 법도 하련만,// 만일 그런 한 줄기 꿈같은 감촉이 내려와,/ 오, 그대를 돌이켜 세우고, 의심을 풀어준다면,)

　　　　　　　　　　　　　　　　　　　　　　　-"A MYSTIC HINT" 부분.[267]

죽음이란 감각을 잃어버린 상태이다. 감각을 유지하고 있다면 살아 있다는 증거가 된다. 죽음 이후에도 감촉을 느낄 수 있다면, 죽음 이후에도 지속되는 생명의 증거가 된다. 즉 부활의 증거가 된다.

죽음 이후 하늘에서 천상의 빛이 내려와 영혼을 따뜻하게 감싸고, 영혼은 꿈같은 감촉을 느끼며 천상으로 올라가 하느님의 곁에서 영생을 누린다. 이 부분은 종교적 상상력의 시적 표현이라고 볼 수 있다. 그렇다면 죽음이 피부를 간지럽히게 하고 기분을 좋아지게 한다는 내용을 가진 "A Great Thunderstorm in November"의 마지막 행도 구원받는 영혼에 대한 묘사로 볼 수 있을 것이다.

이처럼 "Creation"과 "A Great Thunderstorm in November"는 모두 빅토리아풍(Victorianism) 영시, 특히 테니슨의 *In Memoriam*과 매우 유사하다. 즉 "Creation"과 "A Great Thunderstorm in November"이 견지하고 있는 과학과 신앙에 대한 입장 차는 빅토리아 시대 영문학을 대표하는 담론이자 *In Memoriam*이 견지하고 있는 문학적 주제이기도 하다. 근대 초기 게일의 한국 시가 영역 활동은 테니슨으로 대표되는 빅토리아 시대 영문학과 긴밀히 제휴하고 있었던 것이다.

오상순의 「힘의 崇拜」와 이규보의 「十月大雷雹與風」을 영역하여 발표한 게일의 "Creation"과 "A Great Thunderstorm in November"을 단지, "new korea VS old korea", "니체의 철학 VS 유교 이데올로기(忠)", "철학자 VS 신앙자", "무신론 VS 유신론", "비판하는 철학자 VS 신에 순종하는 신앙인", "진화론 VS 창조론"으로만 볼 수는 없을 것이다.

게일이 오상순의 「힘의 崇拜」에서 니체 철학의 무신론을 보고 이규보의 「十月大雷雹與風」에서 신에 대한 믿음을 본 것은 *In Memoriam*의 문학적 지향점이 그의 문학관 저변에 자리하고 있었기 때문이었다. 게일이 남긴 한국 시가 번역물의 의의는 단지 "new korea VS old korea"와의 구도 속에서만 찾을 것이 아니라, "한국 근대시 세계 VS 한국 고전시 세계 VS 빅토리아 시대 영시"와의 삼각관계에서 찾을 필요가 있다.

근대 초기 서양인의 순수 한국 시가 탐색과 인식

KOREAN LITERATURE

(BY J.S.GALE)

KOREAN LITERATURE[268]

BY J.S. GALE

Some of the greatest thoughts that dominate Korean Literature have come from the misty ages of the past. How long ago who can say? We are informed by credible historians that a mysterious being called Tan—goon, a *shin—in*, god—man or angel, descended from heaven and alighted on the top of the Ever White Mountains where he taught the people their first lessons in religion. The date given is contemporary with Yo of China, 2333 B. C.

Whoever he may have been, or whatever he may have taught, must remain a mystery, but echoes of this strange being are heard all down through the ages. Many writers have recorded the story of Tan—goon. The opening pages of the *Tong—gook T'ong gam*, the greatest history of the early kingdoms of Korea, written about 1450 A.D., tell of his doings. The earliest contribution to Korean thought seems to have come from him, reminding the world that God lives, that he had a son, and that righteousness should rule in the earth.

A temple erected in his honor in Pyengyang, in 1429, still stands to—day. A huge altar, also, on the top of Mari Mountain not far from Chemulpo, date unknown, tells of his greatness in the distant past. Poets and historians, Koreans and Chinese, have sung his praises.

A second set of thoughts entered Korea more than a thousand years later, in 1122 B.C. This is indeed the most noted period in the history of the Far East as far as religion is concerned. Kings Moon and Moo of China came to the throne, "at the bidding of God," so reads the record. Moon had a brother called Choo-kong, who was a great prophet and teacher of righteousness. This group usurped the throne and inaugurated an era of justice, but Keui-ja, one of their associates, refused to swear allegiance, claiming that he would have to stand by the old king, good or bad. In this act he set the pace for all loyal ministers of East Asia who swear to serve only one master till death. Knowing Keui-ja's desire, the King gave him korea, or the East Kingdom, as his portion, and hither this great minister came.

He left an indelible impress upon the hearts of this people and all their future history.

In Pyengyang there was a temple erected to his worship in 1325 A.D. that still stands. A stone recording his life and acts was set up just before it, but was destroyed in the Japanese War of 1592. A new stone was erected in the last year of Shakespeare's life, and on it I find the following sentences :

"Keui-ja came, and his teaching was to us what the teaching of Pok-heui-si was to ancient China. What was this again but the plan and purpose of God?

"God's not permitting Keui-ja to be killed." (at the fall of the Eun Kingdom) "was because He reserved him to preach religion to us, and to bring our people under the laws of civilization. Even though Keui-ja had desired death at that time he could not have found it ; and even though King Moon had determined not to send him to Korea he could not have helped it."

An appreciation of the over-ruling sovereignly of God is something

근대 초기 서양인의 순수 한국 시가 탐색과 인식

as indelibly impressed on the Korean mind as it is on that of the Scotch Presbyterian. It came in with the pre—Confucian teachings of the East, and has had a mighty influence on the poets and thinkers of the peninsula ever since.

Following this for long centuries there is a blank. What Korea was busying herself about when Confucius and Buddha lived, no one can say. Page after page of time goes by all white and unrecorded.

About 220 B.C. we hear of the landing of bands of Chinamen, who had made their escape from the arduous labors of the Great Wall, and come to Korea to set up a kingdom on the east side of the peninsula, which they called Chin Han. Other kingdoms later came into being, called Ma Han and Pyun Han, three Hans in all, and so time dragged uneventfully on till the Christian era.

Fifty eight years before it, just about the time when Coesar was attempting his conquest of Britain, the Kingdom of Silla in the south—east corner of the Korean peninsula was established. A few years later one called Ko—ku—ryu was likewise set up in the north, and another in the south—west called Paik—je.

Here we had three kingdoms occupying the peninsula when the greatest event in its history took place, namely the incoming of Buddhism. In 372 A.D. it entered the north kingdom.

The wonderful story of the Buddha and his upward pilgrimage from a world of sorrow and sin to one of eternal bliss, conquered all hearts. The Koreans took to it as a thirsty man to water, and while they did not cast aside the great thoughts passed on to them by Tan—goon and Keui—ja, Buddha ruled supreme.

We are told that black men from India came preaching this religion. This was Korea's first introduction to alien races, a grateful and appreciated introduction. Their visits continued all the way from 400 to 1400 A.D., as Chi—jong, one of the most noteworthy of the men from beyond the Himalayas, died in 1363.

The most interesting monument in existence to—day bearing witness to this fact, is the cave—temple situated near the old capital of Silla, Kyung—joo. The writer once crossed the hill to pay it a visit. As he reached the highest point of the pass, away to the east lay the Sea of Japan, with the mottled hummocks of smaller ridges lying between him and the shore. A short distance down the hill he came to the cave—temple, Entering by a narrow way he found himself in a large hall with the Buddha seated in the middle and many figures in bas—relief on the walls about. One was Kwannon. Others were stately and graceful women quite unlike any types seen in the peninsula or China ; others again, seemed to represent these far—off men of India — who wear strange half Shylock faces, types of the visitors, doubtless, who came preaching the good news of the Buddha 1500 years ago.

The present Prime Minister and former Governor General of Chosen, had plaster casts made of them and placed in the museum of Seoul in 1915.

Buddhism besides being a religious cult, introduced Korea to the outside world and brought in its train arts and industries that made of this people a great and highly enlightened nation.

With the middle of the seventh century we find Korea disturbed by internal troubles. The three kingdoms were fighting against each other with no likelihood of victory for any of them. The great Tangs were on the throne of China and Korea had already come to acknowledge them as the suzerain state.

A young prince of Silla, by name Kim Yoo—sin, disturbed by the unsettled condition of his native land, went to the hills to pray about it. We are told in the *History of the Three Kingdoms* (written in 1145 A.D.) that while he fasted and prayed to God and the Buddha, an angel came to him and told him what to do. He was to seek help of the Tangs. Thither he went, to the great capital Mak—yang, where his mission was accepted and an army sent to take Silla's part.

The result was that in 668 A.D. all the country was made subject to Silla and placed under the suzerainty of the Middle Kingdom.

An old pagoda erected at that time, commemorating the event, stands near the town of Kong—joo. Its long inscription down the face is one of the early literary remains extant.

From 700 to 900 A.D. there are no books to mark the progress of events, and yet it was evidently a period of great literary activity. Many monumental remains still stand that tell of master Buddhists who lived through these two centuries. Some of these stones are eight feet high and four feet wide and have as many as two thousand characters inscribed on them, so that they constitute a careful and concise biography.

Here are extracts from one erected in 916 A.D.

"A Life of the Teacher of two Kings of Silla, called by the StateMaster Nang—kong⋯

"His religious name was Haing—juk, Walking in Silence⋯

"His mother's name was Sul. In a dream of the night she met a priest who said to her, 'From a past existence I have longed to be your son.'"

"Even after waking she was still moved by the wonder she had seen which she told to her husband. Immediately she put away all flesh foods and cherished with the utmost reverence the object of her conception, and so on the thirtieth day of the twelfth moon of the sixth year of T'ai—wha (832 A.D.) her child was born.

"His appearance and general behavior differed from that of ordinary mortals, for from the days of his childhood he played with delight at the service of the Buddha. He would gather together sand and make pagodas ; and bring spices and make perfume. From his earliest years he loved to seek out his teacher and study before him, forgetting all about eating and sleeping. When he had attained to a thoughtful age he loved to choose great subjects and write essays thereon. When once his faith was established in the golden words of the Buddha, his thoughts left the dusty world and he said to his father, 'I would like to give myself up to religion and make some return to my parents for all the kindness they have shown me.' The father, recalling the fact that he had been a priest in a former existence, realized that his dreams had come true.

근대 초기 서양인의 순수 한국 시가 탐색과 인식

He offered no objection, but gave a loving consent. So he cut his hair, dyed his clothes, dressed in black and went forth to the hardships and labors of the religious life. He went here and there in his search for the 'sea of knowledge'… finding among the 'scattered flowers' beautiful thought and pearls of the faith.

"His teacher said to his other pupils, 'Prince Sak—ka—mo—ni was most earnest in his search for truth, and An—ja loved best of all to learn from the Master (Confucius). I used to take these things as mere sayings but now I have found a man who combines both. Blue—eyed and red—bearded priests of whatever excellence cannot compare with him. (Men of India?)

"In the ninth year of Tai—chong (855 A.D.) at the Kwan—tai Alter, in the Pok—chun Monastery, he received his confirmation orders, and so from that time on with his pilgrim bag and staff, he went to live in the grass hut of the religionist. His love for the faith was very great, and he longed to enter into the hidden recesses, where he might attain the desires of the heart."

"(He visited the capital of China) and on the birthday of the Emperor was received in audience. His Majesty's chief desire was to be a blessing to the state and to advance the deep things of religion.

"He asked of the Master, "What is your purpose in coming thus across the Great Sea?"

"The Master replied, "Your humble servant has been so blessed as to see the capital of this great empire, and to hear religion spoken favorably of within its precincts. To—day I bathe in the boundless favor of this holy of holies. My desire is to follow in the footsteps of the Sages… bring greater light to my people, and leave the mark of the Buddha on the hearts of my fellow countrymen."

"The Emperor, delighted with what he said, loved him dearly and showered rich favors upon him."

"In the seventh moon of autumn the Master, longing for the beauty of nature, retired to his temple in Mam—san. Here he lived in touch with the Four Great Hill Peaks, and near the South Seas. The waters of the streams that rushed by were like the rivers of the Golden Valley, the hill peaks, too, fought battles for supremacy like the Chaga peaks of China, a worthy place for a great master of religion to dwell in.

"In the second moon of the following year (916 A.D.) he realized that he was unwell and that sickness had overtaken him. On the twelfth day he arose early in the morning and said to his disciples, "Life has its appointed limits, I am about to die. Forget not the truth, be diligent in its practice, I pray you, be diligent."

"He sat as the Buddha, with his feet crossed on the couch, and so passed away. His age was eighty—five. For sixty—one years he had been a learner of the truth.

"At his death the clouds gathered dark upon the mountains and the thunder rolled. The people beneath the hill loooked up and saw halos of glory while the colors of the rainbow filled the upper air. In the midst of it they saw something that ascended like a golden shaft.

근대 초기 서양인의 순수 한국 시가 탐색과 인식

"The Master's will had been submissive and so God had given him something better than a flowery pavilion to shelter him ; and because he was a master of the Law, a spiritual coffin bore him into the heights. His disciples were left broken—hearted as though they had lost their all."

"For years he had been a distinguished guest of the state, serving two kings and two courts … He made the royal house to stand secure so that demon enemies came forth and bowed submission … His departure from earth was like the fairy's ascent to the heights of heaven… There was no limit to his wisdom and his spiritual insight was most perfect."

"His disciples made request that a stone be erected to his memory and so His Majesty undertook the grateful task and prepared this memorial to do him honor. He gave him a special name, calling him Nang—kong. *Light of the Heavens*, and his pagoda, Paik—wul Soo—oon, *White Moon amid the Clouds*.

"A wise and gifted teacher he,
Born in Silla by the sea.
Bright as sun and moon are bright,
Great as space and void are free…

"Written by his disciple, Member of the Hallim, Secretary of War, etc. Ch'oi In—yun. (916 A.D.)"

참고자료 KOREAN LITERATURE (BY J.S.GALE)

This is an example of the kind of men and thoughts that ruled Korea in the earliest days of her literature.

While the priest Hang—kong lived there lived also a man who is called the father of Korean literature, Ch'oi Ch'i—wun (858—951 A. D.) whose collected works are the earliest productions we have What did he write about? On examination we find congratulations to the Emperor, to the King, to special friends ; prayers to the Buddha ; Taoist sacrificial memorials ; much about nature, home life etc.

Here are a few samples :

The Tides.

"Like a rushing storm of snow or driving sleet, on you come, a thousand rollers from the deep, thou tide. Over the track so deeply worn again you come and go. As I see how you never fail to keep the appointed time, I am ashamed to think how wasteful my days have been, and how I spend in idle dissipation the precious hours.

"Your impact on the shore is like reverberating thunder, or as if the cloud— topped hills were falling. When I behold your speed I think of Chong—kak and his wish to ride the winds ; and when I see your all—prevailing majesty I think of the sleeping dragon that has awakened."

근대 초기 서양인의 순수 한국 시가 탐색과 인식

The Swallow.

"She goes with the fading summer and comes with returning spring, faithful and true is she, regular as the warm breezes or the chilly rains of autumn. We are old friends, she and I. You know that I readily consent to your occupying a place in my spacious home, but you have more than once soiled the pained rafters, are you not ashamed? You have left hawks and uncanny birds far off in the islands of the sea, and have come to join your friends, the herons and ibis of the streams and sunny shallows. Your rank is equal to that of the gold finch I should think, but when it comes to bringing finger—rings in your bill as gifts to your master you fail me."

The Sea-Gull.

"So free are you to ride the running white—caps of the sea rising and falling with the rolling waters. When you lightly shake your feathery skirts and mount aloft you are indeed the fairy of the deep. Up you soar and down you sweep serenely free. No taint have you of man or of the dusty world. Your practised flight must have been learned in the abodes of the genii. Enticements of th rice and millet fields have no power to woo you, but the spirit of the winds and moon are your delight. I think of Chang—ja who dreamed of the fairy butterfly. Surely I too dream as I behold you."

Tea.

"To—day a gift of tea comes to me from the general of the forces by the hand of one of his trusty aides. Very many thanks. Tea was first grown in Ch'ok and brought to great excellence of cultivation. It was one of the rareties in the garden of the Soo Kingdom(589—618). The practice of picking the leaves began then, and its clear and grateful flavors from that time were known. Its especially fine qualities are manifest when its delicate leaves are steeped in a golden kettle. The fragrance of its breath ascends from the white goblets into which it is poured. If it were not to the quiet abode of the genii that I am invited to make my respectful obeisance, or to those high angels whose wings have grown, how could ever such a gift of the gods come to a common *literatus* like me? I need not a sight of the plum forest to quench my thirst, nor any day—lilies to drive away my care. Very many thanks and much grateful appreciation.

By Night.

Ch'oi Ch'ung(986—1068 *A.D.*)

"The light I saw when I awoke,

Was from the torch that has no smoke.

The hill whose shade came through the wall,

Has paid an unembodied call.

The music of the pine tree's wings

Comes from a harp that has no strings.

I saw and heard, the sight and song,

But cannot pass its joys along."

Kim Poo—sik(1075—1151 A.D.) is the earliest historian of Korea. He it is who wrote the *Sam—gook Sa* or *History of the Three Kingdoms*, one of the most highly prized books to—day.

Two selections from his pen are given herewith that furnish the reader with a slight glimpse of the far—off world of the days of William the conqueror. Kim Poo—sik was not only a noted *literatus* but a great general. He was a man of immense height who quite overawed the world by his commanding stature.

The King's Prayer to the Buddha.

(Written by Kim Poo—sik)

"This is my prayer ; May the indescribable blessing of the Buddha, and his love that is beyond tongue to tell, come upon these forsaken souls in Hades, so that they may awaken from the misery of their lot. May their resentful voices be heard no more on earth, but may they enter the regions of eternal quiet. If this burden be lifted from me I shall be blessed indeed, and this distressing sickness will give place to joy. May the nation be blessed likewise and a great festival of the Buddha result."

The Dumb Cock.

"The closing of the year speeds on. Long nights and shorter days they weary me. It is not on account of lack of candle light that I do not read, but because I'm ill and my soul is distressed. I toss about for sleep that fails to come. A hundred thoughts are tangled in my brain. The rooster bird sits silent on his perch. I wait. Sooner or later he will surely flap his wings and crow. I toss the quilts aside and sit me up, and through the window chink come rays of light. I fling the door wide out and look abroad, and there off to the west the night—stars shine. I call my boy, "Wake up. What ails that cock that he does not crow? Is he dead, or does he live? Has some one served him up for fare, or has some weasel bandit done him ill? Why are his eyes tight shut and head bent low, with not a sound forthcoming from his bill?"

"This is the cock—crow hour and yet he sleeps. I ask "Are you not breaking God's most primal law? The dog who fails to see the thief and bark ; the cat who fails to chase the rat, deserve the direst punishment. Yet, death itself would not be too severe." Still, Sages have a word to say : Love forbids that one should kill. I am moved to let you live. Be warned, however, and show repentance."

Other writers follow, the best of all being Yi Koo—bo(1168—1241 A.D.). He was not a Buddhist but a Confucianist, and yet all through his writings is to be found a note of respect for the sincere religion of the Buddha.

He was an original character with a lively imagination, and a gift of expression possessed by no succeeding writer.

근대 초기 서양인의 순수 한국 시가 탐색과 인식

Here are a few samples of what he wrote :

The Body.

"Thou Creator of all visible things art hidden away in the shadows invisible. Who can say what Thou art like? Thou it is who hast given me my body, but who it is that puts sickness upon me? The Sage is a master to rule and make use of things, and never was intended to be a slave ; but for me I am the servant of the conditions that are about me. I cannot even move or stand as I would wish. I have been created by Thee, and now have come to this place of weariness and helplessness. My body, as composed of the Four Elements was not always here, where has it come from? Like a floating cloud it appears for a moment and then vanishes away. Whither it tends I know not. As I look into the mists and darkness of it, all I can say is, it is vanity. Why didst Thou bring me forth into being to make me old and compel me to die? Here I am ushered in among eternal laws and compelled to make the best of it. Nothing remains for me but to accept and to be jostled by them as they please. Also, Thou Creator, what concern can my little affairs have for Thee?"

On Flies.

"I have ever hated the way in which the fly continually annoys and bothers people. The thing that I dislike most of all is to have him sit on the rims of my ears and settle squabbles with his neighbor. When I am ill and see him about me. I am afflicted with a double illness over and above my original complaint. In seeing the multitude of his breed swarming about, I cannot but make my complaint to God.

A Prayer to God offered by the King
and Minister of Korea, asking for help
against on invasion of the Kitan Tartars.
BY YI KYOO-BO.

"We, the King and Officers of the State, having burned incense, bathed and done the necessary acts of purification for soul and body, bow our heads in pain and distress to make our prayer to God and the angels of heaven. We know there is no partiality shown in the matter of dispensing blessing and misfortune, and that it depends on man himself. Because of our evil ways God has brought death and war upon our state by an invasion of the Tartars, who have, without cause, encroached upon our territory, devastated the outlying lands and murdered our people. More and more are they encircling us till now the very capital itself is threatened. Like tigers are they after flesh, so that those ravished and destroyed by them cover the roadways. In vain are all our thoughts of ways and means to defend ourselves, and we do not know what to do to meet the urgency of the situation. All we can do is to clasp our bowing knees, look helplessly up and sigh.

"These Tartars are our debtors really, and have received many favors from us, and heretofore we have never had any cause to dislike them. Of a sudden has their fierce dread flood broken in upon us. This cannot be by accident but must, we know, be due wholly to our sins. But the past is the past, and our desire it to do right from now on. Grant that we may not sin. Thus it is that we ask our lives from God. If Thou, God, dost(?) not wholly intend to destroy our nation, wilt Thou not in the end have mercy? This will be to us a lesson and so I write out this prayer as we make our promise to Thee. Be pleased, oh God, to look upon us."

To his Portrait and the Artist.

"'Tis God who gave this body that I wear,

The artist's hand sends me along through space.

Old as I am I live again in you,

I love to have you for companion dear.

He took me at I was, an old dry tree,

And sitting down reformed and pictured me.

I find it is my likeness true to life,

And yet my ills have all been spelled away.

What power against my deep defects had he

That thus he paints me sound, without a flaw?

Sometimes a handsome, stately, gifted lord.

Has but a beast's heart underneath his chin ;

Sometimes a cluttered most ill—favored waif

Is gifted high above his fellow—man,

I am so glad there's nothing on my head,

For rank and office I sincerely loathe.

You have put thought and sense into my eye,

And not the dust—begrimed look I wear.

My hair and beard are lesser white as well ;

I'm not so old as I had thought to be.

By nature I am given o'er much to drink,

And yet my hand is free, no glass is seen.

I doubt you wish to point me to the law,

That I a mad old drunkard may not be.

You write a verse as well, which verse I claim

Is equal to the matchless picture drawn."

The Angel's Letter.

"On a certain month and a certain day a minister in the Palace of God sent a golden messenger to earth with a letter to a certain Yi Kyoo—bo of Korea. It read : 'To His Excellency who dwells amid the noise and confusion of the mortal world, with all its discomforts. We bow and ask the state of your honored health. We think of you and long for you as no words can express, for we too serve on the height hand of God and await His commands. You,

근대 초기 서양인의 순수 한국 시가 탐색과 인식

our exalted teacher, were formerly a literary attendant of the Almighty, took his commands and recorded them, so that when spring came it was you who dispensed the soft and balmy airs, that brought forth the buds and leaves. In winter too, you scattered frost and wind, and sternly put to death the glory of the summer. Sometimes you sent wild thunder, wind and rain, sleet and snow, clouds and mist. All the things that God commanded for the earth were written by your hand. Not a jot did you fail to fulfil his service, so that God was pleased and thought of how he might reward you. He asked a way of us and we said in reply, 'Let him lay down for a little the office of secretary of heaven and go as a great scholar among men, to wait in the presence of a mortal king and serve as his literary guide. Let him be in the palace halls of mankind, share in the government of men, and make the world bright and happy by his presence. Let his name be sounded abroad and known throughout the world, and, after that, bid him back to heaven to take his place among the angels. We think that in so doing You will fitly reward his many faithful services."

"God was pleased at this and gave immediate commands that it be carried out. He showered upon you unheard—of gifts and graces, and clothed you with the commanding presence of the Superior Man, so that you might have a hundred chariots in your train, and ten thousand horses to follow after. He sent you forth and had you born into the earth in that nation that first catches the light of the morning as it rises from the Poosang Mountains. Now, several years have passed, and we have not heard of your special rank, or of your having won a name. Nothing startling has been done by you, and no great book written. Not a sound has reached the ears of God. We were anxious about this and so were about to send a messenger to find out, when, unexpectedly, there came one from earth to us of whom we made inquiry.

"He replied, "The man called Kyoo—bo is in greatest straits, most far removed from any sort of honor. He is given over to drink and madness : goes here and there about the hills and by the graves writing verses ; but no seal of state hangs from his belt, nor wreath adorns his brow. He is like a dragon that has lost its pool, or a dog in the house of mourning ; an ill—fated lonely literatus, he, and yet all from the highest to the lowest know his name. Whether it be that he is so extravagant that he has not been used, or because they have have not chosen him I do not know."

"Before he had finished this, however, we gave a great start and struck our hands in wonder saying, 'His earth companions are evidently haters of the good, and jealous of the wise. We must take note.'

"Thus it was we wrote a memorial embodying what had been told and God regarded it as right. He has prepared a great lock and key for these offenders, and now meditates setting matters straight. Litter by little your wings will unfold, and your footsteps will take their upward way toward the heights. Far will you enter into the halls of fame. To the Chamber of the Ministry though not equal to heaven, you will proceed. How glorious your way will be ǀ Now indeed you will drink your fill of heart's best joy, and the splendor of its dusty way. We, friends of yours, who are in heaven, impatient wait your high return. The harp that ought to dispense sweet music has dust upon its strings, and sad, awaits your coming. Your halls are silent as they mourn your absence, longing once again to open wide their gates. God has made ready sweetmeats of red dew, and butter of the golden mists of morning on which He feeds His angel hosts so freely. Make haste to fulfill your office among men and come back to heaven. First, however, you must attain to greatness of name and merit, wealth and honor. What we urge upon you is, be diligent, be diligent. We bow with this and present our grateful honor."

This is a piece of imaginative work, unusual to say the least. It was evidently written as a protest against his own adverse fortunes from a political point of view.

Yi Kyoo—bo writes on a wide variety of subjects. He touches nature again and again. Here is a translation of one of his poems on the family life :

On the Death of a Little Daughter
"My little girl with face like shining snow,
 So bright and wise was never seen before,
 At two she talked both sweet and clear,
 Better that parrot's tongue was ever heard.
 At three, retiring, bashful, timid, she
 Kept modestly inside the outer gates.
 This year she had been four
 And learned her first wee lessons with the pen.

What shall I do, alas, since she is gone?

A flash of light she came and fled away,

A little fledging of the springtime, she ;

My little pigeon of this troubled nest.

I know of God and so can camly wait,

But what will help the mother's tears to dry?

I look out toward the distant fields,

The ears shoot forth upon the stalks of grain,

Yet wind and hail sometimes await unseen,

When once they strike the world has fallen full low.

'Tis God who gives us life ;

'Tis God who takes our life away.

How can both death and life continue so?

These changes seem like deathly phantoms drear.

We hang on turnings of the wheel of fate,

No answer comes, we are just what we are.'"

Here is one of his little quartettes that touches nature :

The Cherry.

"How wonderful God's work!

So delicately mixed his sweet and bitter!

And yet your beautiful rounded shape

근대 초기 서양인의 순수 한국 시가 탐색과 인식

And rosy hue invite the robber bird."

As time passes on other masters follow, one Yi Che—hyun, specially noted. He lacks the versatility of Yi Kyoo—bo but in power of expression even surpasses him.

He was sent in the year 1314 as a young envoy to China to the court of the Mongol emperors. A memorial was presented about that time that Korea be made a province of China proper. Yi Che—hyun, startled at this, wrote so powerful and persuasive a rejoinder that the emperor cancelled the memorial and let Korea stand.

He traveled much in China, and so I give one of the selections that he wrote there :

The Whangho River.

"Down comes the rolling Whangho from the west, with sources in the fabled peaks of Kol—yoon. The envoy of great Han built him a raft and went to see its fountain—head. From the heart of the hills it rushes forth, a thousand measures downward to the sea. He found it was the Milky Way that pours its torrents eastward and comes sweeping toward us. By nine great circles it outspans the earth even to the farthest limits of the eye.

"It is like a battle fierce between the Hans and Chos ; the crash of ten thousand horse in an onset on the plain. Slantwise it comes rolling in big battalions, ever ceaseless. When it mounts and overflows the fields and meadows, people's hearts forsake them from pale fear. By the opening gates of the mountains its way is cloven eastward. The fierce strokes of its blade cut a thundering pathway toward the sea.

"When I was young I played upon the bosom of the deep and wished to ride the fabled Moni. Now I would fain drink from the waters of this Western river. As fair they seem to me as the mystic lakes of dreamland that beckon to my thirsty soul. I would launch forth by boat from its sandy shallows. As I sit high and look upon it my soul and spirit are overwhelmed with awe. The fishy breezes kiss my startled gaze ; great waves mount high in view like castled walls. The tall masts in the distance jostle the mountain tops. Top sailor shouts his shrilly cry while sweat outlines his tightened chin. Though the day darkens far he still must go before he lights upon the gentle village of the plain. I am not Maing Myung—si who set fire to his boats in order to settle accounts with the people of Chin ; nor am I the man who threw his jewels into its boiling deep. Still, I like them, and my soul has longed to see this stately river. If the iron ox that stands upon the shore had wits to prompt his sleepy soul he would laugh at such as me and say, "What brought you here through wind and weather and all the dangers of the way?"'

Before Yi Che—hyun has passed away from the world there was born into Korea's circle of literati a most famous man to be, called Yi Saik who dates from 1328 to 1396 A.D. He is regarded as the greatest of Korea's authors, and yet the writer must confess that his investigation of his works has not led to that conclusion. A most voluminous writer he is, his complete works, numbering some fifty volumes, cannot be bought for less than thirty dollars.

근대 초기 서양인의 순수 한국 시가 탐색과 인식

The charm of best originality seems lacking. He is a great master of the laws of Confucian composition, and from that point of view his works are faultless.

Two short examples translated herewith give only the thought, the real power of his Chinese composition is not evident.

Concerning Himself.

"This form of mine is small and poorly built, so passers think me but a mere hunchback. My eyes defective are, and ears, too dull to hear. When some one speaks I look around to see who it is, and act much like a frightened deer that haunts the busy mart.

"Even though some one were found to be my friend, he soon would change his mind and cast me off. Though I should show mine inner heart and soul to prove I was a grateful man, he'd run the faster. So my friendships end. Although my face may shine and lips speak sweetest things, to voice my heart, I still would be the northern cart that finds itself within the southern kingdom. Who is there then to fit my arrow—head or wing my shaft for me? Who comfort lends or listens to my woe?

"Away into unfathomed depths have gone the friends once loved and trusted, like trees that hide within the evening mist. If I regard myself I am as lonely as a single lock of hair upon a bullock's back. Whose teeth will ever part to speak his grateful word in my behalf? And yet just wherein have I sinned, or how departed from the rightful way? My wish and my desire stand firm toward the truth. Where have my deeds been sordid, low or mixed with cunning? I am a straight and honest man, why then this doubt and disregard of me? My wish is one to teach all men the way. Why is my learning held of no account? In study my desire is full attainment. Where are the flaws? What have I failed to do? I hold the plummet line of rectitude.

"My, failure, faults, and lack of round success are due to the one wish I had that good would rule. I may have failed, how far I cannot know, yet why expect success from him who's but a beast, whose name is counted over on the finger—tips, as though he were a bandit chief?

"Faults lie with you, my critics, you must change. God who sees full well and knows me he will count me clear. The law required, with all its feet and inches I have kept. No matter who, if he confess his faults, his past is buried evermore. To say I'm right and good, what joy is that? To jeer and treat me with contempt what care? Let me but so conduct myself that I be not an agent of the dark. To keep God's law this be my all in all."

Japan and the Japanese

(Written on the departure of Chung Mong—joo as special envoy, 1377 A.D.)

"There is a king who dwells off toward the east, proud in his own esteem. He claims the belt he wears is righteousness, his robe the kindliest sheen. Stern his appearance but gentle is his speech. How wage the world he holds his even poise, strong to endure. He recks not of this little life, and death the counts

근대 초기 서양인의 순수 한국 시가 탐색과 인식

an honor. Not even Pook–goong could stand a match to him. His land recalls the warlike states of Choo. Fearful he is enough to scare one's locks straight stiff, or make one's soul jump from his skin. Be it distress that overtakes, he will accept no pity from another. A single look askance and he takes vengeance on the same. He counts not father, brother, son, if they oppose his way ; his wife and daughters he regards as slaves, not even dogs or swine are they. His thought is in a name. 'Tis better death than lose one's honor, and he who soils his office mars the state. He'd make his people a refined, steel–hardened race. Though they regard it thus why should we blame? What runs its fullest source is bound to change, and change within a morning. Then we shall see what gentle habits will possess his world.

"Alas, we Chosenese know not to change, their boats and carts go everywhere while I have never crossed the threshold of my door Theirs is the Sunrise Kingdom linked to the fairy world. All things that live and grow abound on every side. The sun that shines upon its level plains lights up its world with splendor. How comes it that the evil–hearted rise from such a land, and like mad dogs bound forth on all who pass? Their wicked name has gone throughout the earth and all the world dislikes them. The thoughtful, learned, and good, regard this eastern state with deep dispair. The end will be a whole world roused to war. And then her fate? We two stand side by side. Let's think how China's states went down. Cho lost her monkey and the fell result enveloped all the forest. Now we enter upon friendly relations but as we have no heart in it they will be sure to fail. Deceit is all they spell. You, a spiritually enlightened man, are trusted with a great commission. Full powers have you in hand, go forth. Be careful of the food you have to eat and hold your office with right diligence and care. I am unable to write all my heart would say. Thoughts unexpressed rise still within my soul."

The Korean viewed the Japanese in those days much as the Englishman viewed the Frenchman. Beneath his highly contemptuous manner, however, there was also a high regard. So it has been. So it is to-day. Koreans enjoy a safety of life and property as never before, have a door of opportunity open to them that they never could have erected themselves, and they give promise of not only forming an honorable part of the great Empire of Japan but of contributing something original to this illustrious nation.

Chung Mong-joo who went as enjoy to Japan in 1377 A.D. is also regarded as one of Korea's foremost literary men. He is the model, too, of the faithful courtier like Keui-ja, for he refused in 1392 to swear allegiance to the new dynasty, and died a martyr. His blood marks are pointed out in all sincerity to-day on the stone bridge in Songdo where he fell. Perhaps the fact that he lived up to this golden rule of the Far East, Serve only one Master, makes his writings more valuable than they would otherwise be. He went several times to Nangking on messages from his king and was once shipwrecked on the way. He is regarded by both Chinese and Japanese as a great master of the pen.

In Nangking

BY CHUNG MONG–JOO.

"I, Chung mong–joo, in 1386, fourth moon, with my commission from my king was in Nangking in the Assembly Hall. On the twenty–third day the Emperor, while seated in the Gate of Divine Worship, sent a palace maid–in–waiting with a command saying that His Imperial Majesty desired me to come. I went and he talked with me face to face. What he said was most pracious. He ordered the yearly tribute paid by Korea, gold, silver, horses, cotton goods etc. to be entirely remitted. Greatly moved by this I wrote the accompanying song :

"A palace–maid at noon passed the command,
And had me called before the Dragon Throne.
To hear his gracious words it seemed to me that God was near ;
Unbounded favors from his hand reach out beyond the sea.
I did not realize that in my joy my eyes were filmed with tears.
All I can say is May His Gracious Majesty live on forever.
From this day forth we thrive, land of the Han, how blessed.
We plough and dig our wells and sing our songs of peace."

In Japan
BY CHUNG MONG–JOO
(1377 A.D.)

"A thousand years have stood these islands of the deep,

By 'raft' I came and long I linger here ;

Priests from the hills are asking for a song ;

My host, too, sends me drink to cheer the day.

I am so glad we can be friend and kind to one another,

Because of race let's not be mean in mind or jealous.

Who then can say one is not happy on a foreign soil?

Daily we go by chair to see the plums in blossom."

"Raft" is a reference to the supposed means of conveyance by which Chang Gon went all the way to Rome and to the Milky Way.

In the next century, the fifteenth, a greater number of writers appear, historians, as well, like Su Ku-jung who wrote the Mirror of the Eastern Kingdom, the best history we have of the early days of his people. All through it he shows himself a man of level head who draws a definite line between mere superstition and facts for history to record.

And yet it was a day of superstition, for one of his contemporaries, Sung Hyun, writes endless stories like the following :

Odd Story of a Priestess.

"Minister Hong, once on a journey was overtaken by rain and went into a side way where was a house in which he found a young priestess about eighteen years of age. She was very pretty and possessed of great dignity. Hong asked her how it came that she was here by herself in this lonely place, when she replied, "We are three of us, but my two companions have gone to town to obtain supplies.'

"By flattery and persuasive words he promised, on condition that she yield herself to him, to make her his secondary wife on such and such a day of the year. The priestess all too readily believed him and awaited the day, but he never came, and the appointed season passed without sound of football or shadow of any kind. She fell ill and died.

"Later Hong was sent south as provincial governor of Kyung—sang Province. While there he one day saw a lizard run across his room and pass over his bed quilt. He ordered his secretary to throw it out, and not only did he so but he killed it as well. The next day a snake made its appearance and crawled stealthily into the room. The secretary had this killed also, but another snake came the day following.

"The governor began questioning the manner of this visitation and thought of the priestess. Still he trusted in his power and position to keep safe from all such trivial evils, so he had them killed as they came and gave orders accordingly. Every day snakes came, and as day followed day they grew larger in size and more evil in their manner, until at last great constrictors came pouring in upon him. He had his soldiers marshalled with swords and spears to ward them aff and yet somehow they managed to break through. The soldiers slashed at them with their sabres ; fires were built into which the snakes were flung and yet they increased in numbers and grew. In the hope of placating this enemy the governor caught one of them and put it in a jar letting it loose at night to crawl about as it pleased over his bed and returning it once more to its place when the day dawned. Wherever he went, about the town or on a journey, he had a man carry the snake along in the jar, Little by little the governor's mind weakened under the strain of it, his form grew thin and shortly afterward he died."

This unsavory thread of superstition runs all through the writings of East Asia and shares a large part in the mental fabric of the race to-day. The law of reason that governs modern thought is more and more making its influence felt through the newspaper and the modern book, and this old world is bound to disappear. The fairy part of it we would still see live ; but the snakes and devils may well go.

As time passed on and the rumor became fixed that Koryu met its fate in 1392 through the evil influence of the Buddha, Confucianism become more and more the state religion and the literati were the scribes and Pharisees who taught and explained its sacred books. While many of them were merely creatures of the letter, some again were devoutly religious and apparently most attractive characters. One named Yi Ⅰ ,or Yool—gok as he is familiarly called, lived from 1536 to 1584. His name to—day is recorded in the Confucian Temple No. 52 on the east side of the Master, and is revered by his people as no other.

근대 초기 서양인의 순수 한국 시가 탐색과 인식

The Flowery Rock Pavilion.

BY YI I.

"Autumn has come to my home in the woods, how many things I would like to write about. The long line of river goes by us on its way from heaven. The red leaves, tinted by the frost look upward toward the sun. The hills kiss the round circle of the lonely moon. The streamlets catch the breezes that come a thousand li. Why are the geese going north I wonder. Their voices are lost in the evening clouds."

God's Way.

BY YI I.

"God's way is difficult to know and difficult to explain. The sun and moon are fixed in the heavens. The says and nights go by, some longer, some shorter. Who made them so, I wonder. Sometimes these lights are seen together in the heavens ; sometimes again they are eclipsed and narrowed down. What causes this? Five of the stars pass us on the celestial warp, while the rest swing by on the wings of the woof. Can you say definitely why these things are so? When do propitious stars appear, and when, again such wild uncanny things as comets? Some say that the soul of creation has gone out and formed the stars. Is there any proof of this?

"When the winds spring up where do they come from, and whither do they go? Sometimes though it blows the branches of the trees do not even sing ; at other times trees are torn from their roots and houses are carried away. There is the gentle maiden wind, and then there is the fierce typhoon. On what law do these two depend?

"Where do the clouds come from and how again do they dissipate into the five original colors? What law do they follow? Though like smoke, they are not smoke. Piled up they stand and swiftly they sail by. What causes this?

"The mists, too, what impels them to rise? Sometimes they are red and sometimes blue. Does this signify aught? At times heavy yellow mists shut out all the points of the compass, and again a smothering fog will darken the very sun at noon.

"Who has charge of the thunder and the sharp strokes of lightning? The blinding flashes that accompany them and their roarings that shake the earth? What does it mean? Sometimes they strike men dead. What law directs this I wonder?

The frosts kill the tender leaves, while the dew makes all fresh and green again. Can you guess the law by which these are governed?

"Rain comes forth from the clouds as it falls, but again there are dark clouds that have no rain. What makes this difference? In the days of Sillong rains came when the people wished them, and desisted when their hopes were fulfilled. In the Golden Age they fell just thirty-six times, definitely fixed. Was it because God was specially favorable to those people? When soldiers rise in defense of the right rain comes ; rain comes too, when prisoners are set free. What do you suppose could cause this?

근대 초기 서양인의 순수 한국 시가 탐색과 인식

Flowers and blossoms have five petals, but the flakes of snow have six. Who could have decided this?

"Now hail is not white frost nor is it snow. By what power has it become congealed? Some of its stones are big as horses' heads, and some again are only as large as chickens' eggs. Sometimes they deal out death to man and beast. At what time do these things happen? Did God give to each particular thing its own sphere of action when he made it?

"There are times when the elements seem to battle with each other as when rain and snow compete. In this due to something wrong in nature, or in man's way?

"What shall we do to do away with eclipses altogether, and have the stars keep their appointed course? So that thunder will not startle the world ; that frosts may not come in summer ; that snows may not afflict us, nor hailstones deal out death ; that no wild typhoons may blow ; that no floods prevail ; that all nature run sweetly and smooth, and so that heaven and earth will work in accord to the blessing of mankind? Where shall we find such a doctrine? All you literati who are deeply learned, I should think that some of you could tell me. Open your hearts now and let me know."

To prove that literary talent was not confined to the halls of the rich we have a number of authors who rose from the lowest social stratum to shine high in the firmament. One, son of a slave, called Song Ik—p'il was born in 1534 and died in 1599. His works were re—published in 1762 and are regarded to—day as among Korea's best, almost sacred writings.

On Being Satisfied.

BY SONG IK—P'IL.

"How is it that the good man always has enough, and why the evil man should always lack? The reason is that when I count my lacks as best I have enough ; but worry goes with poverty and worrying souls are always poor. If I take what comes as good and count it best, what lack have I. But to complain against Almighty God and then my fellow men means grieving o' er my lacks. If I ask only what I have I'm never poor ; but if I grasp at what I have not how can I ever have enough? One glass of water, even that my satisfy, while thousands spent in richest fare may leave me poor in soul. From ancient days all gladness rests in being satisfied, while all the ills of life are found in selfishness and greed. The Emperor Chin—see's son who lived within the Mang—heui Palace was heard to say, "Though I live out my life, 'tis all too short,' and so his worries came. The ruler of the Tangs we're told cast lots to meet his love beyond the veil because his heart was cheerless here, and yet we poorest of the poor when we wish only what we have how rich we are. How poor are kings and princes who reach out for more, while he who' s poor may be the richest. Riches and poverty lie within the soul, they never rest in outward things. I now am seventy and my house has nothing, so that men point at me and exclaim 'How poor.' But when I see the shafts of light

근대 초기 서양인의 순수 한국 시가 탐색과 인식

tip all the hill tops in the morning my soul is satisfied with richest treasure ; and in the evening, when I behold the round disk of the moon that lights the world and shines across the water, how rich my eyes! In spring the plum—trees bloom, in autumn the chrysanthemum. The flowers that go call to the flowers that come. How rich my joy! Within the Sacred Books what deep delight! As I foregather with the great who've gone, how rich! My virtues I'll admit are poor, but when I see my hair grow white, my years how rich! My joys attend unbroken all my days. I have them all. All these most rich and satisfying things are mine. I can stand up and gaze above, and bend and look below, the joy is mine. How rich God's gifts! My soul is satisfied."

The times of Shakespeare were the most prolific days of Korea's long period of literature. Suddenly a great tragedy befell the land in the war of Hideyoshi in 1592. This filled the mind of the new generation with its horror as one can easily see through the literature that followed.

Kim Man—choong, the author of the Cloud Dream of the Nine was born in 1617, the year after Shakespeare died. The echoes of the terrible war were not only sounded in his ears as a little boy, for his father and mother had seen it, but when he was nineteen years of age the Manchoos came pouring in and extorted a humiliating treaty from Korea. By the side of the river, just out of Seoul, a tall stone with Chinese writing on one side, and Manchoo script on the other, told how Korea was brought under the imperial heel. The stone stood till 1894 when some of the youthful patriots of that day knocked it over, and it still lies on its face.

It would seem as though the spirit of destruction had entered society in the fateful seventeenth century, for the four political parties fought each other not as Whigs and Tories, who talk a bit, and then take afternoon tea together, but with knife and deadly potion. Song Si—yul, the greatest literary light of Kim's day, had to drink the hemlock when he was eighty—two and so depart this life. These were the days of Samuel Pepys, the Plague and the Great Fire of London. It would seem as though the spirit of trouble had abounded even to East Asia.

Here are some of the echoes of that period as seen in the shorter poems :

Avarice.

BY SOO—KWANG

(1563—1628 A.D.)

"Busy all my days with head and hand,

And now at last a mountain high I have of treasure ;

But when I come to die, the problem's how to carry it.

My greedy name is all that's left behind me."

Temptation.

BY KIM CHANG—BYUP.

(1651—1708 A.D.)

"So many tempters lay siege to the soul,

Who would not lose his way?

근대 초기 서양인의 순수 한국 시가 탐색과 인식

For though the axe cuts deep the fateful tree,

The roots shoot forth anew.

By early morning light awake, my friend,

And try thy soul and see."

Queen In—mok was one of the famous literary women of this age. She was a broken—hearted mother of royalty who spent her exile days writing out with silver ink on black paper the sacred Mita Book of the Buddha. This relic is preserved as a special treasure in the Yoo jum Monastery of the Diamond Mountains where the writer had a chance to look it through in October of this year (1917).

Here is one of his poems :

The Worn-Out Laborer
BY QUEEN IN—MOK.
(About 1608 A.D.)

"The weary ox grown old with toil through years of labor.

With neck sore chafed and skin worn through in holes would fain go sleep.

Now ploughing's done and harrow days are over and spring rains fall.

Why does his master still lay on the goad and give him pain?"

An Ode.

BY YOON CHEUNG.

(1629–1715 A.D.)

"Little there is that I can do in life,

I leave it all to God and go my way.

When brack and fern thick clothe the hills with green,

Why should I sweat to till and dig the soil?

And when wild hemp and creeping plants enclose the way,

What need I furthermore of fence or wall?

Although the breeze no contract written has,

Yet still it comes unfailingly to cheer ;

And though the moon has sworn no oath of brotherhood,

It nightly shines its beams upon my way.

If any come to jar my ears with earthly woe

Tell him no word of me or where I am.

Within my mystic walls I sit supreme,

And dream of ancients, honored, reverenced, glorified."

Since Kim's day famous authors have lived, many of them, and literature has held unquestioned sway till the year 1894 when by order of the new regime the government examinations were discontinued. With this edict all incentive for the study of the classics disappeared, and the old school system ceased to be. It is twentythree years since this edict was promulgated, and a young man

근대 초기 서양인의 순수 한국 시가 탐색과 인식

must have been at least twenty—two or twenty—three at that time to have had even a reasonable grounding. The result is seen to—day in the fact that Korea has no good classic scholars of less than forth—five years of age.

This tragic death of native literature that followed the fateful edict is seen in the fact that a famous father of the old school may have a famous son, yes, a graduate of Tokyo University, who still cannot any more read what his father has written than the ordinary graduate at home can read Herodotus or Livy at sight ; and the father, learned though he be, can no more understand what his son reads or studies, than a hermit from the hills of India can read a modern newspaper. So they sit, this father and this son, separated by a gulf of a thousand years pitiful to see.

Nevertheless the poems, the literary notes, the graceful letters, the inscriptions, the biographies, the memorials, the sacrificial prayers, the stories, the fairy tales of old Korea will remain, a proof of the graceful and interesting civilization of this ancient people.

참고문헌

1. 기본 자료 및 보조 자료

①한국어 자료

고려대학교 아세아문제연구소 육당전집편찬위원회 편, 『육당 최남선 전집9』, 현암사, 1974.

金敏洙, 高永根 編, 『역대문법대계』第2部 第3冊, 博而精出版社, 2008.

김흥규 외 6인 편저, 『고시조대전』, 고려대민족문화연구원, 2012.

『大韓每日申報』, 1909年 12月 29日.

權澤英 · 崔東鎬 編譯, 『文學批評用語辭典』, 새문사, 2000.

崔致遠 著, 『孤雲先生 桂苑筆耕 經學隊裝合部』, 大田: 回想社, 1967.

徐居正, 『東文選六』, 馬山: 民族文化刊行會, 1994.

『신편 국역 동국이상국집3』, 한국학술정보(주), 2006.

앨프릿 테니슨 지음, 『인 메모리엄』, 이세순 편역, 한빛문화, 2008.

유 협 지음, 『문신조룡』, 최동호 역편, 민음사, 1994.

이규보, 『신편 국역 동국이상국집8』, 재단법인 민족문화추진회 역, 한국학술정보(주), 2006.

_____, 『신편 국역 동국이상국집2』, 재단법인 민족문화추진회 역, 한국학술정보(주), 2006.

全圭泰 편, 『시조집』, 명문당, 1991.

『廢墟』第二號, 京城:新半島社, 1921년 1월.

황호덕, 이상현 저, 『개념과 역사, 근대 한국의 이중어사전 - 외국인들의 사전편찬사업으로
        본 한국어의 근대』연구편1, 박문사, 2012.

_____, 『개념과 역사, 근대 한국의 이중어사전 - 외국인들의 사전편찬사업으로
        본 한국어의 근대』번역편2, 박문사, 2012.

_____편, 『한국어의 근대와 이중어사전(영인편) Ⅱ』, 박문사, 2012.

_____, 『한국어의 근대와 이중어사전(영인편) Ⅲ』, 박문사, 2012.

金岸曙, 「밝아질 朝鮮詩壇의 길 上 · 下」, 『東亞日報』, 京城: 東亞日報社, 1927.1.

근대 초기 서양인의 순수 한국 시가 탐색과 인식

_____, 「作詩法(4)」, 『朝鮮文壇』 第10號, 1925, 7,

金億, 「朝鮮心을 背景삼아─詩壇의 新年을 마즈며」, 『東亞日報』, 京城: 東亞日報社, 1924.1.1,

鄭寅燮, 「時調英譯論 二, 樹州氏에게도 一言함」, 『조선중앙일보』, 1933, 10, 3,

최남선, 「朝鮮國民文學으로의 時調」, 『조선문단』, 1926, 5,

編輯者, 「三千里 機密室」, 『三千里』 第6卷 第7號, 京城:三千里社, 1934, 6.,

_____, 「朝鮮文學의 主流論, 우리가 장차 가져야 할 文學에 對한 諸家答」, 『三千里』 第7卷 第9號, 1935.10,

_____, 「朝鮮文學의 世界的水準觀」, 『삼천리』 第8卷 第4號, 1936, 4,

_____, 「朝鮮文學'의 定義 이러케 規定하려 한다!」, 『三千里』 第8卷 第8號, 1936, 8,

②외국어 자료

G. H. Jones,, "Sul Ch'ong, FATHER OF KOREAN LITERATURE", *The Korea Review*, *vol.3*, Seoul: Methodist Publishing House, Mar, 1901,

_____, "CH'OE CH'I-WUN: HIS LIFE AND TIMES", *Transactions of the Korea Branch of the Royal Asiatic Society*, *vol. 3*, Seoul: Royal Asiatic Society Korea Branch, 1903,

W. G. Aston,, "On Corean Popular Literature", *Transactions of Asiatic Society of Japan*, *vol 18*, Tokyo: Asiatic Society of Japan, 1890,

J. S. Gale,, "ODE ON FILIAL PIETY", *The Korean Repository Ⅲ*, Seoul: Trilingual Press, Apr, 1895,

_____, 『韓英字典한영ᄌ뎐(*A Korean-English Dictionary*)』, Yokohama: Kelly&Walh, 1897,

_____, "The Influence of China upon Korea", *Transactions of the Korea Branch of the Royal Asiatic Society*, *vol. 1*, Seoul: Royal Asiatic Society Korea Branch, 1901,

_____, "The Opening Lines of Chang-ja(4th Cent. B. C.)", "Chang-ja on the Wind", *The Korea Review*, Feb, 1901,

_____, "Korea's Preparation for the Bible", *The Korea Mission Field*, Mar, 1912.

_____, "The Korea's View of God", *The Korea Mission Field*, Mar, 1916.

_____, "YI KYOO-BO", *The Korea Magazine*, *v.1 no.5*, May, 1917.

_____, "Ch'oi Chi'-wun.(崔致遠)", *The Korea Magazine*, *v.1 no.1*, Jan, 1917.

_____, "KIM POO-SIK(金富軾)", *The Korea Magazine*, *v.1 no.6*, Jun, 1917.

_____, "Korean Literature(1) – How to approach", *The Korea Magazine*, Jul, 1917.

_____, "Korean Literature", *Open Court*, *Volume 32*, Open Court Publishing Company, 1918.

_____, "Korean Songs", *The Korean Bookman*, Vol Ⅲ. No.2, Seoul: The Christian Literature Society of Korea, Jun, 1922.

_____, "Korean Literature", *The Christian Movement in Japan Korea and Formosa*, Kobe, 1923.

_____, "What Korea Has Lost", *The Christian Movement in Japan Korea and Formosa*, Kobe, 1926.

_____, 『韓英大字典(*The Unabridged Korean-English Dictionary*)』, 京城: 朝鮮耶蘇教書會, 1931.

奇一, 「歐美人の見たる朝鮮の將來 – 余は前途を樂觀する」 1-4, 『朝鮮思想通信』, 787~790, 1928.

J. Scott., *English-Corean Dictionary: being a vocabulary of Corean Colloquial words in common use*, Corea: Church of England Mission Press, 1891.

F. S. Miller., "A Korean Poem", *The Korea Review*, *vol.3*, Seoul : Methodist Publishing House, Oct, 1903.

H. G. Underwood., 『韓英字典한영ᄌ젼(*A Concise Dictionary of the Korean Language*)』, Yokohama: The Fukuin Printing CO., L'T., 1890.

_____, *An Introduction to the Korean Spoken Language*, Yokohama Seishi Bunsha, 1890.

근대 초기 서양인의 순수 한국 시가 탐색과 인식

H. H. Underwood., "Occidental Literature on Korea", *Transactions of the Korea Branch of the Royal Asiatic Society 20*, Seoul: Korea, 1930.

H. B. Hulbert., "The Korean Alphabet I", *The Korean Repository I*, Seoul: Trilingual Press, Jan, 1892.

_____, "The Korean Alphabet II", *The Korean Repository I*, Seoul: Trilingual Press, Mar, 1892.

_____, "Korean Vocal Music", *The Korean Repository III*, Seoul: Trilingual Press, Feb, 1896.

_____, "Korean Poetry", *The Korean Repository III*, Seoul: Trilingual Press, May, 1896.

_____, "Korean Art", *The Korean Repository IV*, Seoul: Trilingual Press, Apr, 1897.

_____, "THE ITU", *The Korean Repository V*, Seoul: Trilingual Press, Feb, 1898.

_____, "The Spirit of the Bell.(A KOREAN LEGEND.)", *The Korea Review*, Jan, 1901.

_____, "Korean Fiction", *The Korea Review*, Seoul: Methodist Publishing House, Jul, 1902.

_____, "Korean Folk—tale," *Transactions of the Korea Branch of the Royal Asiatic Society, vol, part II*, Seoul: Royal Asiatic Society Korea Branch, 1902.

_____, "KOREAN SURVIVALS", *Transactions of the Korea Branch of the Royal Asiatic Society, vol, 1*, Seoul: Royal Asiatic Society Korea Branch, 1901.

"Note on Ch'oe Ch'i—wun", *The Korea Review*, Seoul: Methodist Publishing House, Jun, 1903.

"The Korea Branch of the Royal Asiatic Society", *The Korea Review*, Seoul: Methodist Publishing House, Aug, 1901.

2. 국내 논저

강대진, 『비극의 비밀—운명 앞에 선 인간의 노래, 희랍 비극 읽기』, 문학동네, 2013.

강혜정, 「姜鏞訖 英譯 時調의 特性: 최초의 英譯時調集 *Translations of Oriental Poetry*를 중심으로」, 『민족문화연구』 57호, 고려대 민족문화연구원, 2012.

_____, 「20世紀 前半期 古時調 英譯의 展開樣相」, 고려대 박사논문, 2013.

구인모, 『한국 근대시의 이상과 허상』, 소명출판, 2008.

김동진, 『파란눈의 한국혼 헐버트』, 참좋은친구, 2010.

김성철, 「19세기 후반~20세기 초반 서양인들의 한국문학 인식 과정에서 드러나는 서구 중심적 시각과 번역 태도」, 『우리문학연구』 제39집, 우리문학회, 2013.

김승우, 「구한말 선교사 호머 헐버트(Homer B. Hulbert)의 한국시가 인식」, 『한국시가연구』 31집, 한국시가학회, 2011.

_____, 「선교사 프레더릭 S. 밀러(Frederick S. Miller)의 한국시가론」, 『비교한국학』 21권 1호, 국제비교한국학회, 2013.

_____, 『19세기 서구인들이 인식한 한국의 시와 노래』, 소명출판, 2014.

金烈圭, 「吳相淳과 形式主義」, 『現代文學』, 1982.

金允植, 「虛無에서 해바라기 : 吳相淳 總整理」, 『詩文學』 31, 1974.

김정현, 「니체사상의 한국적 수용 –1920년대를 중심으로」, 『한국니체학회연구』 12권12호, 2007.

노고수, 『한국기독교 신문·잡지 백년사 1885~1945』, 대한기독교출판사, 1984.

류대영, 옥성득, 이만열 공저, 『대한성서공회사 Ⅰ』, 대한성서공회, 1993.

_____, 『대한성서공회사 Ⅱ』, 대한성서공회, 1994.

박윤희, 「밤을 찬미하는 두 시인 –오상순과 니체」, 『문학사상』 제45권 제3호 통권521호, 임나현 역, 문학사상사, 2016.

서울대학교 규장각 한국학연구원, "James Scarth Gale, Korean Literature in Hanmun, and Korean Books", 『해외 한국본 고문헌 자료의 탐색과 검토』, 삼경문화사, 2012.

설성경, 김현양, 「19세기말~20세기초 《帝國新聞》의 〈론셜〉연구-〈서사적 논설〉의 존재양상
　　과 그 위상에 대하여-」, 『淵民學志』 第8輯, 淵民學會, 2000.

성낙주, 「에밀레종 傳說'의 政治學的 讀解」, 『한국문학연구』 제31집, 동국대학교 한국문학연
　　구소, 2006.

손대현, 「〈우미인가〉의 서술 양상과 수용 의식」, 『어문학』 115권, 한국어문학회, 2012.

송민규, 「19세기 서양선교사가 본 한국시 -The korean repository의 기사 "Korean poetry"를 중
　　심으로」, 고려대 석사논문, 2008.

_____, 「근대 초기 서양인들의 한국어문학 인식 연구 -개화기 선교사들의 영역 시가를 중
　　심으로」, 고려대학교 박사논문, 2015.

_____, 「게일(J. S. Gale)의 이규보 한시와 오상순 근대시 영역(英譯)작품 연구 -알프레드 테
　　니슨(A. L. Tennyson)의 시(詩)세계와 니체(F. W. Nietzsche)의 사상을 중심으로-」,
　　『Journal of Korean Culture』 제45호, 한국어문학국제학술포럼, 2019.

아나스타시아 구리예바, 「조선후기의 대화구성법 시조 : 『남훈태평가』 가집을 중심으로」, 『한
　　국문예비평연구』 제30집, 2009.

안성호, 「19세기 중반 중국어 대표자역본 번역에서 발생한 '용어논쟁'이 초기 한글성서번역
　　에 미친 영향(1843~1911)」, 『한국기독교와역사』, 한국기독교역사연구소, 2009.

李炯基, 「吳相淳의 詩와 空思想」, 『한국문학연구』12권 12호, 1989.

이상현, 「제임스 게일(James Scarth Gale)의 한국학 연구와 고전서사의 번역 -게일 한국학단
　　행본출판의 변모와 필기, 야담, 고소설의 번역-」, 성균관대 박사논문, 2009.

_____, 「『천예록』, 『조선설화 : 마귀, 귀신 그리고 요정들』(Korean Folk Tales : imps, ghost and
　　fairies) 소재 「옥소선·일타홍 이야기」의 재현양상과 그 의미」, 『한국언어문화』 33, 한
　　국언어문화학회, 2007.

_____, 「제국들의 조선학, 정전의 통국가적 구성과 유통 : 『천예록』, 『청파극담』소재 이야기
　　의 재배치와 번역·재현된 '조선'」, 『한국 근대문학 연구』 18, 한국근대문학회, 2008.

_____, 「한국 신화와 성경, 한국 신화와 성경, 선교사들의 한국 신화 해석」, 『비교문학』 제58
　　집, 한국비교문학회, 2012.

_____, 「19세기 말 한국시가문학의 구성과 '문학텍스트'로서의 고시가 – 모리스 쿠랑 한국
　　　　시가론의 근대학술사적 의미」, 『비교문학』 62, 한국비교문학회, 2014.

이상현, 윤설희, 「19세기 말 在外 외국인의 한국시가론과 그 의미」, 『동아시아문화연구』 56,
　　　　한양대 동아시아문화연구소, 2014.

이상현, 윤설희, 『외국인의 한국시가 담론연구』, 역락, 2017.

이상현, 이진숙, 『『朝鮮筆景』(Pen-picture of Old Korea(1912)) 소재 게일(J. S. Gale) 영역시조
　　　　의 창작연원과 '내지인의 관점'」, 『우리문학연구』 제44집, 우리문학회, 2014.

이슬, 「개항기 영문월간지 『코리아 리뷰』 연구」, 한국학중앙연구원 한국학대학원 석사논문,
　　　　2010.

이용민, 「게일과 헐버트의 한국사 이해 – 서로 상반된 사관을 중심으로–」, 『교회사학』 제6권
　　　　1호, 수원교회사연구소, 2007.

이지영, 「'에밀레종'전설과 그 소설적 변용 연구」, 『관악어문연구』 16, 관악어문학회, 1991.

옥성득, 「초기 한국 북감리교의 선교 신학과 정책–올링거의 복음주의적 기독교 문명론을 중
　　　　심으로」, 『한국기독교와 역사』, 11, 한국기독교역사연구소, 1999.

여태천, 『미적 근대와 언어의 형식』, 서정시학, 2007.

연세대 근대한국학연구소, 『근대계몽기 단형 서사문학 연구』, 소명출판, 2005.

유영렬, 윤정란, 『19세기말 서양선교사와 한국사회–The Korean Repository를 중심으로』, 경인
　　　　문화사, 2004.

유영식, 이상규, 존 브라운, 탁지일, 『부산의 첫 선교사들』, 한국장로교출판사, 2007.

장효현, 「韓國 古典小說 英譯의 제 문제」, 『고전문학연구』 19권, 한국고전문학회, 2001.

鄭炳浩, 「1910년 전후 한반도 〈일본어 문학〉과 조선 문예물의 번역」, 『일본근대학연구』 제34
　　　　집, 한국일본근대학회, 2011.

정혜경, 「The Korea Magazine의 출판 상황과 문학적 관심」, 『우리어문연구』 50집, 우리어문학
　　　　회, 2014.

趙東一, 『한국문학통사1』, 지식산업사, 1982.

_____, 『한국문학통사3』, 지식산업사, 1984.

_____, 『한국문학과 세계문학』, 지식산업사, 1995.

John Vernon Slack, 「일제 강점기 『코리아 미션 필드 (*Korea Mission Field*)』에 나타나는 한국의 이미지 연구」, 서울대 석사논문, 2009.

황인덕, 「에밀레종 전설의 근원과 전래」, 『어문연구』 제56권, 어문연구학회, 2008.

황호덕, 「개화기 한국의 번역물이 국어에 미친 영향 - 외국인 선교사들이 본 한국의 근대어」, 『새국어생활』 제22권 제1호, 국립국어원, 2012.

황호덕, 이상현, 「번역과 정통성, 제국의 언어들과 근대 한국어」, 『아세아연구』 145, 2011.

3. 국외 논저

가라타니 고진(柄谷行人), 『일본근대문학의 기원』, 박유하 옮김, 민음사, 1997.

G. W. 길모어, 『서울 풍물지』, 신복룡 역주, 집문당, 1999.

Richard Rutt., *James Scarth Gale and his History of the Korean People*, Seoul : the Royal Asiatic Society, 1972.

모리스 쿠랑, 『韓國書誌(누리미디어 한국학 데이터데이스)』, 李姬載 옮김, 서울: 누리미디어, 2013.

베네딕트 앤더슨 지음, 『상상의 공동체』, 윤형숙 옮김, 나남, 2007.

A. H. 새비지 랜도어, 『고요한 아침의 나라 조선』, 신복룡, 장우영 역주, 집문당, 1999.

E. 와그너, 『한국의 아동생활』, 신복룡 역주, 집문당, 1999.

I. B. Bishop., *Korea & her neighbours*, 1-2, 西洋語資料叢書編纂委員會 編, 景仁文化社, 2000.

I. B. 비숍 저, 『조선과 그 이웃 나라들』, 신복룡 역, 집문당, 2000.

W. Ason Grebst., *I Korea : Minnen och studier fran Morgonstillhestens land*, Förlagsaktiebolaget Västra Sverige, 1912.

W. Ason Grebst., 『스웨덴기자 아손, 100년 전 한국을 걷다』, 김상열 역, 책과 함께, 2005.

W. E. Griffis., *Corea, the Hermit Nation*, London: W. H. Allen&Co., 1882.

W. E. 그리피스 지음, 『은자의 나라 한국』, 신복룡 역주, 집문당, 1999.

앙드레 슈미드 지음, 『제국 그 사이의 한국』, 정여울 옮김, 휴머니스트, 2007.

프리드리히 니체, 『니체전집13 – 차라투스트라는 이렇게 말했다』, 정동호 역, 책세상, 2010.

제임스 게일 著, 『코리언 스케치』, 張文平 譯, 玄岩社, 1971.

J. S. 게일 지음, 『전환기의 조선』, 신복룡 역주, 집문당, 1999.

H. B. 헐버트 지음, 『대한제국멸망사』, 신복룡 역, 집문당, 1999.

헐버트 지음, 『헐버트 조선의 혼을 깨우다』, 김동진 옮김, 참좋은친구, 2016.

H. B. Hulbert., *Omjee The Wizard-Korean Folk Stories*, Bradley Quality Books, 1925.

Horace Newton Allen., *Chun Yung, Korean Tale*, G. P. Putnam's Sons, 1889.

호메로스 지음, 『일리아스』, 천병희 옮김, 도서출판 숲, 2012.

미주

1) A에서는 박지원의 『열하일기』, 일연의 『삼국유사』가 조선 문학에 속할 수 있는가와 타고르나 예이츠가 영어로 쓴 작품이 각각 인도문학이나 아일랜드 문학에 속할 수 있는지 물었고, B에서는 나카니시 이노스케(中西伊之助, 1887~1958)가 조선인의 사상 감정을 기조로 하여 쓴 『너희들의 배후에서(汝等の背后より)』는 어느 나라 문학인지 물었으며, C에서는 동경문단에서 일본인을 대상으로 한 장혁주의 작품과, 영미 독자들을 대상으로 한 강용흘의 『초가집』이 조선 문학인지 물었다.(編輯者, 「'朝鮮文學'의 定義 이러케 規定하려 한다!」, 『三千里』 第8卷 第8號, 1936. 8, 78~98쪽.)

2) To the work of the French missionaries in their admirable dictionary, the author takes pleasure in acknowledging the assistance derived, especially in the Korean-English part, although he differs from them in so many points, both as to orthography and definition. (H. G. Underwood., 『韓英字典한영ᄌ뎐(*A Concise Dictionary of the Korean Language*)』, Yokohama: The Fukuin Printing CO., L'T., 1890.)

3) The first, issued in 1896, of about 35,000 words, was based upon the excellent work of the French Fathers, who are our honored pioneers in the field of korea's language and literature.(J. S. Gale., 『韓英大字典(*The Unabridged Korean-English Dictionary*)』, 京城: 朝鮮耶蘇教書會, 1931.)

4) 황호덕, 이상현 저, 『개념과 역사, 근대 한국의 이중어사전 - 외국인들의 사전편찬사업으로 본 한국어의 근대』 연구편1, 박문사, 2012, 125~128쪽 참조.

5) 국외에서 발간된 한국 최초의 잡지는 1896년 2월15일 대조선 일본유학생친목회가 발간한 『친목회회보』이고, 국내에서 발간된 한국 최초의 잡지는 1896년 11월 30일 독립협회에서 발행한 『대죠선독립협회회보』이다. 국내에서 발간된 최초의 영문 잡지는 *The Korean Recorder*로 알려져 있고, 최초의 영문 월간 잡지는 *The Korean Repository*로 알려져 있다.(노고수, 『한국기독교 신문·잡지 백년사 1885~1945』, 대한기독교출판사, 1984, 28쪽 참조.; 옥성득, 「초기 한국 북감리교의 선교 신학과 정책-올링거의 복음주의적 기독교 문명론을 중심으로」, 『한국기독교와 역사』 11, 한국기독교역사연구소, 1999, 12쪽 참조.)

6) H. B. Hulbert., "Korean Vocal Music", *The Korean Repository* Ⅲ, Seoul: Trilingual Press, Feb. 1896.

7) H. B. Hulbert., "Korean Poetry", *The Korean Repository* Ⅲ, Seoul: Trilingual Press, May, 1896.

8) 1930년 원한경(H. H. Underwood, 1890~1951)이 정리한 서구인의 한국 관련 학술 기록들을 살펴보면, 영어 기록이 2,325편, 불어 205편, 독일어 186편, 러시아어 56편, 라틴어 38편, 이탈리아어 15편, 네덜란드어 9편, 스웨덴어 8편 등, 총 2,842편이었다.(H. H. Underwood., "Occidental Literature on Korea", *Transactions of the Korea Branch of the Royal Asiatic Society 20*, Seoul: Korea, Jun, 1930, p.7.)

9) "The Korea Branch of the Royal Asiatic Society", *The Korea Review*, Seoul: Methodist Publishing House, aug, 1901, p.337.

10) 이용민은 게일과 헐버트의 발표가 The Royal Asiatic Society of Great Britain and Ireland 총장의 제안에 따라 이루어진 사실을 지적했다. 게일이 한국사를 이해하는 데 있어서 중국의 영향을 강조하는 것과 헐버트가 한국의 독자적인 면모를 주장하는 것은 모두 학회 총장의 기획에 의거한 것이었다. 때문에 이와 같은 게일과 헐버트의 논문이 전적으로 그들의 입장을 대변하는 것은 문제가 있다.(이용민, 「게일과 헐버트의 한국사 이해 -서로 상반된 사관을 중심으로-」, 『교회사학』 제6권1호, 수원교회사연구소, 2007, 179쪽.)

11) "The Korea Branch of the Royal Asiatic Society", *The Korea Review*, Seoul: Methodist Publishing House, Aug, 1901, p.338.

12) 『大韓每日申報』, 1909年 12月 29日.(황호덕, 이상현 저, 앞의 책, 박문사, 2012, 53-54쪽 참조.)

13) 1930년대 이르러서 일본의 만주사변(1930), 국제연맹탈퇴(1935), 중일전쟁(1937), 진주만기습(1941)등으로 개신교 선교사들의 한국 활동도 크게 위축되었다. 일본은 기독교연합공의회 해산(1937), YMCA, YWCA 해산(1938), 신사참배 강요 등으로 기독교를 탄압했고, 1939년 미국 선교사의 9분의 5가 한국을 떠났다.(류대영, 옥성득, 이만열 공저, 『대한성서공회사 Ⅰ』, 대한성서공회, 1993, 423-425쪽 참조.)

14) 金岸曙, 「밝아질 朝鮮詩壇의 길 上·下」, 『東亞日報』, 京城: 東亞日報社, 1927.1.2.-3.

15) If language is rightly defined as the expression of thoughts by means of written words or articulate sounds, Korea, like Japan, has virtually three languages : the colloquial, the book-form, and the character; book-form being written in the native script, and the character in Chinese; …(중략)…

근대 초기 서양인의 순수 한국 시가 탐색과 인식

The colloquial. The colloquial is a language almost without a literature, or written correspondent of any kind whatever. It has been handed down from antiquity by the sound only, which accounts for its present indefiniteness. Different parts of the country show variations in pronunciation that increase in proportion to the distance of the place from the capital, the language of which is regarded as the standard. …(중략)… Book Language. In the order of the sentence book—language resembles the colloquial, but it has a much larger admixture of Chinese forms, and is cumbered with ojosa, or decorative words, that have no meaning, and are simply thrown in for the sake of the sound, or to emphasize the manner of expression rather than the thought expressed. The literature of this class is very limited, and what there is, is confined chiefly to renderings of the Classics, and to a few books on filial piety and relationship. …(중략)… Chinese characters. From the most ancient times Chinese seems to have been associated with Korea. At an early date it became the written language for the state, and has continued to hold this place of importance down to the present, mulli(文理) the "classical style," being still the only official means of written communication. While preserving closely the original sounds of the character, Korean has lost the tones, though the fact remains that a charcater having the "even"(平) tone in China is usually marked by a short sound in korea; while those having the "rising,"(上), "sinking,"(去), and "entering"(入) tones are characterized by long sounds. (J. S. Gale., 『韓英大字典(The Unabridged Korean—English Dictionary)』, 京城: 朝鮮耶蘇敎書會, 1931.)

16) 趙東一, 『한국문학통사1』, 지식산업사, 1982, 14~15쪽.

17) "The thing wanted is to convey the same idea or to awaken the same sensation in the reader as is conveyed to or is awakened in the native by their poetry"(H. B. Hulbert., "Korean Poetry", *The Korean Repository* Ⅲ, Seoul: Trilingual Press, May, 1896, p.109.)

18) The first difficulty lies in the fact that much of Korean poetry is so condensed. Diction seems to have little or nothing to do with their poetry. A half dozen Chinese Characters, if properly collocated, may convey to him more thought than an eight—line stanza does to us. …(중략)… That would illustrate in a certain way the difference between Korean and English poetry. In the one case the ear is the medium, in the other case the eye. It is for this reason that there is no such thing in the whole East oratory. There is no art of speech ; it is entirely utilitarian. …(중략)… Take the two characters 洛花.(Ibid., pp.109~110.; 송민규, 「19세기 서양선교사가 본 한국시 —*The korean repository*의 기사 "Korean poetry"를 중심으로」, 고려대 석사논문, 2008, 68쪽.)

19) The Korean delights in introducing poetical allusions into his folk—tales. It is only a line here and a line

there, for his poetry is nothing if not spontaneous. He does not sit down and work out long cantos, but he sings like the bird when he cannot help singing. One of the best of this style is found in the story of ChoUng.(Ibid., p.111.; 송민규, 앞의 책, 71쪽.)

20) Korean poetry is all of a lyric nature. There is nothing that can be compared with the epic. We do not ask the lark to sing a whole symphony, nor do we ask the Asiatic to give us long historical or narrative accounts in verse. Their language does not lend itself to that from of expression. It is all nature music pure simple. …(중략)… Here we have the fisherman's evening song as he returns from work.(Ibid., p.112.; 송민규, 앞의 책, 75쪽.)

21) "중부 지방에 가보면 작은 호수가 내려다보이는 소위 낙화암(落花岩)이라고 하는 낭떠러지가 있다. 나는 이에 관한 전설에 대해 아무런 사실상의 증거도 가지고 있지 못하면서도 감히 말하지만, 아마도 독자들은 다음과 같은 설화를 들은 후에는 한국인들의 시적 감흥이 어떠한가에 대해 수긍하지 않을 수 없을 것이다."(H. B. 헐버트 지음, 『대한제국멸망사』, 신복룡 역, 집문당, 1999, 384-385쪽.)

22) 김성철은 알렌, 애스턴, 헐버트의 한국 민담에 대한 기록을 살펴보고, 당시에는 고전설화와 설화가 구분이 모호했다고 밝혔다. 특히 헐버트는 『조웅전』도 민담의 범주에서 다루고 있다고 논했다.(김성철, 「19세기 후반~20세기 초반 서양인들의 한국문학 인식 과정에서 드러나는 서구 중심적 시각과 번역 태도」, 『우리문학연구』 제39집, 우리문학회, 2013, 107쪽.)

23) 강혜정은 그의 논저에서 헐버트가 기록한 시조 작품들이 대부분 문자 텍스트의 번역이 아니라, 시조창의 채록일 가능성이 높다고 논했다. 강혜정은 그 근거로서 시조창의 모습을 묘사한 헐버트의 기록을 제시했다. 특히, "Korean poetry"의 어부가류 작품에 대해서는 송민규와 김승우 모두 원작으로 추정되는 작품들을 제시했지만, 헐버트의 번역은 창작에 가까운 의역 형태를 보여 원작을 추정하기가 쉽지 않다고 평가했다.(강혜정, 「20世紀 前半期 古時調 英譯의 展開樣相」, 고려대 박사논문, 2013, 95쪽.)

24) 원문에는 각주 "One of the ancient kingdom of southerns Korea"가 있다.

25) encinct라는 영단어는 없다. 삼문출판사에서 잘못 인쇄한 것으로 보인다. *The passing of korea*의 번역본 『대한제국멸망사』에서도 위 시가 실려 있다. 역자 신복룡은 escort 즉 호위하다로 해석했다.(비겁한 왕은 자기의 운명을 미리 알고 무사들의 호위를 받으며 도망쳤다.) 여기서는 extinct(소멸된, 단절된, 전멸한)의 오기로 본다.(H. B. 헐버트 지음, 앞의 책, 384쪽.)

근대 초기 서양인의 순수 한국 시가 탐색과 인식

26) cham'rous라는 영단어는 없다. 삼문출판사에서 잘못 인쇄한 것으로 보인다. cham은 고어로 유목민의 우두머리인 khan이라는 뜻을 갖고 있다. 또는 미국에서 쓰는 속어로서 샴페인의 뜻을 지닌다. *The passing of korea*의 번역본 『대한제국멸망사』에서는 이 부분을 "시녀들의 구슬픈 곡성과 애절한 흐느낌은 왕비보다도 처량하다."고 의역했다.(같은 책, 384쪽.) 여기서는 clamorous(소란스런)의 오기로 본다.

27) high holiday는 대제일 또는 유대교의 신년과 속죄일을 뜻한다.

28) erst는 고어로서 '이전에는'의 뜻을 갖는다.

29) Dike는 '둑을 쌓다, 둑, 제방, 둑길' 등의 뜻을 지닌다. 문맥상 맞지 않은 어휘다. 본 논문은 dark(어둡다)의 오타로 보고 번역했다.

30) plum은 '서양 자두, 건포도'의 뜻을 지닌다. 본 논문은 자두라고 번역했다.

31) H. B. Hulbert., "Korean Poetry", *The Korean Repository* Ⅲ, Seoul: Trilingual Press, May, 1896.(송민규, 앞의 책, 68-71쪽.)

32) H. B. 헐버트 지음, 『대한제국멸망사』 신복룡 역, 집문당, 1999, 457쪽.

33) 강대진, 『비극의 비밀—운명 앞에 선 인간의 노래, 희랍 비극 읽기』, 문학동네, 2013, 25쪽 참조.

34) 호메로스 지음, 『일리아스』, 천병희 옮김, 도서출판 숲, 2012, 249쪽.

35) 조동일, 『한국문학과 세계문학』, 지식산업사, 1995, 289-309쪽 참조.

36) H. B. 헐버트 지음, 앞의 책, 459쪽.

37) 유영렬, 윤정란, 『19세기말 서양선교사와 한국사회 – *The Korean Repository*를 중심으로』, 경인문화사, 2004, 84-97쪽 참조.

38) H. B. 헐버트 지음, 앞의 책, 165-196쪽.

39) 김동진, 『파란눈의 한국혼 헐버트』, 참좋은친구, 2010, 203쪽.

40) 헐버트가 *The Korea Review* 발행 중에 자리를 비웠던 시점은 1903년 4월~8월(유럽, 미국 투어), 1905년 10월~1906년 6월(루즈벨트 방문 및 고종의 밀사로 파견), 1906년 6월~1907년(을사조약 체결의 부당함을 루즈벨트에게 알리기 위해 헤이그 만국평화회의에 참석)이다. 따라서 *The Korea Review*가 폐간될 당시에 헐버트는 한국에 있지 않았다.(이슬, 「개항기 영문월간지 『코리아 리뷰』연구」, 한국학중앙연구원 한국학대학원 석사논문, 2010, 40쪽.)

41) However little the Chinese may seem to have occupied Korean territory, of the language, literature and thought they are in full possession.(J. S. Gale., "The Influence of China upon Korea", *Transactions of the Korea Branch of the Royal Asiatic Society*, *vol. 1*, Seoul: Royal Asiatic Society Korea Branch, 1901.)

42) We have now noticed the origin of the three states which divided the Peninsula between them at about the beginning of our era and we find that in none of them was there any considerable Chinese influence manifest.(H. B. Hulbert., "KOREAN SURVIVALS", *Transactions of the Korea Branch of the Royal Asiatic Society*, *vol. 1*, Seoul: Royal Asiatic Society Korea Branch, 1901.)

43) "There is a fish in the great north sea,/ And his name is Kon./ His size is a bit unknown to me,/ Tho' he stretches a good ten thousand li,/ Till his wings are grown ;/ And then he's a bird of enormous sail,/ With an endless back and a ten—mile tail./ And he covers the heavens with one great veil,/ When he flies off home./ Jas. S. Gale.//"The Opening Lines of Chang—ja(4th Cent. B. C.)"", "When the great earth—clod heaves forth a sigh,/ We say the wind is rising ;/ And when the wind gets up on high./ The funnels of the earth they cry./ In a way that's most surprising./ And the hills and the trees are sore afraid./ And the gaps in the hundred acre shade./ The nose. mouth. and eyes and ears,/ The pits and bogs and holes and meres,/ Are oxen calls, and whirling draughts./ And whispers soft. and barkings stong./ And snarlings loud, and shriekings long./ And rumblings in the rear that roar ;/ So all the valves of earth gape wide./ And forests rock from side to side./ Jas. S. Gale.//"Chang—ja on the Wind(J. S. Gale.)"", "The Opening Lines of Chang—ja(4th Cent. B. C.)", "Chang—ja on the Wind(J. S. Gale.)" *The Korea Review*, Feb, 1901, p.44.)

44) naught는 nothing의 고어이다.

45) hymeneal은 고어로서 혼인, 결혼식의 의미이다.

46) hecatombs는 고대 그리스와 로마 시대 바쳤던 황소 100마리의 희생 제물을 뜻한다. 많은 희생이라는 의미를 갖고 있다.

근대 초기 서양인의 순수 한국 시가 탐색과 인식

47) Supernal alchemy는 고어로서 천상의 신비한 연금술이라는 의미를 갖고 있다.

48) 이 작품에는 다음과 같은 각주가 있다. "The bell being struck with a wooden beam rather than with an iron tongue gives the effect of a sonorous Em and doubtless the legend grew out of this fancied resemblance." H. B. Hulbert., "The Spirit of the Bell.(A KOREAN LEGEND.)""("The Spirit of the Bell.(A KOREAN LEGEND.)", *The Korea Review*, Jan, 1901, p.2.)

49) Ibid., pp.1-2.

50) 이지영은 「'에밀레종'전설과 그 소설적 변용 연구」에서 에밀레종 전설의 전승 형태를 '여인실언'형과 '자발보시'형으로 나누고, 수록 목록을 제시했다. 그런데 수록 목록을 살펴보면 모두 전설이나 민담, 또는 역사의 형태로 에밀레종 이야기가 소개된 것을 알 수 있다. 이후 에밀레종 전설을 소재로 박용숙의 '神鐘(1969), 박용구의 '에밀레종'(1961) 등 소설로서 문학적 창작이 이루어졌지만 시가의 형태로 창작된 사례는 찾아보기 힘들다.(이지영, 「'에밀레종'전설과 그 소설적 변용 연구」, 『관악어문연구』 16, 관악어문학회, 1991, 191-213쪽.)

'여인실언'형	'자발보시'형
① 한국민간전설집	① 신화전설의 신라
② 조선구전문학연구	② 朝鮮の神話と傳說
③ 신라전설	③ 한국민간전설집
④ 한국의 전설	④ 영남사적과 史話
⑤ 한국구비문학대계	⑤ 신라전설
⑥ 신라의 전설집	
⑦ 전북민담	

51) H. B. 헐버트 지음, 앞의 책, 347-348쪽.

52) 『대한제국멸망사』의 역자 신복룡은 경주(慶州)의 오기로 보았다.(같은 책, 389쪽.)

53) 같은 책, 389쪽.

54) 황인덕은 에밀레종 전설이 중국의 대운사종 전설의 영향으로 탄생했다고 밝힌다. 그리고 대운사

종 전설이 탄생하게 된 배경에 관리들의 수탈 등으로 인한 백성들의 극빈이 있었고, 이로 인한 아이들의 희생 등이 있었을 것이라고 유추했다.(황인덕, 「에밀레종 전설의 근원과 전래」, 『어문연구』 제56권, 어문연구학회, 2008, 289-322쪽.)

55) 성낙주는 무열왕계 집권세력과 진골세력과의 갈등이 정치적 불안을 낳았고, 극도로 나빠진 민심이 에밀레종과 같은 민담을 형성하게 했을 것이라고 보았다.(성낙주, 「에밀레종 傳說의 政治學的 讀解」, 『한국문학연구』 제31집, 동국대학교 한국문학연구소, 2006, 259-296쪽.)

56) 그동안 기록으로만 전해져 내려오던 책이었지만, 한국고서연구회 김시한 명예회장이 2006년 발견하였다.(Horace Newton Allen, *Chun Yung, Korean Tale*, G. P. Putnam's Sons, 1889.)

57) 장효현, 「韓國 古典小說 英譯의 제 문제」, 『고전문학연구』 19권, 한국고전문학회, 2001, 139쪽 참조.

58) H. B. 헐버트 지음, 앞의 책, 371쪽.

59) 1904년 아손 그렙스트는 러일전쟁을 취재하기 위해 도쿄에 왔다가 일본이 한국 입국을 금하자 영국 무역상으로 위장하여 밀입국했다. 1904년 12월 24일 부산항에 도착한 그렙스트는 1905년 초까지 한국을 여행한 후 1912년 스웨덴에서 *I Korea : Minnen och studier fran Morgonstillhestens land*를 펴냈다.(W. Ason Grebst, *I Korea : Minnen och studier fran Morgonstillhestens land*, Förlagsaktiebolaget Västra Sverige, 1912.)

60) W. Ason Grebst, 『스웨덴기자 아손, 100년 전 한국을 걷다』, 김상열 역, 책과 함께, 2005, 226-229쪽.

61) 연세대 근대한국학연구소, 『근대계몽기 단형 서사문학 연구』, 소명출판, 2005, 53-105쪽 참조.

62) 제임스 게일 著, 『코리언 스케치』, 張文平 譯, 玄岩社, 1971, 292쪽.

63) H. B. 헐버트 지음, 앞의 책, 362쪽.

64) G. W. 길모어 지음, 『서울 풍물지』, 신복룡 역주, 집문당, 1999, 49쪽.

65) H. G. Underwood, *An Introduction to the Korean Spoken Language*, Yokohama Seishi Bunsha, 1890.(金

근대 초기 서양인의 순수 한국 시가 탐색과 인식

敏洙, 高永根 編, 『역대문법대계』第2部 第3冊, 博而精出版社, 2008, 4-5쪽.)

66) H. B. Hulbert., "Korean Fiction", *The Korea Review*, Seoul: Methodist Publishing House, Jul, 1902, pp.292-293 참조.

67) H. B. Hulbert., "The Korean Alphabet I ", *The Korean Repository I* , Seoul: Trilingual Press, Jan, 1892, p.1.

68) J. S. 게일 지음, 『전환기의 조선』, 신복룡 역주, 집문당, 1999, 31쪽.

69) W. E. 그리피스 지음, 『은자의 나라 한국』, 신복룡 역주, 집문당, 1999, 436쪽.

70) 제임스 게일 著, 앞의 책, 59쪽, 70쪽.

71) So I would say that the test of a man's knowledge of any people's life is his acquaintance with their folk-lore. The back-attic of Korean folk-fore is filled with a very miscellaneous collection, for the same family has occupied the house for forty centuries and there never has been an auction. …(중략)… This portion of our theme is of greater interest than almost any other, for while the Buddhistic and Confucian systems are importations and bring with them many ideas originally alien to the Korean mind we have here the product of the indigenous and basic elements of their character.(H. B. Hulbert., "Korean Folk-tale," *Transactions of the Korea Branch of the Royal Asiatic Society, vol. part II* , Seoul: Royal Asiatic Society Korea Branch, 1902.)

72) H. B. Hulbert., "Korean Vocal Music", *The Korean Repository III*, Seoul: Trilingual Press, Feb, 1896., H. B. Hulbert., "Korean Art", *The Korean Repository IV*, Seoul: Trilingual Press, Apr, 1897., H. B. Hulbert., "Korean Fiction", *The Korea Review*, Seoul: Methodist Publishing House, Jul, 1902.; H. B. Hulbert., "Korean Folk-tale," *Transactions of the Korea Branch of the Royal Asiatic Society, vol. part II* , Seoul: Royal Asiatic Society Korea Branch, 1902., H. B. Hulbert., "KOREAN SURVIVALS", *Transactions of the Korea Branch of the Royal Asiatic Society, vol. 1*, Seoul: Royal Asiatic Society Korea Branch, 1901.

73) 제임스 게일 著, 앞의 책, 69-70쪽.

74) Korean poetry having fallen into disrepute and become mainly one of the allurements of her whose

"house inclineth unto death," the better class Korean will not acknowledge his acquaintance with it. One might study with a teacher for several years and not discover that there is such a thing as a Korean poem. Yet when he delves into the somewhat difficult language of a book of songs he finds much that gratifies.(F. S. Miller., "A Korean Poem", *The Korea Review, vol. 3*, Seoul : Methodist Publishing House, Oct. 1903, p.433.; 김승우, 『19세기 서구인들이 인식한 한국의 시와 노래』, 소명출판, 2014, 282쪽.)

75) 김승우는 이 표현에 대해서 다음과 같이 밝히고 있다. 『성경』의 다음 구절 『잠언 2:18]에서 인용한 것으로 보인다. "지혜가 또 너를 음녀에게, 말로 호리는 이방 계집에게서 구원하리니/ 그는 소시의 짝을 버리며 그 하나님의 언약을 잊어버린 자라/ 그 집은 사망으로, 그 길은 음부로 기울어졌나니/ 누구든지 그에게로 가는 자는 돌아오지 못하며 또 생명길을 얻지 못하느니라"(같은 책, 284쪽.)

76) J. S. Gale., "What Korea Has Lost", *The Christian Movement in Japan Korea and Formosa*, Kobe, 1926.(황호덕, 이상현 역, 『개념과 역사, 근대 한국의 이중어사전 – 외국인들의 사전편찬사업으로 본 한국어의 근대』 번역편2, 박문사, 2012, 170쪽.)

77) The educated Koreans seem ashamed to confess any knowledge of their own written character, which they call Unmun, or 'vulgar script'; but as the most ignorant of both sexes can read it, there can be little doubt that the most highly educated can do so too. (J. S. Gale., 『韓英大字典(*The Unabridged Korean–English Dictionary*)』, 京城: 朝鮮耶蘇敎書會, 1931.; 같은 책, 2012, 101쪽.)

78) A. H. 새비지 랜도어 지음, 『고요한 아침의 나라 조선』, 신복룡, 장우영 역주, 집문당, 1999, 188쪽.

79) Eunmun books that exist, are all heavily charged with Chinese words and combinations, so that they are if anything more difficult than the pure Chinese itself.(J. S. Gale., "Korean Literature(1) – How to approach", *The Korea Magazine*, Jul. 1917, pp.297–298.)

80) G. W. 길모어 지음, 『서울 풍물지』, 신복룡 역주, 집문당, 1999, 49쪽.

81) Some idea of one style of Korean poetry may be gained by studying a few extracts from a poem on woman's devotion, the 우미인가 or "The Song of U, the Pretty One"(U being her surname and Pretty One her personal name). The setting is Chines. Perhaps it is a translation, but its similarity to poems

근대 초기 서양인의 순수 한국 시가 탐색과 인식

that seem to be purely Korean would indicate otherwise.(F. S. Miller, "A Korean Poem", *The Korea Review*, *vol. 3*, Seoul : Methodist Publishing House, Oct, 1903, pp.433-438.; 김승우, 앞의 책, 289쪽.)

82) We hardly expect to find epic poetry, and ther is none. There is nothing even which corresponds to our ballads. There is no drama, and although I was told that there exists a native poetry. I was never able to discover any in print or manuscript, unless literal translations from the Chinese can be reckoned as such., (W. G. Aston., "On Corean Popular Literature", *Transactions of Asiatic Society of Japan*, *vol 18*, Tokyo: Asiatic Society of Japan, 1890, p.106.; 강혜정, 앞의 책, 58쪽.)

83) From this romanization of the first four lines an idea may be gotten of the occasional play upon the sounds of the words and the repetition of the same syllable in corresponding parts of the couplets. This taken the place of rhyming, which would be impossible in Korean. It will be noticed that the stanza consists of couplets, each verse containing four trochaic feet. This is the usual form of Korean verse and the easiest to write. This is one of the greatest obstacles to the making of hymns in Korean, as our corresponding verse is all iambic,(F. S. Miller, "A Korean Poem", *The Korea Review*, *vol. 3*, Seoul : Methodist Publishing House, Oct, 1903, pp.433-434.; 김승우, 앞의 책, 293쪽, 296쪽.)

84) 權澤英・崔東鎬 編譯, 「文學批評用語辭典」, 새문社, 2000, 142-144쪽.

85) H. B. Hulbert., "The Korean Alphabet Ⅰ", *The Korean Repository* Ⅰ, Seoul: Trilingual Press, Jan, 1892.; H. B. Hulbert., "The Korean Alphabet Ⅱ", *The Korean Repository* Ⅰ, Seoul: Trilingual Press, Mar, 1892.

86) At this stage in the study of korean, the work of preparing a dictionary is attended by a long series of discouragements. There being no written record of colloquial the labor of finding words to begin with quenches any desire for further effort. Japanese scholars have had similar difficulties to contend with, and how great these are is proven by the fact, that notwithstanding so many years of study and preparation, an unabridged dictionary published in the autumn of last year(1896), is found to lack many of the common words of the language. (J. S. Gale., 「韓英字典한영ㅈ뎐(*A Korean-English Dictionary*)」, Yokohama: Kelly&Walh, 1897.; 황호덕, 이상현 역, 앞의 책, 92쪽.)

87) Another discouragement is the difference between the sound of the colloquial, and the book-form

system of spelling. It is quite easy to suggest that the colloquial be followed throughout, but there are innumerable obstacles in the way of such a course. The Okp'—yŏn has fixed the readings of the characters, though these readings do not in every case agree with the sound of the colloquial. There are also book—forms of the vernacular, that are already in everyday use. These and other conditions have contributed to form a question, that we had no desire to sit in judgment on. As it is, a middle course has been chosen, so as to avoid as far as possible extreme book—forms and also a too literal rendering of the colloquial.(Ibid.; 같은 책, 93쪽.)

88) To sit down and write a story in native language, or Anglo—Saxon, so to speak, is, we may say, impossible.(J. S. Gale., "The Influence of China upon Korea", *Transactions of the Korea Branch of the Royal Asiatic Society*, *vol. 1*, Seoul: Royal Asiatic Society Korea Branch, 1901, pp.14-15.)

89) 이용민은 「게일과 헐버트의 한국사 이해 – 서로 상반된 사관을 중심으로–」에서 다음과 같이 재현하였다. "올 여름에 여기 와서 지내니까 아무리 더운 날이라도 더운 줄도 모르겠고, 또 이글 저 글 널리 보고 그 가운데 뜻을 풀어보니 어리석고 우스운 말도 많아, 일과 사람의 마음을 두루 알겠도다. 이제 나온 사람 등 위에도 옛 사람 쓴 말이 있는데 그것 없으면 더 찾아보리라. 그러한데 이 놈이 왜 아니 오는고?"(이용민, 「게일과 헐버트의 한국사 이해 – 서로 상반된 사관을 중심으로–」, 『교회사학』 제6권1호, 수원교회사연구소, 2007, 174-175쪽.)

90) 본문의 내용을 옮기면 다음과 같다. "이번 여름 우리는 시간을 보내려 여기에 왔다. 날씨가 아무리 더워도 우리는 느낄 수 없었다. 우리는 이런 저런 글을 많이 보았고 그 속에 담긴 생각을 풀어 헤쳤는데 그 중에는 우리에게 국가의 일들과 사람의 마음들을 어느 정도 깨우쳐주는 어리석고 기이한 것들이 많이 있었다. 이제 오고 있는 사람의 등 위에 옛사람들이 쓴 다른 글들이 있다. 글들이 도착하면 우리의 연구를 다시 시작하자. 이 녀석은 왜 오지 않는가?"(J. S. Gale., "The Influence of China upon Korea", *Transactions of the Korea Branch of the Royal Asiatic Society*, *vol. 1*, Seoul: Royal Asiatic Society Korea Branch, 1901, pp.14-15.)

91) in pure Chinese, which at the same time is pure Korean colloquial(Ibid., p.15.)

92) 이용민은 「게일과 헐버트의 한국사 이해 – 서로 상반된 사관을 중심으로–」에서 다음과 같이 재현하였다. "금년(今年)에는 창창하일(蒼蒼何日)을 북한산성(北漢山城)에서 숙영(宿營)하니 정신(精神)이 쇄락(刷樂)하여 신체(身體)가 강건(康健)하다. 피서(避暑)하기는 북한(北漢)이 제일(第一)이라. 서책(書冊)을 열람(閱覽)하고 이왕역태사(已往歷太事)를 상고(詳考)하니 가소(可笑)롭고 우매(愚昧)한 사적(史蹟)이 불소(不少)하여 국사(國事)와 인심(人心)을 가지(可知)로다. 시방(時

근대 초기 서양인의 순수 한국 시가 탐색과 인식

方)하인(下人)편(便)에 고인(古人)의 기록(記錄)한 서책(書冊)을 부송(付送)하였겠는데 고대(苦待)하기가 심(深)히 지리(支離)하도다."(이용민, 앞의 책, 175쪽.)

93) 본문의 내용을 옮기면 다음과 같다. "금년에는 긴 여름날들을 북한산성에서 보냈는데 우리의 마음들이 신선해지고 우리의 몸들이 강건해졌다. 북성은 무엇보다도 더위를 피할 곳이다. 우리는 서책들을 광범위하게 뒤졌고 선대들의 중대사들을 보았다. 거기에는 기이하고 우매한 것들이 많은데 그 중에는 국가의 일들과 사람들의 마음을 알 수 있는 것들이 있다. 이제 하인 편으로 그들은 고대인이 적은 다른 책들을 보낼 것이다. 우리는 초조하게 기다린다. 그 책들은 한참 걸리는 것 같으니 우리가 인내심을 가지고 기다린다."(J. S. Gale., "The Influence of China upon Korea", *Transactions of the Korea Branch of the Royal Asiatic Society*, *vol. 1*, Seoul: Royal Asiatic Society Korea Branch, 1901, p.15.)

94) 황호덕은 「개화기 한국의 번역물이 국어에 미친 영향 – 외국인 선교사들이 본 한국의 근대어」에서 한국어는 재발견되어야 할 것이라기보다는 창출되어야 할 대상으로 보았다. 그리고 이 당시 창출 과정은 대략 세 가지 방향으로 전개되었다고 밝힌다. 첫째로 언해 전통의 창신 혹은 재발견으로서의 '문화 내 번역', 고유어 화자에 의해 주도된 목표 언어 중심의 이질언어/텍스트에 대한 '수용 번역', 주로 서양인 선교사나 외교관 혹은 식민자 그룹인 일본인에 의해 이루어진 원천언어/텍스트 중심의 '전파 번역'이 그것이다.(황호덕, 「개화기 한국의 번역물이 국어에 미친 영향 – 외국인 선교사들이 본 한국의 근대어」, 『새국어생활』 제22권 제1호, 2012, 6쪽.)

95) 김승우, 「선교사 프레더릭 S. 밀러(Frederick S. Miller)의 한국시가론」, 『비교한국학』 21권 1호, 국제비교한국학회, 2013.

96) This will account for the native contempt of the native script. En-mun(諺文) has become the slave of Han-mun(漢文), and does all the cooli work of the sentence, namely, the ending, connecting and inflecting parts, while the Han-mun, in its lordly way, provides the nouns and verbs.(J. S. Gale., "The Influence of China upon Korea", *Transactions of the Korea Branch of the Royal Asiatic Society*, *vol. 1*, Seoul: Royal Asiatic Society Korea Branch, 1901, p.14.)

97) J. Scott., English-Corean Dictionary: being a vocabulary of Corean colloquial words in common use, Corea: Church of England Mission Press, 1891.(황호덕, 앞의 책, 72-75쪽.)

98) Possessed of a limited vocabulary suited only to the requirements of simple primitive tribes, Coreans drew on Chinese for new names and ideas necessary in their progress to a higher civilization,

The peculiarities of Corean construction, idiomatic and grammatical, have none the less remained unchanged, while Chinese has become hard and unmoveable. The genius of the two languages, either written or spoken, is diametrically distinct, and between their roots no possible identity can be discovered.(J. Scott., *English–Corean Dictionary*: *being a vocabulary of Corean colloquial words in common use*, Corea: Church of England Mission Press, 1891.; 같은 책, 85쪽.)

99) 손대현, 「〈우미인가〉의 서술 양상과 수용 의식」, 『어문학』 115권, 한국어문학회, 2012, 111~113쪽 참조.

100) 정혜경은 『*The Korea Magazine*의 출판 상황과 문학적 관심』에서 1917년에서 1919년까지 출간되었던 영문 월간 잡지 *The Korea Magazine*를 종합적으로 분석했다. 이 논문은 잡지의 특성에 초점이 맞추어진 연구 성과지만, *The Korea Magazine*에 실린 게일의 한시 영역 작품의 목록을 정리하고 원문을 일부 밝혀냈다는 점에서 게일의 한시 영역 논의와 관련이 있다. 이로서 그동안 소략하게 논의되었던 게일의 한시 영역 기록에 대한 연구가 이루어질 것으로 기대된다.(정혜경, 「*The Korea Magazine*의 출판 상황과 문학적 관심」, 『우리어문연구』 50권, 우리어문학회, 2014.)

101) "Open Court"출판사는 미국 일리노이 주에 기반을 둔 출판사로 1887년에 Edward Hegeler에 의해 창간되었다. *Open Court*는 "Open Court"출판사에서 발행한 월간 잡지의 이름이다. 이 잡지의 발행 슬로건은 "종교의 과학, 과학의 종교, 그리고 종교적인 모임(Religious Parliament)의 아이디어의 확산에 기여한다."이다. 철학, 과학, 종교 문제들을 주로 다루며, 학술지의 보급과 고전물의 대중화에 기여했다. 한편, 게일은 "Open Court"출판사에서 *The Cloud Dream of the Nine*을 간행했다. 게일의 구운몽 출판에 관련해서는 러트의 저서 참조.(Richard Rutt, *James Scarth Gale and his History of the Korean People*, Seoul : the Royal Asiatic Society, 1972, p.59 참조.)

102) Some of the greatest thoughts that dominate Korean Literature have come from the misty ages of the past. How long ago who can say? We are informed by credible historians that a mysterious being called Tan–goon, a shin–in, god–man or angel, descended from heaven and alighted on the top of the Ever White Mountains where he taught the people their first lessons in religion. The date given is contemporary with Yo of China, 2333 B. C. …(중략)… Poets and historians, Koreans and Chinese, have sung his praises. A second set of thoughts entered Korea more than a thousand years later, in 1122 B.C. This is indeed the most noted period in the history of the Far East as far as religion is concerned.(J. S. Gale., "Korean Literature", *Open Court*, *Volume 32*, Open Court Publishing Company, 1918, p.79.)

103) 모리스 쿠랑(Maurice Courant, 1865~1935)은 『한국서지』(1894~1901)에서 한국문학에 대해서 '중

국에의 모방은 문자와 언어에서나 마찬가지로 문학에서도 나타났다. 여기서 문학이라는 단어는 보다 넓은 의미에서 문자로 쓰여져 표현된 정신의 産物을 말하는 것이다.'라고 기록했다.(모리스 쿠랑, 李姬載 옮김, 『韓國書誌(누리미디어 한국학 데이터데이스)』, 서울: 누리미디어, 2013, 한국 서지〉서론〉5페이지〉1/12.).; 모리스 쿠랑이 한국문학의 서지사항을 정리하면서 다룬 문학개념에 대해서는 이상현의 「제임스 게일(James Scarth Gale)의 한국학 연구와 고전서사의 번역」참조.(이상현, 「제임스 게일(James Scarth Gale)의 한국학 연구와 고전서사의 번역 : 게일 한국학단행본 출판의 변모와 필기, 야담, 고소설의 번역」, 성균관대 박사논문, 2009, 66–67쪽, 70–71쪽 참조.)

104) 유협 지음, 『문신조룡』, 최동호 역편, 민음사, 1994, 31–43쪽 참조.

105) 설성경, 김현양, 「19세기말~20세기초 《帝國新聞》의 〈론설〉연구─〈서사적 논설〉의 존재양상과 그 위상에 대하여─」, 『淵民學志』 第8輯, 淵民學會, 2000, 246–247쪽.

106) While the priest Hang-kong lived there lived also a man who is called the father of Korean literature, Ch'oi Ch'i-wun (858–951 A. D.) whose collected works are the earliest productions we have What did he write about? On examination we find congratulations to the Emperor, to the King, to special friends ; prayers to the Buddha ; Taoist sacrificial memorials ; much about nature, home life etc.(J. S. Gale., "Korean Literature", *Open Court, Volume 32*, Open Court Publishing Company, 1918, p.84.)

107) "Like a rushing storm of snow or driving sleet, on you come, a thousand rollers from the deep, thou tide. Over the track so deeply worn again you come and go. As I see how you never fail to keep the appointed time, I am ashamed to think how wasteful my days have been, and how I spend in idle dissipation the precious hours. "Your impact on the shore is like reverberating thunder, or as if the cloud-topped hills were falling. When I behold your speed I think of Chong-kak and his wish to ride the winds ; and when I see your all-prevailing majesty I think of the sleeping dragon that has awakened. "The Tides""(驟雪翻霜千萬重/ 往來弦望躍前蹤/ 見君終日能懷信/ 慙我趨時盡放慵/ 石壁戰聲飛霹靂/ 雲峯倒影憾芙蓉/ 因思宗愨長風語/ 壯氣橫生憶臥龍/「潮浪」전문, 崔致遠 著, 『孤雲先生 桂苑筆耕 經學隊裝合部』, 大田: 回想社, 1967, 301쪽.)

108) "She goes with the fading summer and comes with returning spring, faithful and true is she, regular as the warm breezes or the chilly rains of autumn. We are old friends, she and I. You know that I readily consent to your occupying a place in my spacious home, but you have more than once soiled the pained rafters, are you not ashamed? You have left hawks and uncanny birds far off in the islands of the sea, and have come to join your friends, the herons and ibis of the streams and sunny shallows. Your rank is

equal to that of the gold finch I should think, but when it comes to bringing finger-rings in your bill as gifts to your master you fail me. "The Swallow"" (秋去春來能守信/ 暖風涼雨飽相諳/ 再依大廈 雖知許/ 久汚雕梁却自慙/ 深避鷹鸇投海島/ 羨他鴻鷺戲江潭/ 只將名品齊黃雀/ 獨讓銜環意 未甘/「歸燕吟獻太尉」전문, 같은 책, 299쪽.)

109) "So free are you to ride the running white-caps of the sea rising and falling with the rolling waters. When you lightly shake your feathery skirts and mount aloft you are indeed the fairy of the deep. Up you soar and down you sweep serenely free. No taint have you of man or of the dusty world. Your practised flight must have been learned in the abodes of the genii. Enticements of th rice and millet fields have no power to woo you, but the spirit of the winds and moon are your delight. I think of Chang-ja who dreamed of the fairy butterfly. Surely I too dream as I behold you. "The Sea-Gull"" (慢 隨花浪飄飄然/ 輕擺毛依眞水仙/ 出沒自由塵外境/ 往來只在洞中天/ 稻梁滋味好不識/ 風月 性靈深可憐/ 想得漆園蝴蝶夢/ 只應知我對君眠/「海鷗」전문, 같은 책, 302-303쪽.)

110) "To-day a gift of tea comes to me from the general of the forces by the hand of one of his trusty aides. Very many thanks. Tea was first grown in Ch'ok and brought to great excellence of cultivation. It was one of the rareties in the garden of the Soo Kingdom(589-618). The practice of picking the leaves began then, and its clear and grateful flavors from that time were known. Its especially fine qualities are manifest when its delicate leaves are steeped in a golden kettle. The fragrance of its breath ascends from the white goblets into which it is poured. If it were not to the quiet abode of the genii that I am invited to make my respectful obeisance, or to those high angels whose wings have grown, how could ever such a gift of the gods come to a common literatus like me? I need not a sight of the plum forest to quench my thirst, nor any day-lilies to drive away my care. Very many thanks and much grateful appreciation. "Tea"" (右某 今日中軍使兪公楚奉傳處分 送前件茶芽者 伏以蜀岡養秀 隋苑騰芳 始興探撮之功 方就精華之味 所宜烹綠乳於金鼎 泛香膏於玉甌 若非靜揖禪翁 卽是閑邀羽客 豈期仙貺 猥及凡儒 不假梅林 自能愈渴 免求萱草 始得忘憂 下情無任感恩惶懼激切之至 謹陳 謝謹狀//「謝新茶狀」전문, 같은 책, 271쪽.)

111) As truly as Chaucer is the Father of English Poetry, so is Ch'oi Chi'-wun the Father of Korean Literature. He was born nearly 500 years before Chaucer, being a contemporary of Alfred the Great. (J. S. Gale., "Ch'oi Chi'-wun.(崔致遠)", *The Korea Magazine, v.1 no.1*, Jan, 1917, p.13.)

112) 조동일의 『한국문학과 세계문학』 재인용.(조동일, 『한국문학과 세계문학』, 지식산업사, 1995, 201 쪽.)

근대 초기 서양인의 순수 한국 시가 탐색과 인식

113) "The light I saw when I awoke,/ Was from the torch that has no smoke,/ The hill whose shade came through the wall,/ Has paid an unembodied call,/ The music of the pine tree's wings/ Comes from a harp that has no strings,/ I saw and heard, the sight and song,/ But cannot pass its joys along. "By Night Ch'oi Ch'ung(986－1068 A.D.)""(滿庭月色無烟燭/ 入座山光不速賓/ 更有松絃彈譜外/ 只堪珍重未傳人//「絶句」전문, 徐居正,『東文選六』, 馬山: 民族文化刊行會, 1994, 356쪽.)

114) Rutt, R., *James Scarth Gale and his History of the Korean People*, Seoul : the Royal Asiatic Society, 1983, 184－186쪽 참조.

115) Kim Poo－sik(1075－1151 A.D.) is the earliest historian of Korea. He it is who wrote the Sam－gook Sa or History of the Three Kingdoms, one of the most highly prized books to－day. Two selections from his pen are given herewith that furnish the reader with a slight glimpse of the far－off world of the days of William the conqueror. Kim Poo－sik was not only a noted literatus but a great general. He was a man of immense height who quite overawed the world by his commanding stature.(J. S. Gale., "Korean Literature", *Open Court*, *Volume 32*, Open Court Publishing Company, 1918, p.86.)

116) "This is my prayer ; May the indescribable blessing of the Buddha, and his love that is beyond tongue to tell, come upon these forsaken souls in Hades, so that they may awaken from the misery of their lot. May their resentful voices be heard no more on earth, but may they enter the regions of eternal quiet. If this burden be lifted from me I shall be blessed indeed, and this distressing sickness will give place to joy. May the nation be blessed likewise and a great festival of the Buddha result. "The King's Prayer to the Buddha(Written by Kim Poo－sik)""(伏願無功用威德 不思議慈悲 攝其異生 頓悟苦空之理 杜其靈響 皆從寂滅之遊 彼旣絶通 脫其蒙利 俾躬免厄 永符福履之綏 與國咸休 久有榮懷之慶//「俗離寺占察會疎」부분, 徐居正, 앞의 책, 65쪽.)

117) "The closing of the year speeds on. Long nights and shorter days they weary me. It is not on account of lack of candle light that I do not read, but because I'm ill and my soul is distressed. I toss about for sleep that fails to come. A hundred thoughts are tangled in my brain. The rooster bird sits silent on his perch. I wait. Sooner or later he will surely flap his wings and crow. I toss the quilts aside and sit me up, and through the window chink come rays of light. I fling the door wide out and look abroad, and there off to the west the night－stars shine. I call my boy, "Wake up. What ails that cock that he does not crow? Is he dead, or does he live? Has some one served him up for fare, or has some weasel bandit done him ill? Why are his eyes tight shut and head bent low, with not a sound forthcoming from his bill?" "This is the cock－crow hour and yet he sleeps. I ask "Are you not breaking God's most

primal law? The dog who fails to see the thief and bark ; the cat who fails to chase the rat, deserve the direst punishment. Yet, death itself would not be too severe." Still, Sages have a word to say : Love forbids that one should kill. I am moved to let you live. Be warned, however, and show repentance. "The Dumb Cock""(歲崢嶸而向暯/ 苦晝短而夜長/ 豈無燈以讀書/ 病不能以自强/ 但展轉以不寐/ 百慮縈于寸腸/ 想鷄塒之在邇/ 早晚鼓翼以一鳴/ 擁寢衣而幽坐/ 見牕隙之微明/ 遽出戶以迎望/ 參昂澹其西傾/ 呼童子而今起/ 乃問鷄之死生/ 旣不羞於俎豆/ 恐見害於狸猩/ 何低頭而瞑目/ 竟緘口而無聲/ 國風思其君子/ 嘆風雨而不已/ 今可鳴而反默/ 豈不違其天理/ 與夫狗知盜而不吠/ 猫見鼠而不追/ 校不才之一揆/ 雖屠之而亦宜/ 惟聖人之敎誡/ 以不殺而爲仁/ 倘有心而知感/ 可悔過而自新//「啞鷄賦」전문, 같은 책, 8-9쪽.)

118) Kim Poo-sik was a contemporary of William the Conqueror. He saw the days of St. Bernard and the First Crusade, and lived when the famous Songs ruled China. He has the honour of being the first great historian of his country having written the Sam-Sook Sa in 1145 A.D.(J. S. Gale., "KIM POO-SIK(金富軾)", *The Korea Magazine*, v.1 no.6, Jun, 1917, p.256.)

119) J. S. Gale., "YI KYOO-BO", *The Korea Magazine*, v.1 no.5, May, 1917, pp.202-207.

120) J. S. Gale., "Korean Literature", *Open Court, Volume 32*, Open Court Publishing Company, 1918, pp.87-88.

121) 이규보, 『신편 국역 동국이상국집8』, 재단법인 민족문화추진회 역, 한국학술정보(주), 2006, 69쪽.

122) J. S. Gale., "Korean Literature", *Open Court, Volume 32*, Open Court Publishing Company, 1918, p.91.

123) 이규보, 『신편 국역 동국이상국집2』, 재단법인 민족문화추진회 역, 한국학술정보(주), 2006, 80쪽.

124) The Name for God-Hananim, meaning The One Great One, the Supreme and Absolute Being, suggesting the mysterious Hebrew appellation "I am that I am." Hana meaning One and Nim, Great.(J. S. Gale., "Korea's Preparation for the Bible", *The Korea Mission Field*, Mar, 1912, p.86.)

125) 게일은 서양인을 접한 조선인의 혼란에 대해, 다음과 같이 기록했다. "조랑말의 발꿈치 뒤쪽으로 반경 一, 二야아드 가량만이 비어 있었다. 사람들은 서로 엎치락뒤치락하면서 아우성치고 싸우고 하였다. 그들이 「저게 귀신인가 사람인가?」하고 자기네끼리 묻는 말을 들었을 때 내가 느낀 위안은, 테니슨의 영웅 「그들이 알기에는 아무튼 귀신인 것과 관계있다는 것이었다."(제임스 게일 著,

270   근대 초기 서양인의 순수 한국 시가 탐색과 인식

앞의 책, 200쪽.)

126) 앨프릿 테니슨 지음, 『인 메모리엄』, 이세순 편역, 한빛문화, 2008, 82-83쪽.

127) Rutt, R., *James Scarth Gale and the History of the Korean People*, Seoul : the Royal Asiatic Society, 1972, pp.29-30.

128) J. S. Gale., "Korean Literature", *Open Court, Volume 32*, Open Court Publishing Company, 1918, p.89.

129) 이규보, 『신편 국역 동국이상국집8』, 재단법인 민족문화추진회 역, 한국학술정보(주), 2006, 269쪽.

130) H. G. Underwood., 『韓英字典한영ㅈ전(*A Concise Dictionary of the Korean Language*)』, Yokohama: The Fukuin Printing CO., L'T., 1890.(황호덕, 이상현 편, 『한국어의 근대와 이중어사전(영인편) Ⅱ』, 박문사, 2012, 431쪽.)

131) J. Scott., *English-Corean Dictionary: being a vocabulary of Corean Colloquial words in common use*, Corea: Church of England Mission Press, 1891.(황호덕, 이상현 편, 『한국어의 근대와 이중어사전(영인편) Ⅲ』, 박문사, 2012, 287쪽.)

132) H. B. 헐버트 지음, 앞의 책, 365-368쪽.

133) 제임스 게일 著, 앞의 책, 220-221쪽.

134) The Coreans show a low opinion of their native tongue by calling it Yuk-tam, or sottish words without meaning, and utterly insufficient to express ideas. Hence the poverty of the native literature. …(중략)… Poetry is of two kinds, one style consisting of songs, punning descriptions, funny sayings with rhythm and a certain number of syllables or feet; and the other based on the Chinese model. The "pung-wel," or favorite sort, is of a light, idyllic, and, as its name indicates, deals largely with wind and moon.(W. E. Griffis., *Corea, the Hermit Nation*, London: W. H. Allen&Co., 1882, pp.449-450., 그리피스의 『한국, 은자의 나라』는 8판까지 간행되었는데, 한국의 문학에 대해 논의한 "부록(Appendix)"은 초판에만 수록되어 있다.)

135) 육담풍월(肉談風月)과 언문풍월(諺文風月)은 한시를 우리말과 접합시킨 희작시의 형태로 평가받
는다. 조선 사회에서 한시짓는 소양은 그 사람의 품격을 평가하는 잣대 중 하나였다. 조선 사회는
한시를 짓지 못하면, 육담풍월이라도 지을 줄 알아야 하고, 육담풍월을 짓지 못하면 언문풍월로
대신할 수 있다고 평가했다. 그러나 그것은 표면적인 것이고, 그 이면에는 한문과 언문을 섞은 말
놀이의 풍월로 한시를 짓는 사람들, 한문을 안다고 거들먹거리는 허세를 꼬집는 풍자가 있었다.
때문에 18세기 육담풍월과 언문풍월은 한문과 언문이 섞인 풍자 성격의 말놀이가 주 내용이었고,
이후 1900년대 유행한 언문풍월은 애국적인 표현이 대부분을 차지했다.(趙東一, 『한국문학통사
3』, 지식산업사, 1984, 261–266쪽, 286–291쪽 참조.)

136) 모리스 쿠랑, 『韓國書誌(누리미디어 한국학 데이터데이스)』, 李姬載 옮김, 서울: 누리미디어,
2013, 한국서지〉서론〉6페이지〉2/13.

137) 20세기 이전 서구인에 의해 한국 한시가 연구된 대표적인 사례로서, 모리스 쿠랑(Maurice
Courant, 1865~1935)의 『한국서지』(1894)를 들 수 있다. 쿠랑의 『한국서지』4부 '文墨部'의 1장은
'詩歌類'로 분류되어, '중국시가'와 '한국에서 작성된 중국시', '한국시가'의 3부류가 소개되었다. 쿠
랑은 한국 시가를 한문과 한글로 나누어 살펴보았다. 『한국서지』의 한시에 대한 논의로는 이상현
의 「19세기 말 한국시가문학의 구성과 '문학텍스트'로서의 고시가」가 있다.(이상현, 「19세기 말 한
국시가문학의 구성과 '문학텍스트'로서의 고시가 – 모리스 쿠랑 한국시가론의 근대학술사적 의
미」, 『비교문학』 62, 한국비교문학회, 2014, 335–347쪽 참조.)

138) Out of a list of 32,789 words, there proved to be 21,417 Chinese and 11,372 Korean that is twice as
many Chinese as native words. At the present time, too, the language is being flooded by many new
terms to represent incoming Western thought, and these are all Chinese. In the Han–mun dictionary,
or Ok–pyun(玉篇), there are 10,850 characters. In reading these, the native endeavours as far as
possible to mark each character by some native word, which will approximately give the meaning, so
he says Soikeum or "metal"–keum. In this search for native words that will approximately designate
the character he finds himself lacking in the case of more of more than 3,000 characters. For 7,700
of them native words are found, but for the remainder nothing even approaching the meaning exists in
the native speech.(J. S. Gale., "The Influence of China upon Korea", *Transactions of the Korea Branch
of the Royal Asiatic Society, vol. 1*, Seoul: Royal Asiatic Society Korea Branch, 1901, p.14.)

139) we need the Chinese character to convey it.(Ibid., p.14.)

140) poetry (詩 Si), history (書 su), ceremony(禮 Ye), music(樂 Ak), medicine(醫 Eui), witchcraft(巫 Mu),

　　　　근대 초기 서양인의 순수 한국 시가 탐색과 인식

the principles of life (陰陽 Eum-yang), divination (卜筮 Pok-su), and various arts (百工 Pak-kong). (Ibid., p.2.)

141) Si is the name of a poetic composition of eighteen couplets, with seven characters to the line; Pu consists of twenty couplets of six characters;(Ibid., p.9.)

142) G. H. Jones., "Sul Ch'ong, FATHER OF KOREAN LITERATURE", *The Korea Review*, vol.3, Seoul: Methodist Publishing House, Mar, 1901, p.101.

143) H. B. Hulbert., "THE ITU", *The Korean Repository* Ⅴ, Seoul: Trilingual Press, Feb, 1898, pp.47-54.

144) Sul chong was in his way a sort of Korean Wyckliffe. Lacking a native script in which to reduce the Classics to the veracular, he got no further than oral instruction of the people in their tenets, but that that was an advance of vast importance is evidenced by the stress laid on in it in the eulogies of Sul Chong in Korean history. Had he had a medium for writing he would, like Wyckliffe, have stereotyped the Sil-la form on the Korean vocabulary and saved many words for us which are lost today. And Wyckliffe had his Lollards who went about reading the Bible to the common people in the tongue they could understand. So Sul Chong set the vogue in Korea of the verbal explanation of the Classics in the language of the people.(G. H. Jones., "Sul Ch'ong, FATHER OF KOREAN LITERATURE", *The Korea Review*, vol.3, Seoul: Methodist Publishing House, Mar, 1901, p.106.)

145) We now come to a crucial question in connection with the whole history of Sul Chong: Is he entitled to be called the Father of Korean Literature? If not why then is he the first scholar deemed worthy of remembrance and all before him consigned to oblivion?(Ibid., p.109.)

146) And to the extent to which literature and learning has emanated from that school is he the Father of Korean Letters.(Ibid., p.111.)

147) 고종 때 조헌(趙憲), 김집(金集)이 추가되어 성균관에 배양된 유학자는 18현이 되었다. 존스는 추가되기 이전의 16현에 대해서 소개했다. '설총(薛聰), 최치원(崔致遠), 안향(安珦), 정몽주(鄭夢周), 김굉필(金宏弼), 정여창(鄭汝昌), 조광조(趙光祖), 이언적(李彦迪), 이황(李滉), 김인후(金麟厚), 이이(李珥), 성혼(成渾), 김장생(金長生), 조헌(趙憲), 김집(金集), 송시열(宋時烈), 송준길(宋浚吉), 박세채(朴世采)'(G. H. Jones., "CH'OE CH'I-WUN: HIS LIFE AND TIMES",

Transactions of the Korea Branch of the Royal Asiatic Society, vol. 3, Seoul: Royal Asiatic Society Korea Branch, 1903, p.3.)

148) He secured a prominence in Korean literary life which can never be taken him. His predecessor, Sŭl Ch'ong, left so few literary remains that collections of early Korean literature begin with Ch'oé rather than with Sŭl Ch'ong. Thus the great Tong-mun-sun(東文選), Selections from Korean Compositions (54 vols.), complied by Su-gu-chung(徐居正) in 1478, begins Korean literature really with Ch'oe. This was also the case with an earlier work of similar character by Ch'oe-hai, called the Tong-in-mun(東人文) which begins Korean literature with Ch'oe. The fact that these collections of Korean literature begin with Ch'oe Ch'i-wun would seem to confirm the tradition that he was the first Korean writer to produce books in the Chinese characters, a tradition, however, which we are hardly prepared to accept. But an examination of his works certainly introduces us very nearly to the fountain head of Korea literature.(Ibid., p.16.)

149) "Note on Ch'oe Ch'i-wun"의 저자는 제시되지 않았다.("Note on Ch'oe Ch'i-wun", *The Korea Review*, Seoul: Methodist Publishing House, Jun, 1903.), *The Korean Review*의 저자를 알 수 있는 글은 총 92편이며, 이름을 파악할 수 있는 저자는 총 52명으로 파악된다.(이슬, 「개항기 영문월간지 『코리아 리뷰』 연구」, 한국학중앙연구원 한국학대학원 석사논문, 2010, 33쪽 참조.)

150) The literary history of Korea cannot be said to have opened until the days of Ch'oé Ch'i-wŭn (崔致遠) in the seventh century A.D., the brightest light of early Korean literature.(H. B. Hulbert., "Korean Fiction," *The Korea Review*, Seoul: Methodist Publishing House, Jul, 1902, p.290.)

151) John Vernon Slack는 Korea Mission Field를 중심으로 서구인들의 한국에 대한 관점을 논했다. John Vernon Slack은 "old korea"라는 용어가 등장한 시기를 1905년경으로 보았고, 1906년과 1907년경 "new korea"라는 용어가 등장했다고 밝혔다. (John Vernon Slack, 「일제 강점기 『코리아 미션 필드 (*Korea Mission Field*)』에 나타나는 한국의 이미지 연구」, 서울대 석사논문, 2009, 13쪽, 61쪽 참조.)

152) J. S. Gale., "The Korea's View of God", *The Korea Mission Field*, Mar, 1916, pp.66-67.

153) J. S. Gale., "Korean Literature", *Open Court*, *Volume 32*, Open Court Publishing Company, 1918, pp.85-86.

154) Ibid., p.100.

155) J. S. Gale., "Korea's Preparation for the Bible", *The Korea Mission Field*, Mar, 1912, p.86.

156) 게일의 'God'의 번역어와 관련한 연구는 다음과 같은 논문들을 참조할 수 있다.(이상현, 「제임스 게일(James Scarth Gale)의 한국학 연구와 고전서사의 번역-게일 한국학단행본 출판의 변모와 필기, 야담, 고소설의 번역-」, 성균관대 박사논문, 2009, 152~195쪽 참조., 안성호, 「19세기 중반 중국어 대표자역본 번역에서 발생한 '용어논쟁'이 초기 한글성서번역에 미친 영향(1843~1911)」, 『한국기독교와 역사』, 한국기독교역사연구소, 2009, 240쪽 참조., 유영식, 이상규, 존 브라운, 탁지일, 『부산의 첫 선교사들』, 한국장로교출판사, 2007, 145쪽 참조.)

157) 류대영, 옥성득, 이만열 공저, 『대한성서공회사 Ⅱ』, 대한성서공회, 1994, 115쪽.

158) 이상현, 「한국 신화와 성경, 한국 신화와 성경, 선교사들의 한국 신화 해석」, 『비교문학』 제58집, 한국비교문학회, 2012, 67쪽.

159) 황호덕, 이상현 저, 『개념과 역사, 근대 한국의 이중어사전 - 외국인들의 사전편찬사업으로 본 한국어의 근대』 연구편1, 박문사, 2012, 402-405쪽.

160) Here is Gale again, in an unpublished, undated essay also titled "Korean Literature:". "This tragic death of native literature that followed the fateful edict is seen in the fact that a famous father of the old school may have a famous son, yes a graduate of Tokyo University, who still cannot any more read what his father has written than the ordinary graduate at home can read Herodotus or Livy at sight; and the father, learned though he be, can no more understand what his son reads or studies than a hermit from the hills of India can read a modern newspaper. So they sit this father and this son separated by a gulf of a thousand years pitiful to see.(서울대학교 규장각 한국학연구원, "James Scarth Gale, Korean Literature in Hanmun, and Korean Books", 『해외 한국본 고문헌 자료의 탐색과 검토』, 삼경문화사, 2012, 243쪽.)

161) J. S. Gale., "What Korea Has Lost", *The Christian Movement in Japan Korea and Formosa*, Kobe, 1926.(황호덕, 이상현 역, 『개념과 역사, 근대 한국의 이중어사전 - 외국인들의 사전편찬사업으로 본 한국어의 근대』 번역편2, 박문사, 2012, 174-175쪽.)

162) J. S. Gale., 『韓英大字典(*The Unabridged Korean-English Dictionary*)』, 京城: 朝鮮耶蘇敎書會, 1931.(같은 책, 100-103쪽.)

163) J. S. Gale., "Korean Literature", *The Christian Movement in Japan Korea and Formosa*, Kobe, 1923.(같은 책, 162쪽.)

164) Ibid., 같은 책, 165–167쪽.)

165) 여태천, 『미적 근대와 언어의 형식』, 서정시학, 18–82쪽 참조.

166) 金億, 「朝鮮心을 背景삼아一詩壇의 新年을 마즈며」, 『東亞日報』, 京城: 東亞日報社, 1924.1.1.

167) 1920년대 조선 문학인들의 국민문학 운동에 있어서, 일본인 학자들의 조선 문학 연구활동이 끼친 영향력을 무시할 수 없다. 1927년 1월 1일 동경(東京)에서 조선민요에 대한 최초의 연구서인 『조선민요의 연구(朝鮮民謠の研究)』가 출판된 바 있다. 『조선민요의 연구(朝鮮民謠の研究)』의 목차와 필자들을 살펴보면, 일본인 학자들과 함께 최남선, 이광수, 이은상 등의 한국문학인들도 있는 것을 확인할 수 있다. 또 책의 서문에 따르면, 김억이 교정 등 출판 과정의 실무를 담당했다고 한다.(구인모, 『한국 근대시의 이상과 허상』, 소명출판, 2008. 123–128쪽 참조.)

168) 金岸曙, 「作詩法(4)」, 『朝鮮文壇』第10號, 1925. 7. 79쪽.

169) 金岸曙, 「밝아질 朝鮮詩壇의 길 上·下」, 『東亞日報』, 京城 : 東亞日報社, 1927. 1. 2–3쪽.

170) 베네딕트 앤더슨 지음, 『상상의 공동체』, 윤형숙 옮김, 나남, 2007. 65–76참조.

171) 앙드레 슈미드 지음, 『제국 그 사이의 한국』, 정여울 옮김, 휴머니스트, 2007. 14쪽 참조.

172) 編輯者, 「三千里 機密室」, 『三千里』第6卷 第7號, 京城:三千里社, 1934. 6.; 編輯者, 「朝鮮文學의 主流論, 우리가 장차 가져야 할 文學에 對한 諸家答」, 『三千里』第7卷 第9號, 1935.10.; 編輯者, 「朝鮮文學의 世界的 水準觀」, 『三千里』第8卷 第4號, 1936. 4.

173) 강혜정, 앞의 책. 95쪽 참조.

174) F. S. Miller., "A Korean Poem", *The Korea Review*, *vol.*3, Seoul : Methodist Publishing House, Oct, 1903.

175) 가라타니 고진(柄谷行人), 『일본근대문학의 기원』, 박유하 옮김, 민음사, 1997. 19–21쪽 참조.

176) 鄭寅燮, 「時調英譯論 二, 樹州氏에게도 一言함」, 『조선중앙일보』, 1933. 10. 3.

177) 강혜정은 "Korean Poetry"(1896)에 헐버트가 소개한 어부가류 노래와 『조웅전』 소재의 노래 모두 시조 작품을 원작으로 추정한다고 평가했다. 한편 강혜정은 헐버트가 소개한 어부가류 민요의 원문을 찾기 힘들기 때문에 연구대상에서 제외시키고, 원문 확인이 가능한 『조웅전』 소재의 노래를 중점적으로 살펴보겠다고 밝혔다.(강혜정, 앞의 책, 95쪽.)

178) and as he gazes up at the rock—ribbed giant, the very spirit of poetry seizes him and he demands who those successful ones have been.(H. B. Hulbert., "Korean Vocal Music", *The Korean Repository* Ⅲ, Seoul: Trilingual Press, Feb. 1896, p.47., 헐버트 지음, 『헐버트 조선의 혼을 깨우다』, 김동진 옮김, 참좋은친구, 2016, 394쪽.)

179) The verses which are sung in connection with this chorus range through the whole field of legend, folk lore, lullabys, drinking songs, domestic life, travel and love. To the Korean they are lyric, didactic and epic all rolled into one. They are at once Mother Goose and Byron, Uncle Remus and Wordsworth.(H. B. Hulbert., "Korean vocal music", *The Korean Repository* Ⅲ, Seoul: Trilingual Press, Feb. 1896, p.50., 같은 책, 401쪽.)

180) 영국의 전승 동요집(Mother Goose's Nursery Rhymes)의 상상적 저자.

181) 와그너(E. C. Wagner, 1881~1957)는 『한국의 아동생활(*Children of Korea*)』(1911)에서 헐버트의 『대한제국멸망사』에 실린 토끼전 이야기를 인용한다. 그리고 한국의 민담들에 대해서 엉클 리머스(Uncle Remus)의 이야기를 생각나게 한다고 기록했다. 『한국의 아동생활』의 역자 신복룡의 엉클 리머스에 대한 각주를 인용하면 다음과 같다. "엉클 리머스(Uncle Remus): 해리스(Joel C. Harris: 1848-1908)의 소설인 『리머스 아저씨의 이야기(*Unde Remus's Tales*)』의 주인공으로서, 늙은 흑인 농부인 그는 흑인 영가와 흑인 민담을 많이 알고 있는 인물로 묘사되고 있다."(E. 와그너 지음, 『한국의 아동생활』, 신복룡 역주, 집문당, 1999. 47쪽.)

182) In spite of the evidence to the contrary borne to our ears on every summer breeze, Korean music is not a myth. The sounds seem peculiar and are far from pleasing, because we do not know or feel what they are intended to express and we bring to them not to Korean temperament and training but the more artificial western ear. We say they do not "keep time", which is as just a stricture as it would be to say that Shakespeare's verse does not rhyme. Why should they "keep time?" There is no analogy for it in nature. The thrush does not keep time; and the skylark, that joy of Korean waste places, cares naught

for bars and dotted notes. As a pure expression of feeling, music should no more be hampered by "time" than poetry is by rhyme.(H. B. Hulbert., "Korean Vocal Music", *The Korean Repository* Ⅲ, Seoul: Trilingual Press, Feb, 1896, p.45., 헐버트 지음, 앞의 책, 388쪽.)

183) 강혜정은 헐버트가 묘사한 시조창의 현장 모습을 근거로 그의 시조 영역 작품들이 시조창을 대상으로 채록되었을 가능성이 높다고 논했다. "청산아 무러보자…"는 표기가 유사한 작품이 있을 뿐, 일치하는 작품은 없고, "술먹지 마자ᄒ고…" 역시 부분적으로 유사한 내용의 작품은 있지만, 가집에서 완전히 일치하는 내용의 작품은 찾을 수 없었다. "이달이 삼월인지…"도 마찬가지였다.(강혜정, 앞의 책, 98–102쪽 참조.)

184) "That pondrous weighted iron bar,/ I'll spin out thin, in threads so far/ To reach the sun, and fasten on,/ And tie him in, before he's gone ;/ That parents who are growing gray,/ May not get old another day."(J. S. Gale., "ODE ON FILIAL PIETY", *The Korean Repository* Ⅲ, Seoul: Trilingual Press, Apr, 1895, p.125.).; 원문으로 확인된 작품은 다음과 같다. "만근쇠를 느려ᄂᆞ니 길게길게 노흘 ᄭᅩ와/ 구만 장천 가는 ᄒᆡ를 ᄆᆡ우리라 슈이슈이/ 북당에 학발쌍친이 더듸 늙게"(全圭泰 편, 『시조집』, 명문당, 1991, 416쪽.)

185) J. S. Gale., "Korean Songs", *The Korean Bookman, Vol* Ⅲ. No.2, Seoul: The Christian Literature Society of Korea, Jun, 1922.

186) 러트가 일대기와 참고문헌을 보충하여 *James Scarth Gale and his History of the Korean People*로 재출간하였다.(Richard Rutt., *James Scarth Gale and his History of the Korean People*, Seoul : the Royal Asiatic Society Korea Branch, 1983.)

187) 이상현, 이진숙, 『朝鮮筆景』(*Pen-picture of Old Korea*(1912)) 소재 게일(J. S. Gale) 영역시조의 창작 연원과 '내지인의 관점', 『우리문학연구』 제44집, 우리문학회, 2014.

188) Thirty years and more ago the father of the once famous Yang Keui-t'aik had a Korean song book struck off from plates owned by a friend of his which he presented to me with his best compliments. This poor old book, knocked about in all winds and weather, comes to speak to you today. It is called the Nam-hoon T'ai-pyung-ga(the Peaceful Songs of Nam-hoon). Nam-hoon was the name of King Soon's Palace, long before the days of Abraham. His capital was on the site of the modern Pu-chow that sits on the inner elbow of the Whang-ho River. …(중략)… The students of today know nothing of their father's songs. Execrable attempts at Old Grimes, Clementine, and Marching Through

근대 초기 서양인의 순수 한국 시가 탐색과 인식

Georgia they lick up like the wind, while the Nam-hoon T'ai-pyung-ga is forgotten.(J. S. Gale., "Korean Songs", *The Korean Bookman*, Vol Ⅲ. No.2, Seoul: The Christian Literature Society of Korea, Jun, 1922, p.13.)

189) 이상현, 이진숙, 앞의 책.

190) In looking over the first two hundred odes of the Ch'ung Ku Ak Chang, I find forty-eight names of persons mentioned—all Chinamen, without a single exception.(J. S Gale., "The Influence of China upon Korea", *Transactions of the Korea Branch of the Royal Asiatic Society vol. 1*, Seoul: Royal Asiatic Society Korea Branch, 1901, p.16.)

191) 奇一, 「歐美人の見たる朝鮮の將來一余は前途を樂觀する」1-4, 『朝鮮思想通信』, 787~790, 1928.(황호덕, 이상현 역, 『개념과 역사, 근대 한국의 이중어사전 - 외국인들의 사전편찬사업으로 본 한국어의 근대』 번역편2, 박문사, 2012, 184쪽.)

192) 강혜정은 게일이 시조를 매우 오래된 노래(very old song), 공자 이전의 노래로 간주하였다고 했는데, 이것은 타당한 평가이다. 게일은 시조를 연원을 알 수 없는 고대 한국의 노래로 기록했다.(강혜정, 앞의 책, 94쪽 참조.)

193) 이상현과 윤설희는 한국의 시가 문학을 번역하여 소개한 사례는 개신교 선교사들이 아니라 漢城日語學堂의 교사로 초빙 받았던 1893년에 발표된 오카쿠라 요시사부로의 논문이라고 지적하고 있다.(이상현, 윤설희, 「19세기 말 在外 외국인의 한국시가론과 그 의미」, 『동아시아문화연구』 제56집, 2014, 312쪽.)

194) 아나스타시아 구리예바, 「조선후기의 대화구성법 시조 : 『남훈태평가』 가집을 중심으로」, 『한국문예비평연구』 제30집, 2009, 334쪽.

195) 鄭炳浩, 「1910년 전후 한반도 〈일본어 문학〉과 조선 문예물의 번역」, 『일본근대학연구』 제34집, 한국일본근대학회, 2011, 140-143쪽 참조.

196) 구인모, 앞의 책, 121-122쪽 참조.

197) 金岸曙, 「作詩法(4)」, 『朝鮮文壇』 第10號, 1925, 7, 79쪽.

198) I. B. Bishop, *Korea & her neighbours*, 1-2, 西洋語資料叢書編纂委員會 編, 景仁文化社, 2000, pp.191-194., I. B. 비숍 저, 『조선과 그 이웃 나라들』, 신복룡 역, 집문당, 2000, 160-165쪽.

199) 김승우는 헐버트가 언급한 하치(Ha Chʼi)가 프랑스 신부들에 의해 제작된 『한불ᄌᆞ뎐(韓佛字典)』(1880)에 등장하는 격이 낮은 대상을 뜻하는 '하치(下品)'라는 단어에서 인용되었다고 밝히고 있다.(김승우, 『19세기 서구인들이 인식한 한국의 시와 노래』, 소명출판, 2014, 116쪽.)

200) Korean Vocal music is divided into three classes; the Si Jo, or what we might call the classical style, the Ha Chʼi, or popular style and intermediate grade which we might call the drawing-room style - with the drawing-room left out. "한국의 성악(vocal music)은 세 가지 부류로 나누어진다. 시조 혹은 우리가 고전적인 형식이라고 부르는 것, 하치(hachi) 혹은 대중적인 형식, 그리고 응접실 형식이라고 부르는 중간 등급이 있다."(H. B. Hulbert., "Korean Vocal Music", *The Korean Repository* Ⅲ, Seoul: Trilingual Press, 1896, 2, 45쪽.)

201) 강혜정, 앞의 책, 97-98쪽.

202) 김승우, 앞의 책, 148쪽.

203) 오래 전 그대와 나/ 손잡고 맹서했노라./ 입술이 마르고 마음이 슬플 때면/ 아무리 향기로운 술일지라도/ 슬픔과 목마름을 풀지 못했나니/ 모두가 흘러간 옛 일이로다.// 이제 인생의 황혼 길에 접어들어/ 삶의 쇠퇴는 시작되나니/ 어두운 여생인들 얼마나 남았으랴./ 오로지 죽지 않는 술잔을 벗삼아/ 영원히 더럽혀진 사원(寺院)을 슬퍼할지니/ 젊은 날의 맹서가 사라진 그 곳이여.// 아니다 아니노라/ 사념(邪念)이여 물러가라./ 즐거운 주연(酒宴)은 다시 내 영혼을 일깨우리니/ 선인(善人)이여 잡으시라 이 한잔 술을/ 독주(毒酒)를 파는 곳이 어드메더뇨/ 저 건너 도원(桃園)이 게 아니드냐./ 행운이 그대에게 있을지니/ 나 그대를 위해 거문고를 타노라.(I. B. 비숍 저, 앞의 책, 161-162쪽.)

204) 술먹지마자ᄒᆞ 고밍세를 지엇더니/ 술보고안주보니밍세가허ᄉ로다/ ᄋᆞ히야쳥념이어디미니져건너힝화촌(H. B. Hulbert., "Korean Vocal Music", *The Korean Repository* Ⅲ, Seoul: Trilingual Press, 1896, 2, p.49.)

205) 작별의 불길은 가슴을 태우고/ 눈물이 비가 되어 그 불길을 꺼 주지만/ 한숨은 바람을 일으켜/ 불길이 다시 인다.(I. B. 비숍 저, 앞의 책, 163쪽.)

206) 니별이 불이 도야 타우느니 간장이라/ 눈물이 비가 도면 붓는 불를 쓰련마는/ 흔숨이 바람 도야 졈 졈 붓네.(김흥규 외 6인 편저, 『고시조대전』, 고려대민족문화연구원, 2012, 3854쪽.)

207) H. B. 헐버트 지음, 『대한제국멸망사』, 신복룡 역, 집문당, 2006, 381쪽.

208) 강혜정과 김승우도 헐버트가 특정 가집을 통해 시조를 접한 것이 아니라, 시조창이 연행되던 현장에서 노래를 직접 듣고 채록했을 것이라고 추정했다. 한편, 강혜정은 헐버트의 '감흥'을 중시한 의역이라고 헐버트의 작품을 평했고, 김승우는 헐버트가 한국 시가에 대한 부정적 인식을 쇄신하기 위해 서양 독자들의 관점에 맞추어 시가를 재구성했다고 평했다. (강혜정, 앞의 책, 98~112쪽 참조., 김승우, 「구한말 선교사 호머 헐버트(Homer B. Hulbert)의 한국 시가 인식」, 『한국시가연구』 31집, 한국시가학회, 2011, 22쪽 참조.)

209) 게일의 *Korean Folk Tales*(1913)에 대해서는 이상현의 논문을 참조할 수 있다.(이상현, 「『천예록』, 『조선설화 : 마귀, 귀신 그리고 요정들』(*Korean Folk Tales : imps, ghost and fairies*) 소재 「옥소선·일타홍 이야기」의 재현양상과 그 의미」, 『한국언어문화』 33, 한국언어문화학회, 2007.; 이상현, 「제국들의 조선학, 정전의 통국가적 구성과 유통 : 『천예록』, 『청파극담』 소재 이야기의 재배치와 번역·재현된 '조선'」, 『한국 근대문학 연구』 18, 한국근대문학회, 2008.)

210) 완전한 언문일치는 불가능하며, 언문일치도 이데올로기로 볼 필요가 있다. '가창시조'와 '가집시조'는 언문일치 이후 탄생한 '시조시'와 구분하기 위해 이 책에서 편의상 만든 용어다.

211) 이상현, 윤설희, 앞의 책, 321~328쪽 참조.

212) H. B. Hulbert., "Korean Vocal Music", *The Korean Repository* Ⅲ, Seoul: Trilingual Press. 1896, 2, p.45.

213) 스페인어로서, trémuloso, trémulo는 '떠는', '흔들리는'의 의미를 갖고 있다.

214) Let us begin with Si Jo or classical style. It may be characterized as extremely andante and tremuloso, and is punctuated with drums. This means that the accompaniment consists mainly of a drum which is struck once in a while to notify the singer that she has hung on to one note as long as the patience of the audience will permit and she had better try another, which advice is invariably taken. The progress is extremely slow and compares with our music as travel on a spavined Korean pack—pony compares with the "Empire State Express." It takes as much time for your Korean virtuoso to get out of sight of

the signature as it does for only a medium fast western singer to render a three-verse song and respond to an encore. ···(중략)··· The Koreans say that it requires long and patient practice, and is sung to perfection only by the dancing girls, not because the sentiments are more properly expressed by them than by more reputable people, although this is not unusual, but because they are the only ones who have the leisure to give to its cultivation.(H. B. Hulbert., "Korean vocal music", *The Korean Repository* Ⅲ, Seoul: Trilingual Press, Feb. 1896, pp.45-46. 헐버트 지음, 『헐버트 조선의 혼을 깨우다』, 김동진 옮김, 참좋은친구, 2016, 389-390쪽.)

215) 모리스 쿠랑, 『韓國書誌(누리미디어 한국학 데이터데이스)』, 李姬載 옮김, 서울: 누리미디어, 2013, 한국서지〉본문〉455페이지〉1/2.

216) 가라타니 고진(柄谷行人), 앞의 책, 55쪽.

217) 같은 책, 32쪽, 48쪽.

218) J. S. Gale., "Korean Literature", *The Christian Movement in Japan Korea and Formosa*, Kobe, 1923.(황호덕, 이상현 역, 앞의 책, 164-165쪽.)

219) 최남선, 「朝鮮國民文學으로의 時調」, 『조선문단』, 1926. 5.(고려대학교 아세아문제연구소 육당전집편찬위원회 편, 『육당 최남선 전집9』, 현암사, 1974, 386-390쪽.)

220) 이상현·황호덕은 『개념과 역사, 근대 한국의 이중어사전』에서 *The Christian Movement in Japan*에 발표한 한국문학론 "Korean Literature"(1923)를 한국어로 번역하여 소개한 바 있다.(황호덕·이상현 저, 앞의 책, 159-169쪽.)

221) 지금까지 알려진 게일의 한국문학론 중 "Korean Literature"라는 제목으로 발표된 글은 약 5편이 있다. 그 중 3편은 *The Korea Magazine*에 1917년 7월과 8월, 1918년 7월 각각 발표되었고, 이후 미국 영문 잡지 *Open Court*와 국내에서 발간된 영문 잡지 *The Christian Movement in Japan*에 "Korean Literature"라는 제목으로 각각 1918년과 1923에 발표되었다. 『개념과 역사, 근대 한국의 이중어사전』은 "제 2부 J. S. 게일의 한국학 관련 주요 논문"에서 게일이 발표한 9편의 한국 논문을 소개하고 있다.(같은 책, 155-187쪽.)

222) That pondrous weighted iron bar,/ I'll spin out thin, in threads so far/ To reach the sun, and fasten on,/ And tie him in, before he's gone :/ That parents who are growing gray,/ May not get old another

근대 초기 서양인의 순수 한국 시가 탐색과 인식

day.(J. S. Gale., "ODE ON FLLIAL PIETY", *The Korean Repository* Ⅱ, Trilingual Press, 1895.4.).; 만근쇠를 느려니니 길게길게 노흘 쓰와/ 구만 장천 가는 히를 미우리라 슈이슈이/ 북당에 학발쌍친이 더디 늙게.(全圭泰 편, 『시조집』, 명문당, 1991, 416쪽.)

223) Thirty years and more ago the father of the once famous Yang Keui—t'aik had a Korean song book struck off from plates owned by a friend of his which he presented to me with his best compliments. This poor old book, knocked about in all winds and weather, comes to speak to you today. It is called the Nam—hoon T'ai—pyung—ga(the Peaceful Songs of Nam—hoon). …(중략)… The students of today know nothing of their father's songs. Execrable attempts at Old Grimes, Clementine, and Marching Through Georgia they lick up like the wind, while the Nam—hoon T'ai—pyung—ga is forgotten.(J. S. Gale., "Korean Songs", *The Korean Bookman, Vol* Ⅲ. No.2, Seoul: The Christian Literature Society of Korea, Jun, 1922, p.13.)

224) John Vernon Slack, 「일제 강점기 『코리아 미션 필드 (*Korea Mission Field*)』에 나타나는 한국의 이미지 연구」, 서울대 석사논문, 2009.

225) 게일의 1923년 문학론 "Korean Literature"(1923)는 9개의 단락으로 이루어져 있다. 첫째 "Literature a Key to the heart", 둘째 "The Idea of God", 셋째 "Literary Backgrounds", 넷째 "Ancient Learning and Social Control", 다섯째 "Whither Bound", 여섯째 "The Old and The New", 일곱째 "The Modern Novel", 여덟째 "Seeking Writers", 아홉째 "Present Conflicts"가 그것이다.(J. S. Gale., "Korean Literature", *The Christian Movement in Japan Korea and Formosa*, Kobe, 1923, pp.465—471.)

226) The slate has been wiped clean of all that sighified her best, those signs and signals that would guide the soul safe through the maze of modern civilization. Religion, ceremony, music, poetry, history are gone completely. It is not as though Korea had put her book aside to pick it up later and read. The book is sealed and locked behind the bars of the Chinese character as effectually as though it had been reduced to the Egyptian hicroglyph. Today a graduate of Tōkyō University cannot read what his father left him as a special heritage — his literary works. Was there ever seen the like? The literary past of Korea, a great and wonderful past, is swallowed up as by a cataclysm, not a vestige being left to the present generation. Of course the present generation is blissfully ignorant of this and quiet happy in its loss.(Ibid.,; 황호덕 · 이상현, 앞의 책, 164—165쪽.)

227) At the present time, too, the language is being flooded by many new terms to represent incoming Western thought, and these are all Chinese.(J. S. Gale., "The Influence of China upon Korea",

Transactions of the Korea Branch of the Royal Asiatic Society, *vol. 1*, Seoul: Royal Asiatic Society Korea Branch, 1901, p.14.)

228)J. S. Gale., "What Korea Has Lost", *The Christian Movement in Japan Korea and Formosa*, Kobe, 1926.; 황호덕 · 이상현, 앞의 책, 175쪽.

229)With the promulgation of the new laws of 1894, the Examination ceased to be, and with it ceased also the universal study of the Classics.(J. S. Gale., "Korean Literature", *The Christian Movement in Japan Korea and Formosa*, Kobe, 1923.; 황호덕 · 이상현, 앞의 책, 164쪽.)

230)가라타니 고진(柄谷行人), 앞의 책, 55쪽.

231)It has its magazines and writes with all confidence learned articles on philosophy, on Kant and Schopenhauer. It sits at the feet of Bertrand Rusell and speaks the praises of Nietzsche. It would be a Western poet with long hair. It would write blank verse in English, itself pitiful to see. Its poems in the vernacular would make the ancient gods turn pale. I submit two herewith, one from a great master of long ago, and one from him who ranks today as perhaps the best poet of all. (J. S. Gale., "Korean Literature", *The Christian Movement in Japan Korea and Formosa*, Kobe, 1923. 황호덕 · 이상현, 앞의 책, 165쪽.)

232)李炳基, 「吳相淳의 詩와 空思想」, 『한국문학연구』12권 12호, 1989, 29-48쪽.; 金允植, 「虛無에서 해바라기 : 吳相淳 總整理」, 『詩文學』31, 1974, 80-87쪽.; 金烈圭, 「吳相淳과 形式主義」, 『現代文學』, 1982, 278-287쪽.

233)이 논문은 2006년 일본의 교토조형예술대학에서 「오상순의 문학과 사상 – 1920년대, 동아시아의 지적 교류」로 박사학위를 받은 故 박윤희의 유고다.(박윤희, 「밤을 찬미하는 두 시인 –오상순과 니체」, 임나현 역, 『문학사상』 제45권 제3호 통권 521호, 문학사상사, 2016, 76-103쪽.)

234)김정현, 「니체사상의 한국적 수용 –1920년대를 중심으로」, 『한국니체학회연구』12권 12호, 2007, 34쪽.

235)꼭기닥, 쏘기닥!/ 産의 苦를 訴하느냐?/ 꼭기닥, 쏘기닥!/ 生의 깃븜을자랑느냐?/ 꼭기닥, 쏘기닥!/ 홰우에달닌둥우리속에/ 손을느어보앗더니/ 고숩고짯듯한알한아집힌다/ 써←여손우에들고/ 알속에삼겨잇는生命과/ 사람의生과因緣을想覺코/ 疑視와沈默의깁흔속에/ 장승갓치서서잇슬제/

집웅우에날어올나가/ 놀난듯한겻눈으로이상히/ 엿보는드시나를나려다보던/ 알의어미는創造者
는/ 어린哲學者의愚를嘲弄하는드시/ 쏙기닥, 쇠기닥!/ 쏙기닥, 쇠기닥!// 오상순, 「힘의 崇拜」전
문.(『廢墟』 第二號, 京城:新半島社, 1921년 1월, 89~90쪽.)

236) 「힘의 崇拜」는 "힘의 憧憬", "힘의 悲哀", '革命', '짯째신', '粹', "神의 玉稿', '花의精', '無情', '離間
者', '生의謎', '돌아!', '가위쇠', '遺傳', '秋夕', '모름', '創造' 등 16편의 소제목을 가진 시로 구성되어
있다.(같은 책, 79~90쪽.)

237) 프리드리히 니체, 『니체전집13 - 차라투스트라는 이렇게 말했다』, 정동호 역, 책세상, 2010, 194
쪽.

238) 『東國李相國集』12, 孟冬之月日在房/ 純陰用事渾無陽/ 雷公此時震鼓鐙/ 聲若劃裂天中央/ 電
火夜掣金蛇光/ 人面向可分毫芒/ 雨脚緣䨥傾銀漢/ 雹如鷄子中者傷/ 風拔庭前大樹僵/ 掀搖
屋宇將飛揚/ 我時方睡三更强/ 忽然夢罷心茫茫/ 不敢安坐起彷徨/ 還跪拱手向彼蒼/ 天公威
怒固有常/ 春以雷霆秋以霜/ 此怒反時那易量/ 萬人一心皆震惶/ 吾皇求理甚遑遑/ 天又譴告
理莫詳/ 古者周虎與殷湯/ 修德解轉災爲祥/ 願君更愼刑政張/ 雖有變異僅如痒/ □□□□□□
□/ 行且去矣身還康 (□로 표시된 대목은 원문 자체에서 탈자된 부분) 시월엔 태양(太陽)이 방성
(房星)에 닿아 /순음이 용사하고 양은 전혀 없는데 /뇌공이 꽝하는 천둥 몰아쳐 /그 굉음 하늘 가
르는 듯하고 /한밤에 전광(電光)은 금사마냥 번쩍여 /사람의 얼굴 환히 비추고 /쏟아지는 폭우 은
하수 기울인 듯 /알 만한 우박 맞으면 박살날 듯 /폭풍은 뜰 앞의 큰 나무 뽑고 /집도 흔들흔들 금
방 날아갈 듯하네 /내 마침 잠 들어 막 삼경인데 /갑자기 깨어 흐릿한 정신으로 /편히 앉지 못하고
일어나 방황타가 /꿇어앉아 손 모으고 저 하늘 우러르네 /하늘의 진노(震怒) 그 상도(常道)있어 /
봄에 천둥 가을에 서리인데 /이 진노 위배 될 땐 결과 어찌 측량하랴 /만인이 한 맘으로 무서워하
며 /임금의 정책 매우 급급하니 /하늘의 경고 이보다 소상하랴 /주나라 무왕(武王)이나 은 나라
탕왕도 /덕 닦아 이런 재변 해소시켰지 /임금이여 형벌을 삼가 시행하소서 /변괴가 있다 해도 큰
해는 없으리라 /□□□□□□□ /이만 물러나 몸 편히 지내려네 - 이규보, 「十月大雷雹與風」전
문.(『신편 국역 동국이상국집3』, 한국학술정보(주), 2006, 163~164쪽.)

239) 주기도문에서 'Thine'은 "For thine is the kingdom, the power and the glory."(대개 나라와 권세와
영광이 아버지께 영원히 있사옵니다.)와 같이 하느님을 가리키는 말로 쓰였다. 시편 119:94에서
'Thine'은 "I am thine, save me; for I have sought thy precepts,"(나는 주의 것이오니 나를 구원하소서
내가 주의 법도를 찾았나이다.)와 같이 주를 가리키는 말로 쓰인다.

240) 빅토리아 시대의 시작은 첫 번째 개혁안이 통과되던 1832년으로 생각되는 경우도 있고, 빅토리아

여왕이 즉위한 1837년으로 생각되는 경우도 있다. 어쨌든 이 시대는 여왕이 죽은 1901년을 끝으로 하고 있다. 1870년은 보통 "전기 빅토리아 시대"와 "후기 빅토리아 시대"를 구분하는 해이다. (權澤英·崔東鎬 編譯, 앞의 책, 125쪽.)

241) 앨프릿 테니슨 지음, 『인 메모리엄』, 이세순 편역, 한빛문화, 2008, 17쪽.

242) 게일은 서양인을 접한 조선인의 혼란에 대해, 다음과 같이 기록했다. "조랑말의 발꿈치 뒤쪽으로 반경 一, 二야아드 가량만이 비어 있었다. 사람들은 서로 엎치락뒤치락하면서 아우성치고 싸우고 하였다. 그들이 「저게 귀신인가 사람인가?」하고 자기네끼리 묻는 말을 들었을 때 내가 느낀 위안 은, 테니슨의 영웅「그들이 알기에는 아무튼 귀신」인 것과 관계있다는 것이었다."(제임스 게일 著, 앞의 책, 200쪽.)

243) Richard Rutt, *James Scarth Gale and his History of the Korean People*, Seoul : the Royal Asiatic Society, 1972, pp.29-30.

244) 송민규는 「근대 초기 서양인들의 한국어문학 인식 연구 – 개화기 선교사들의 영역 시가를 중심으로」에서 이규보의 한시 「悼小女」의 구절 중 "造物旣生之(조물주가 이미 태어나게 했으면서)/ 造物又暴奪(조물주가 또 갑자기 빼앗아 가니)"가 테니슨은 「STRONG SON OF GOD(하나님의 능하신 아들)」 중 "Thou madest Life in man and brute;/ Thou madest Death;(당신은 인간과 금수의 생명을 빚으시고, 당신은 죽음도 지으셨는데.)"와 유사하다고 지적했다. (송민규, 「근대 초기 서양인들의 한국어문학 인식 연구 – 개화기 선교사들의 영역 시가를 중심으로」, 고려대 박사논문, 2014, 90쪽.)

245) 앨프릿 테니슨 지음, 앞의 책, 224-225쪽.

246) 같은 책, 224쪽.

247) "알속에삼겨잇는生命과/ 사람의生과因緣을想覺코" –오상순, 「힘의 崇拜」부분.

248) 앨프릿 테니슨 지음, 앞의 책, 214-215쪽.

249) 『인 메모리엄』의 역자 이세순은 "BE NEAR ME", "CLEAR EYE OF THE DEAD", "FRET NOT", "THE WILD OAT", "GOOD SHALL FALL TO ALL", "THE LARGER HOPE", "ALL SHALL GO"의 6편이 『종의 기원』(1859)에서 정리·소개되는 자연도태설과 깊은 관련이 있는 시편이라고

근대 초기 서양인의 순수 한국 시가 탐색과 인식

소개했다.(같은 책, 214-215쪽.)

250) "써니여손우에들고/ 알속에삼겨잇는生命과/ 사람의生과因緣을想覺코" -오상순, 「힘의 崇拜」부분.

251) 앨프릿 테니슨 지음, 앞의 책, 228-229쪽.

252) "알의어미는創造者는/ 어린哲學者의愚를嘲弄하는드시" -오상순, 「힘의 崇拜」부분.

253) 앨프릿 테니슨 지음, 앞의 책, 264-265쪽.

254) 雷公此時震鼓鏜/ 聲若劃裂天中央/ 電火夜掣金蛇光/ 人面尙可分毫芒/ 雨脚緣霤傾銀漢(뇌공이 꽝하는 천둥 몰아쳐 /그 굉음 하늘 가르는 듯하고 /한밤에 전광(電光)은 금사마냥 번쩍여 /사람의 얼굴 환히 비추고 /쏟아지는 폭우 은하수 기울인 듯) -이규보, 「十月大雷雹與風」부분.

255) 앨프릿 테니슨 지음, 앞의 책, 446-447쪽.

256) 같은 책, 447쪽.

257) 修德解轉災爲祥(덕 닦아 이런 재변 해소시켰지) -이규보, 「十月大雷雹與風」부분.

258) 앨프릿 테니슨 지음, 앞의 책, 268-269쪽.

259) 還跪拱手向彼蒼/ 天公威怒固有常(꿇어앉아 손 모으고 저 하늘 우러르네/ 하늘의 진노 그 상도 있어) -이규보, 「十月大雷雹與風」부분.

260) 앨프릿 테니슨 지음, 앞의 책, 258-259쪽.

261) 春以雷霆秋以霜/ 此怒反時那易量(봄에 천둥 가을에 서리인데 /이 진노 위배될 땐 결과 어찌 측량하랴) -이규보, 「十月大雷雹與風」부분.

262) 앨프릿 테니슨 지음, 앞의 책, 86-87쪽.

263) 萬人一心皆震惶(만인이 한 맘으로 무서워하며) -이규보, 「十月大雷雹與風」부분.

264) 앨프릿 테니슨 지음, 앞의 책, 222-223쪽.

265) 願君更愼刑政張/ 雖有變異僅如痒(임금이여 형벌을 삼가 시행하소서/ 변괴가 있다 해도 큰 해는 없으리다) - 이규보, 「十月大雷雹與風」부분.

266) □□□□□□□/ 行且去矣身還康(□□□□□□□ /이만 물러나 몸 편히 지내려네) - 이규보, 「十月大雷雹與風」부분.

267) 앨프릿 테니슨 지음, 앞의 책, 202-203쪽.

268) J. S. Gale., "Korean Literature", *Open Court*, *Volume 32*, Open Court Publishing Company, 1918.